Jennifer Egan
Emerald City

Stories
Aus dem Amerikanischen
von Sigrid Ruschmeier

Schöffling & Co.

Für David Herskovits

Erste Auflage 2000

Originaltitel: *Emerald City*
erschienen 1996 bei Nan A. Talese/Doubleday, New York

Satz: Reinhard Amann, Aichstetten
Druck & Bindung: Pustet, Regensburg
ISBN 3-89561-221-9

Inhalt

WARUM CHINA?

Keine Frage. Es war der Typ. Ich erkannte ihn schon von weitem. Daran, wie er den Kopf hielt oder das Kinn. Noch bevor ich begriff, wen ich da sah, wurde mir flau im Magen. Durch die Akupunkteure, die Kräuterdoktoren, die senfgelbe Breiumschläge auf blutende Wunden klatschten, und die Verkäufer von Plateauschuhen und ausgestellten Polyesterhosen, die in Kunming mysteriöserweise alle Leute trugen, bahnte ich mir einen Weg zu ihm. Ich befürchtete, daß er mich erkannt hatte. Doch dann fiel mir ein, daß ich vor zwei Jahren, als er mich abgezockt hatte, noch bartlos gewesen war und nun – nach Aussage alter, bei meinem Anblick durchweg verblüffter Freunde – vollkommen anders aussah (besser, wollte ich immer noch hören).

Wir waren die beiden einzigen Nichtasiaten auf dem Straßenmarkt, der eine lange Fahrradfahrt von meinem Hotel entfernt und in einer Weise schäbig war, die ich nicht recht benennen konnte. »Tag«, sagte der Mann, als ich auf ihn zutrat.

»Hallo«, erwiderte ich. Er war es. Definitiv. Ich achte immer auf Augen, und seine waren komisch hell graugrün, mit langen Wimpern, wie kleine Kinder sie haben. Als ich ihn kennengelernt hatte, trug er einen Anzug und ein kurzes Pferdeschwänzchen – was damals an der Wall Street als hip galt. Ein Blick, und man wußte Bescheid: Wrangler-Jeep, brandneue Skier, eine vielversprechende

Kunstsammlung, einschließlich eines Werks meiner Frau, wenn er den Mumm hatte, sich über Fischl, Schnabel und Basquiat hinauszuwagen. Vor New Yorkern wie ihm erstarrten wir in San Francisco immer ein wenig in Ehrfurcht. Nun hatte er das Haar ungleichmäßig kurz geschnitten und trug irgendso eine gewebte Jacke.

»Sind Sie schon lange hier?« fragte ich.

»Hier, wo?«

»In China.«

»Acht Monate«, sagte er. »Ich arbeite für die *China Times.*«

Seltsam gehemmt, steckte ich die Hände in die Taschen, als sei ich derjenige, der etwas zu verbergen habe. »Und an was arbeiten Sie gerade?«

»An Drogen«, sagte er.

»Ich dachte, hier gäb's keine.«

Müde lächelnd beugte er sich zu mir vor. »Sie befinden sich in der Heroinmetropole Chinas.«

»Ach du Scheiße«, sagte ich.

Er wippte auf den Füßen. Ich hätte höflich Auf Wiedersehen sagen und weitergehen müssen, doch ich rührte mich nicht vom Fleck.

»Sind Sie mit einer Gruppe hier?« fragte er schließlich.

»Nein, mit meiner Frau und meinen Kindern. Wir versuchen, einen Zug nach Chengdu zu kriegen, wir warten schon seit fünf Tagen auf die Fahrkarten.«

»Und woran hakt's?«

»*Mei you*«, erwiderte ich, die chinesische Universalantwort »Gibt's nicht« zitierend. Was oder welche Umstände aus dem »nicht« eventuell ein »doch« machen, weiß man nie. »Das sagen die Leute im Hotel jedenfalls immer.«

»Ach, die können Sie doch sonstwo lecken«, sagte er.

Schweigend blieben wir einen Moment stehen, dann schaute er auf die Uhr. »Hören Sie, wenn Sie ein paar Minuten hier warten, kann ich Ihnen die Fahrkarten wahrscheinlich besorgen«, sagte er.

Als er im Davongehen einem lahmen Albino-Chinesen, der neben einem Gebäude am Markt hockte, ein paar Worte zuwarf, dachte ich: Von wegen *China Times*, sieht mir mehr nach Heroindealer aus. Gleichzeitig war es unleugbar aufregend, mit diesem Typen zusammenzusein. Er war ein Hochstapler – das wußte ich, aber er hatte keine Ahnung, daß ich es wußte. Ich genoß, daß ich ihm das voraus hatte; es machte beinahe die fünfundzwanzig Riesen wett, um die er mich betrogen hatte.

Auf unseren Fahrrädern fuhren wir zurück ins Stadtzentrum. Mit Caroline und den Mädchen nahm ich immer ein Taxi, was alles sein konnte, vom Auto bis zum Karren, der von einem mageren, schwitzenden Burschen auf einem Fahrrad gezogen wurde. Es nervte mich, daß wir zu viert nicht mit dem Fahrrad fahren konnten wie jede andere chinesische Familie auch. (»Seit wann sind wir eine chinesische Familie, Sam?« fragte meine Frau.) Doch die Mädchen behaupteten, sie hätten furchtbare Angst, von den Rädern zu fallen und von den dichten, klappernden Scharen der – völlig unnütz mit ihren blechernen Klingeln lärmenden – Fahrradfahrer überrollt zu werden. Insgeheim glaubte ich allerdings, daß meine Töchter keine Lust auf die mickrigen, schwarzen Drahtesel der Chinesen hatten, die gegenüber den glänzenden Fünf- und Zehngangrädern, mit denen Melissa und Kylie groß geworden sind, viel zu poplig waren.

Bei unserer ersten Begegnung hieß er Cameron Pierce. Als wir nun daherradelten, stellte er sich als Stuart Peale vor; er schrie es durch das donnernde Getöse vorbeifahrender Lastwagen. Die Namen paßten wie die Faust aufs Auge, damals wie heute; Cameron hatte ungeduldig und visionär geklungen, nach einem Mann, der überzeugt ist, daß er ein Schweinegeld machen kann; Stuart klang sanft, nach einem feinen Beobachter – was man von einem Reporter auch erwarten würde. Als ich ihm meinen Namen sagte – Sam Lafferty –, hoffte ich halbwegs, daß es bei ihm klickte, doch erst als ich die Firma nannte, für die ich arbeitete, merkte ich, wie er eine Sekunde lang stutzte.

»Ich habe Urlaub genommen, während eine Untersuchung gegen mich durchgeführt wird«, sagte ich zu meinem eigenen Erstaunen.

»Untersuchung? Weshalb?«

»Zahlen frisiert.« Und obwohl ich selbst erschrak vor dem, was ich da offenbarte, spürte ich einen idiotischen Drang weiterzureden. »Bisher ist es nur intern.«

»O je«, sagte er und schaute mich merkwürdig an. »Viel Glück.«

Wir stiegen vor einer Betonhalle ab, vor der sich Menschenmassen in langen Schlangen in aller Freundlichkeit auf einen Fahrkartenschalter zuschoben und -drängelten, was ich einzigartig chinesisch fand. In hektischem, wenn auch (vermutete ich) gebrochenem Chinesisch sprach Stuart mit einem uniformierten Beamten und winkte mich zu sich. Schließlich führte uns der Beamte widerwillig durch eine Seitentür und einen trübe beleuchteten Flur entlang, in dem die stickige Anstaltsatmosphäre der staatlichen Schulen herrschte, die ich als

Kind besucht und von denen ich meine Töchter ferngehalten hatte – und immer fernhalten würde.

»Wo wollen Sie hin? Nach Chengdu?« rief er.

Wir betraten ein schäbiges Büro, in dem eine soldatisch aussehende Frau, offenbar gründlich verstimmt über Stuarts Eindringen, hinter einem Schreibtisch saß. »Ja, vier Personen«, erinnerte ich ihn.

Binnen Minuten händigte ich Stuart ein Bündel Geldscheine aus, gab er mir die Fahrkarten. Wir traten wieder in das mäßig warme, dumpfe Sonnenlicht. »Sie fahren morgen«, sagte er. »Acht Uhr dreißig. Sie haben mir nur erste Klasse verkauft – ich hoffe, das ist okay.«

»Ja, wunderbar.« Wir fuhren immer erster Klasse. Stuart bestimmt auch, dachte ich, damals, in seiner früheren Existenz. »Danke schön«, sagte ich. »Puh!«

Er winkte ab. »Sie wollen, daß es Amerikanern hier an nichts mangelt«, sagte er. »Falls es doch der Fall ist und man sie darauf hinweist, bringen sie es sofort in Ordnung.«

Er gab mir seine Karte: Adresse in Englisch und Chinesisch, das *China Times*-Logo adrett eingraviert. Immer noch der Profi, dachte ich.

»Sie wohnen in Xi'an«, bemerkte ich. »Da wollen wir vielleicht auch noch hin, die Tonarmee anschauen.«

»Dann kommen Sie bei mir vorbei«, sagte er und meinte es eindeutig nicht.

»Nochmals vielen Dank.«

»Schon gut«, sagte er, schwang sich aufs Fahrrad und fuhr davon.

»Ein Wildfremder?« fragte meine Frau, als ich sie, zurück im Hotelzimmer, mit den Fahrkarten überraschte. »Einfach so, aus keinem ersichtlichen Grund?«

»Er war Amerikaner.« Ich hätte ihr liebend gern erzählt, daß es das Arschloch war, das mich abgezockt hatte, doch wie hätte ich ihr erklärt, daß ich mich mit dem Typen gemein gemacht und einen Gefallen von ihm angenommen hatte? Ich wußte, wie Caroline es betrachtet hätte: nur als weitere einer ganzen Palette abstruser Aktionen meinerseits, zu denen ich neigte, seit die Untersuchung eingeleitet worden war. Wozu übrigens auch zählte, meine Familie zu bitten, alles stehen- und liegenzulassen und mit mir nach China zu kommen. Ich war nicht eigentlich depressiv, litt aber unter einem merkwürdigen Druck, der mich ruhelos machte: Spät nachts wanderte ich im Haus herum, öffnete die besten Weinflaschen aus unserem Keller und trank sie allein, während ich mich durch die abartigsten Kanäle des Kabelfernsehens zappte.

»Wo sind die Mädchen?« fragte ich. »Ich habe ein kleines Messer zum Birnenschälen gekauft, für jede eins.«

»Du hast Messer für sie gekauft?«

»Nur kleine«, sagte ich. »Ist dir aufgefallen, daß die alten Frauen hier dauernd Birnen schälen? Ich habe das Gefühl, in den Schalen ist was, das man nicht essen sollte.«

Caroline hatte ihre BH's und Unterhosen gewaschen und hängte sie an die offenen Kommodenschubladen zum Trocknen. Ende der siebziger Jahre, vor unserer Heirat, waren wir mit dem Peace Corps ein Jahr in Kenia gewesen. Dort war Caroline ähnlich verfahren, hatte quer durchs Zimmer Leinen gespannt und die gewaschenen Klamotten daran aufgehängt. Durch das Gewirr von Leinen und Unterwäsche hatte ich sie beobachtet – ihr rötlich braunes Haar und die großen, sanften Augen, bei denen ich immer an Bernstein denken mußte. Ich erinnerte mich gern an die Zeit und wußte, daß all das Geld und die Häuser und die Reisen, die wir uns seitdem leisten konnten, sie nicht weggewischt hatten. Wir sind immer noch die Leute, die den Masai geholfen haben, ihre Kuhdunghäuser zu reparieren, sagte ich mir.

Caroline öffnete ein Fenster, und sofort strömte der herbe, kreatürliche Geruch Chinas in den Raum. »Ein Wildfremder«, sagte sie nachdenklich und lächelte mich an. »Lag wohl an deinem lieben Gesicht.«

Meine Töchter verraten mich. Sie sind blonde, teuer aussehende Geschöpfe, deren zarte Haut und hochgereckte Näschen ich mir – fälschlich, ich weiß – immer als Verdienst anrechnete, weil ich sie ihnen ebenso wie ihr kieferorthopädisch perfektes Lächeln unter erheblichem Kostenaufwand verschafft hatte. Die Kinder in Kenia hatten trockene Lippen und Fliegen in den Augen. Seit einigen Monaten überfielen mich aus unerfindlichen Gründen immer wieder Erinnerungen an ihr elendes Dasein. Manchmal merkte ich, wie ich meine Töchter vorwurfsvoll musterte und erwartete, daß sie wenigstens begriffen, wie brutal der Unterschied zwischen dem Leben der Masaikinder und ihrem eigenen war. Doch ich fand in ihrer Schönheit nur eine Selbstgerechtigkeit, bei der mir die Galle hochstieg. Zur Verblüffung meiner Frau begann ich, sie die Racheengel zu nennen.

Dabei waren meine Töchter einander beileibe nicht gleich. Sie waren zehn und zwölf Jahre alt, und die jüngere, Kylie, hatte großen Respekt vor der älteren, Melissa, deren überragende Eiskunstlauffähigkeiten ihr in ihrem privaten Gymnasium schon eine gewisse Berühmtheit verschafft hatten. Alle Welt schien überdies einhellig der Meinung zu sein, daß sie einen Hauch hübscher sei. Entschlossen, dieses Ungleichgewicht zu korrigieren, zog ich Kylie seit neuestem ständig vor, lobte und bestätigte sie. Was meine Frau natürlich mißbilligte. Sie bat mich, davon abzulassen. »Lieblinge haben ist schrecklich, Sam«, sagte sie. »Melissa glaubt, daß du sie haßt.«

»Das Leben hat Lieblinge. Ich sorge nur für das richtige Gleichgewicht.«

Doch in dem plötzlichen Schwall von Zuneigung, mit dem ich Kylie überhäufte, steckte etwas Plumpes, dem sie allerdings durchaus gewachsen war. Bereitwillig und geduldig machte sie mit mir Ausflüge in den Zoo, das Exploratorium oder zum Strand, wo wir dann durch den feuchten, schweren Sand stapften und uns beide wünschten (jedenfalls ich), Melissa – die ich barsch ausgeschlossen hatte und bei deren Eislaufwettbewerben ich oft so tat, als döste ich – wäre bei uns.

Nun aber hatten sich Melissa und Kylie in ihrem Haß auf China, ihrem tiefen Groll, daß sie einen Großteil des Sommers in einem Land verbringen mußten, in dem sich die Leute ohne Papiertaschentücher die Nase schneuzten, in eiserner Opposition gegen mich zusammengeschlossen. »Daddy, warum?« hieß es, kaum hatte die Reise begonnen, immer wieder: auf dem Schiff von Hongkong nach Kanton, während der Tage des Wartens auf das Flugzeug nach Kunming, das, als es endlich eintraf, so vertrauenerweckend war, als hätten wir es selbst zusammenmontiert. »Warum, Daddy?« Mit der Zeit wurden ihre Fragen differenzierter: Warum hier? Warum das alles? Sie fragten den falschen Mann.

Die Häuser in Chengdu waren neuer und darum weniger malerisch als die in Kunming. Ungeduldig streifte ich, Frau und lustlose Töchter im Schlepptau, durch die Straßen. Wir tranken grünen Tee in einem dunstig feuchten Verhau neben einem buddhistischen Tempel. Es roch nach Chemikalien. Ein einheimisches Mädchen mit seltsam blaßblauen Augen starrte uns unverwandt an. »Meinst du, sie ist verrückt, Dad?« fragte Melissa.

»Sie bewundert deine Frisur.«

In dem Glauben, ich hätte es ernst gemeint, warf mir Melissa einen kurzen Blick zu und begriff dann, daß ich wieder nur – wie neuerdings ständig – ätzend sarkastisch gewesen war.

»Ja, und wahrscheinlich warst du ihr Vater«, grummelte sie.

»So ein Glück hatte sie wahrscheinlich nicht.«

Meine Frau seufzte. »Sie ist blind«, sagte sie. Und sie hatte recht; das Mädchen war von unserer ihr fremden Sprache gefesselt, ihre Augen waren leer.

»Laßt uns doch nach Xi'an fliegen«, sagte ich. »Das soll faszinierend sein.«

Melissa schlug den Reiseführer auf, überflog die Seiten und las vor: »Die Qin-Terrakotta-Krieger sind einer der wenigen Gründe, aus denen man Xi'an, eine Stadtwüste mit uniformen Straßen und Mietshäusern im Sowjetstil, besuchen sollte. Doch sie sind ein Muß.«

»Das habe ich anders gehört«, sagte ich, das Bedürfnis unterdrückend, ihr das Buch aus der Hand zu schlagen.

»Die Kinderkottakrieger?« fragte Kylie.

»Anders gehört? Von wem?« fragte meine Frau.

»Von dem Typen, der uns die Zugfahrkarten besorgt hat.«

»Es sind Tausende von Soldaten aus Ton, so groß wie echte Männer«, erklärte Caroline Kylie. »Ein chinesischer Kaiser, der sich von allen Menschen bedroht fühlte, hat sie unter die Erde setzen lassen, damit sie ihn nach seinem Tode beschützen.«

»Cool«, sagte Kylie.

Caroline schaute mich an. »Schauen wir sie doch an.«

»Warum?« fragte Melissa, aber niemand antwortete ihr.

Niedergeschmettert schlenderte sie als erste aus der Teestube. Als wir ihr folgten, ich mich umdrehte und hinter mich schaute, starrte das blinde chinesische Mädchen mit den blaßblauen Augen wahrhaftig immer noch hinter uns her.

Ich wußte – ebenso wie Caroline –, daß ich seit Einleitung der Untersuchung an Status eingebüßt – oder gewonnen – hatte, von dem ihres Ehemannes und ebenbürtigen Partners zu dem eines Menschen, den sie gewähren ließ. Dankbarkeit und Schuldgefühle spielten dabei eine Rolle. Ich hatte mir jahrelang den Arsch abgearbeitet, während sie in ihrem Bildhaueratelier herumgewerkelt hatte. Dann hatte sie vor drei Jahren das Riesenglück gehabt, eine von ihren Arbeiten in der Whitney Biennial zu plazieren. Was zur Teilnahme an weiteren Ausstellungen führte, Einzelausstellungen in mehreren Großstädten, einschließlich New Yorks, und Dutzenden von Atelierbesuchen von dünnen, schönen Frauen samt aalglatten jungen Gatten, die (wahrscheinlich wie ich) nach frischen Geldscheinen rochen, oder von klapperdürren, parfümierten alten Schachteln, bei deren tatterigen Begleitern man an Landhäuser und sabbernde Retriever denken mußte. Alles, was meine Frau in den folgenden drei Jahren bildhauerte, war praktisch schon verkauft. Wir hatten davon geredet, daß ich kündigte, mich mit Anthropologie oder Sozialarbeit beschäftigte, was ich nach eigenem Bekunden ja immer gern wollte, oder, Herrgott noch mal, einfach nur faulenzte. Aber unsere Lebenshaltungskosten waren enorm hoch: das Haus in der Presidio Terrace, die Mädchen nun in Privatschulen und später an der Uni, Eislauf-, Reit- und Klavierstunden, Tennisferien im Sommer – ich wollte, daß sie das alles bekamen, das und vieles mehr, für den Rest ihres Lebens. Selbst Carolines beachtliche Einkünfte hätten es bei weitem nicht gedeckt. Dann machen wir es doch anders, sagte sie. Laß uns kürzertreten. Aber die Vorstellung erfüllte mich mit Angst; ich war kein Bildhauer, ich war kein Maler, ich war kein Mensch, der Dinge schuf. Hatte nur all die Jahre rangeklotzt, damit wir das Leben führen konnten, das wir führten. Wenn wir das freiwillig aufgaben, war dann nicht alles umsonst gewesen?

Daran kauten wir immer noch herum, als ich das mit der Untersuchung herausfand. Deren Drahtzieher – mit dem passenden Namen Jeffrey Fox – wollte mir schon seit Jahren ans Leder, weil seine Frau Sheila ein Drachen und meine hübsch und hinreißend war. Er schnürte immer durch ihr Atelier und hatte im Vorjahr drei ihrer Arbeiten erworben. »Der kleine Scheißer!« kreischte Caroline, als ich ihr von der Untersuchung erzählte und wir Nacht für Nacht, lange nachdem die Mädchen zu Bett gegangen waren, dasaßen und flüsternd beratschlagten, wie ich reagieren sollte: Dem Aufsichtsrat einen Brief schreiben und meine Unschuld beteuern? Eine Gegenoffensive gegen Fox starten? Nein, beschlossen wir. Das

Beste, was ich im Augenblick tun konnte, war: Nichts. Sollte die Untersuchung ihren Verlauf nehmen, und wenn nichts dabei herauskam, würde ich ihre Rechtmäßigkeit, das heißt, ob sie überhaupt hätte eingeleitet werden dürfen, anfechten. In der Zwischenzeit wollte ich Urlaub nehmen, wieder einen klaren Kopf kriegen, ausschlafen. Ha, ha, ha.

So unwahrscheinlich das Ergebnis für uns war: Caroline stand in meiner Schuld. Ich wußte es, sie wußte es, und ich kann nicht verhehlen – unlieb war es mir nicht.

Als wir mit dem Taxi vom Flughafen Xi'an zum Golden Flower Hotel rasten, vorbei an endlosen, eintönigen Mietsblöcken und Bürgersteigen mit schlaffen staubigen Bäumen, schauten meine Frau und meine Töchter verdrossen aus dem Fenster. Beim Anblick des feudalen Hotels heiterten sich die Mienen auf; nichts ist besser geeignet, einem den Glauben an die unerschöpfliche Fülle des Universums wiederzugeben als ein uniformierter Türsteher, Marmorböden und gutbetuchte Midwesterner, die ihre Brieftaschen tätscheln. Zu meinem heimlichen Entzücken wollte mich nicht einmal Caroline in das »alte« Xi'an begleiten, wo ich nach Auskunft der Chinesin hinter dem Empfangstresen (die ein Stirnband mit dem Logo einer US-amerikanischen Universität trug und garantiert Unterricht in westlichem Aussehen und Bewegen genossen hatte) Stuarts Wohnung finden würde. Als ich ging, lag Caroline ausgestreckt auf dem Bett und las alles Verfügbare über Qin Shi Huang Di, den irren Kaiser, der die Terrakottakrieger hatte anfertigen lassen. Was so manchen Arbeiter das Leben gekostet habe, berichtete sie; das fertige Meisterwerk enthalte nicht nur das Blut und den Schweiß seiner Schöpfer, sondern gelegentlich auch deren Leib.

In den Straßen des »alten« Xi'an wimmelte es von Teeverkäuferinnen – Frauen, nach deren Vorstellung ein Glas gespült war, wenn man es mit Wasser benetzt hatte. Meine Töchter hätte ich meilenweit von ihnen ferngehalten, weil ich überzeugt war, daß ungewaschene Gläser alle möglichen todbringenden Seuchen beherbergten, die nur auf die Gelegenheit warteten, in die zarten Eingeweide meiner Mädchen einzudringen. Ich aber erstand ein Glas Tee und trank es; kaufte mir ein weißes, weiches, mit einem verdächtigen Gemüsemansch gefülltes Brötchen und schlang es herunter. Dann ein zweites. Ich fühlte mich großartig.

Danach wanderte ich durch einen buddhistischen Tempel, hörte, wie die Menschen zu dem zarten Gebimmel der Glöckchen sangen, und in meinem Magen flatterte es wie zuletzt in meiner Kindheit, wenn wir in einem Laden etwas gestohlen hatten oder heimlich in Nachbarskeller geschlichen waren. Dieses Gefühl noch auskostend, verließ ich den Tempel und war auf dem Weg zu Stuarts Straße, als ich ihn plötzlich, einen halben Block entfernt, sah. Er stand auf dem Bürgersteig und unterhielt sich mit drei alten Chinesinnen. Mir hüpfte das Herz – anders kann ich es nicht bezeichnen. Das Blut stieg mir ins Gesicht wie früher, wenn ich einem Mädchen begegnete, das ich anmachen wollte, und ich blieb stocksteif stehen. Was, zum Teufel, war in mich gefahren? Schließlich war das hier ein Mann, ein Mann, der mich über den Tisch gezogen und abgrundtief blamiert hatte. Verlor ich den Verstand? Aber ich lief schon wieder los, geradewegs auf ihn zu.

»Stuart«, sagte ich. Er schaute mich verständnislos an, was mich seltsam niederschmetterte. »Kunming, erinnern Sie sich?« sagte ich. »Sie haben uns die Fahrkarten besorgt.«

»Ach ja, richtig.« Zerstreut lächelte er mich an. Die Chinesinnen gingen weg.

»Wir haben's geschafft«, sagte ich blöde.

Ein verlegenes Schweigen entstand. »Sie schreiben also immer noch über Drogen?« fragte ich.

»Diese Woche über Schmuggel.«

»Was für Schmuggel?«

»Antiquitäten. Über Leute, die Vasen und so was außer Landes bringen.«

»Da sind Sie also auf Verbrechergeschichten spezialisiert?« fragte ich, und mein Puls knatterte los wie ein Maschinengewehr.

»Auf dem Gebiet kenne ich mich ziemlich gut aus.«

»Aus Erfahrung.« Ich konnte mich nicht beherrschen.

Stuart neigte den Kopf. »Haben Sie auch journalistische Ambitionen?«

»Entweder die oder kriminelle«, sagte ich und brach in Lachen aus.

Stuart sagte nichts. Er schaute mich lange an, und zum erstenmal sah ich in seinem Gesicht Zeichen von Neugierde.

»Gibt's außer den Tonkriegern hier sonst noch was zu sehen?« fragte ich.

»In Xi'an nicht viel«, sagte er. »Morgen fahre ich zu ein paar buddhistischen Höhlen außerhalb der Stadt. Die sind schon was Besonderes.«

»Ach ja?«

»Kommen Sie mit, wenn Sie sich davonstehlen können«, sagte er. »Aber Sie müßten über Nacht dort bleiben.«

»Ist vielleicht machbar.«

Er nannte mir einen Ort am Bahnhof und sagte, er werde dort um zehn am nächsten Morgen warten. »Wenn Sie es schaffen, toll«, sagte er, drehte sich um und ging.

»Ich bin da«, sagte ich.

Brady Bonds, neue aufstrebende Märkte: darüber ließ sich Cameron Pierce des langen und breiten aus, als ich ihn bei Harry Meyers Herrenabend vor der Hochzeit kennenlernte. Olivgrüner Anzug, Pferdeschwanz, ein Gebaren, als sei er erheblich rustikaler als wir übrigen. Woher kannte Harry ihn? Harry saß etliche Tische entfernt, ein nasses Hemd auf dem Kopf, sturzbetrunken. Bald darauf kamen die Stripperinnen, alle drei mit verschieden gefärbten Haaren. Und während sie Harry in die Mache nahmen, erzählte mir Cameron von den Kommanditgesellschaften und Beteiligungen, die er anbot, um in afrikanischen Ländern zu investieren: Nigeria, Elfenbeinküste, Botswana, Zimbabwe.

»Sind Sie oft dort?« fragte ich.

Er nahm sich einen roten Apfel aus einer Schüssel in der Mitte des Tischs und aß ihn mit solch gieriger Lust, daß ich auch Appetit bekam. »So oft und lange wie möglich«, grinste er.

»Verstehe«, sagte ich und erzählte ihm spontan von meinem Arbeitsjahr mit dem Peace Corps dort – was ich selten gegenüber Leuten aus der Branche erwähnte.

Cameron legte seinen Apfelgriebs hin und beugte sich zu mir vor, damit ich ihn durch das Gejohle und Gepfeife unserer Kollegen hören konnte. »Allein deshalb lohnt sich doch der ganze Mist«, sagte er. »Weil man rauskommt. Die Wirklichkeit sieht.« Da verstanden wir uns; wir waren getrennt von den anderen – und besser als sie.

In der folgenden Woche kam Cameron Pierce' Lakai in unser Büro und erzählte uns alles Erforderliche. Burt Phelps, einer unserer Juniorbroker, war genauso interessiert an dem Deal wie ich, wollte Pierce aber noch besser auschecken beziehungsweise wenigstens warten, bis Harry Meyer aus seinen Flitterwochen von Bora Bora zurückkam, damit wir es mit ihm besprechen konnten. »Tu, was du nicht lassen kannst«, sagte ich. »Ich steig ein.« Ich handelte rein aus dem Bauch heraus, spontan und impulsiv, wie wir Broker das so an uns haben. Und wahrscheinlich nur, weil er nicht als Idiot dastehen wollte, machte auch Burt mit. Wir steckten beide das Minimum rein – fünfundzwanzigtausend. Der Lakai holte unsere Schecks ab.

Danach telefonierten Cameron und ich ein paarmal. Er wollte in den Fernen Osten. »Da müssen Sie hin«, sagte er. »Wenn Sie von der Bildfläche verschwinden wollen, dann dort.« Wir verabredeten uns zum Lunch nach seiner Rückkehr. Meine monatlichen Abrechnungen trudelten ein; zwanzig Prozent Zinsen, ich konnte mich nicht beschweren. Burt war im siebten Himmel. Dann vergaßen wir es. Ich hatte alles in allem vier Auszüge bekommen, aber daß sie nicht mehr eintrafen, bemerkte ich frühestens nach acht Wochen, und auch erst dann, als Burt davon sprach. »Sam, hast du in letzter Zeit was von Africo gehört?« fragte er.

Der Rest war wie in einem schlechten Film: Anrufe bei Africo ergaben keinen Anschluß unter dieser Nummer; bei einem Ausflug zu der Adresse in der Kerney Street, die auf Cameron Pierce' Geschäftskarte stand, stellte sich heraus, daß Africo Ltd. nie dort gewesen war. Die Firma war auch weder bei der Börsenaufsicht noch sonstwo registriert; genausowenig wie Cameron Pierce und sein Lakai, an dessen Namen ich mich nicht erinnern konnte. Harry Meyer, den zu konsultieren wir gar nicht mehr auf die Idee gekommen waren, hatte nie von Cameron Pierce gehört. »Cameron wer? Auf meiner Party?« sagte er verblüfft. »Den muß jemand mitgebracht haben.« Mit anderen Worten: Sie waren Betrüger. Man hatte uns reingelegt. Nicht so ungewöhnlich in einer Branche wie der unsrigen, wo die Kerle mit den Scheinen nur so um sich werfen. Normalerweise passiert es den Jüngeren, Unerfahrenen. Leuten wie Burt. Doch er hatte die Bedenken gehabt, nicht ich.

In der Welt mieser Spekulationsgeschäfte sind fünfundzwanzig Riesen kein großer Verlust. Aber ich konnte es nicht verwinden. Der Typ hatte dagesessen und mich von seinem faulen Deal überzeugt, und während ich dachte, wie sympathisch er mir war, wie gut alles klang, dachte er: Spitze, er beißt an. Peace Corps – Wow, jetzt hab ich ihn! Die Jungs bei der Arbeit flachsten, was für ein feines Beispiel ich abgegeben hätte; Caroline rang wegen der Höhe der Summe ein wenig die Hände; dann vergaßen es alle mehr oder weniger. Nur ich nicht. Immer wieder dachte ich an Cameron Pierce. Wie viele »Partner« hatte er wohl schon vorher aufgetan, wie viele »Deals« gedreht? Irgendwo war er – lag am Strand, rauchte Zigarren, gab unser Geld aus. Nachts, wenn Caroline schlief, merkte ich, wie ich immer wieder darüber nachgrübelte, wie er war, wirklich war, im Grunde seines Herzens. War er überhaupt jemand?

Eins stand fest: Hätte ich dem Typen zugehört, hätte ich gemerkt, was da abging. Er hatte es mir doch praktisch selbst gesagt! Ich bin aus einer anderen Welt, hatte er gesagt, einem Ort, wo das hier nichts bedeutet. Ich hatte ihm versichert, daß ich das auch sei. Aber das stimmte nicht. Ich hatte die Regeln befolgt. Und er hatte gewonnen.

»Was soll denn der Quatsch?« fragte Caroline, als ich ihr meinen, wie ich fand, vollkommen vernünftigen Plan darlegte: Während sie und die Kinder am nächsten Tag die Terrakotta-Krieger besichtigten, wollte ich mit einem Wildfremden einen zweitägigen Trip in einen anderen Teil Chinas machen.

»Mit dem Typen, der uns die Karten besorgt hat?« fragte sie. »Er wohnt in Xi'an? Warum hast du mir das vorher nicht erzählt?«

»Ich wußte nicht, wie du reagierst.«

»Warum sollte mich das sonderlich interessieren?«

»Jetzt scheint es dich aber zu interessieren.«

»Klar, jetzt, wo ich weiß, daß du es geheimgehalten hast. Jetzt, wo du beschlossen hast, mit ihm zu verschwinden, Sam, jetzt interessiert es mich.«

Wütend starrten wir einander an. »Ist es was Sexuelles?« fragte sie ungläubig.

»Lieber Himmel, nein!« brüllte ich.

Meine Frau schaute mich prüfend an. Nach einer ganzen Weile sagte sie: »So läuft das nicht, Sam.«

»Was läuft nicht?«

»Was du da vorgeschlagen hast. Ganz egal, was du vorhast.«

»Ich fahre mit ihm.«

»Gut«, sagte sie. »Dann fahren wir mit.«

Mit trübsinnigen Mienen standen wir in der langen gewundenen Schlange chinesischer Bauern, die auch darauf warteten, in den Zug einzusteigen. Melissa und Kylie taten ihr Bestes zu schmollen, aber ihre tiefe Verwunderung angesichts unserer jäh geänderten Pläne und des Auftauchens eines Fremden in unserer Mitte schmälerte ihr Mißvergnügen nachhaltig. Ich ging mit Stuart die Fahrkarten kaufen – auch seine; da wenigstens konnte ich mich erkenntlich zeigen, nachdem er so anständig war, meine gesamte Familie mit zu den buddhistischen Höhlen zu nehmen. Vor Abfahrt des Zuges wollte er noch eine Besorgung machen.

»Fährt der Zug zu den Kriegern, Daddy?« fragte Kylie.

»Die sind was für Touristen«, sagte ich.

»Aber sind wir nicht genau deshalb hierhergefahren?« fragte Melissa. »Wegen der Terrakottakrieger?«

»Du kannst ja hierbleiben und sie anschauen gehen«, erwiderte ich. »Das letzte, worauf ich allerdings jetzt Lust habe, sind die Zwangsvorstellungen eines durchgeknallten Kaisers.«

»Warum warten wir nicht im Erster-Klasse-Wartesaal, damit sich die Mädchen setzen können?« schlug meine Frau vor.

»Wir fahren in der harten Klasse«, sagte ich. »Es sind nur acht Stunden.«

Die Mädchen waren entsetzt. Ich beobachtete, wie sie ihrer Mutter klägliche Blicke zuwarfen, und sah in ihren seidigen, glatten Gesichtern die dicke Schutzschicht, die sich während eines jahrelangen privilegierten Lebens bildet. Plötzlich war ich wütend, wütend auf sie beide, weil sie keine Ahnung hatten, was diese Privilegien gekostet hatten.

»Ihr könnt hier in der Schlange warten wie alle anderen auch«, sagte ich. »Davon sterbt ihr schon nicht.«

Sie schauten mich bestürzt an – ihren Vater, der sie kaum einmal mit dem Bus fahren ließ, weil ihm davor grauste, welchen Unmengen an Bakterien und skrofulösen Gestalten sie begegnen mochten.

»Dein Vater befürchtet, daß sein Freund von uns enttäuscht ist, wenn wir erster Klasse fahren«, höhnte Caroline.

»Er ist nicht mein Freund«, sagte ich.

»Wessen Freund ist er denn dann?« fragte sie.

Für jeden Quadratzentimeter harter Bank gab es zwei Dutzend Menschen, die sich darauf setzen wollten, so daß ich unwillkürlich an den Spruch denken mußte: »Mieser Fraß und dann noch nicht mal genug.« Die Mehrheit der Fahrgäste waren barfüßige Bauernjungen, deren aufgerollte Hosen dunkle, runde Narben enthüllten, die sie offenbar alle vom Knie abwärts hatten. Sie hatten in Xi'an eingekauft und waren nun mit identischen billigen, blau-weiß-rot karierten Plastiktaschen beladen, die von der Ausbeute des Tages schier barsten. Für meine Töchter gab es keine Sitze, und ich sah, wie sie immer banger dreinschauten, als sie sich im Gedränge der schwitzenden, brodelnden Menschheit wiederfanden, die zu meiden ich sie gelehrt hatte. Zu meiner Erleichterung sprangen mehrere Bauernjungen auf, um den Mädchen Platz zu machen, die dann einander gegenüber am Fenster saßen. Immer noch ärgerlich, meinem Blick ausweichend, setzte sich Caroline neben sie. Stuart stand ein Stück entfernt und sah aus, als sei er unserer schon überdrüssig.

Die Stunden verstrichen. Ich behielt meine Töchter im Auge und sah, wie ihr Mißmut einer Gefaßtheit wich, als begriffen sie, daß sie sich dieser Situation nur beugen konnten. Jedesmal wenn der Zug langsam auf einen Halt an einem Bahnsteig zufuhr, schwärmten vor den Fenstern Verkäufer auf und ab, die winzige Karren schoben. Nach zwei Stunden machten Kylie und Melissa es wie alle anderen auch; begeistert wedelten sie mit Packen labbriger Geldscheine und erstanden selbstgemachte Lutscher an Zahnstochern, Plastiktüten voll winziger grüner Äpfel und viereckige, locker gebackene Kuchenstücke. Von allem, was sie kauften, boten sie ihren Nachbarn an. Es brach mir das Herz.

Die Landschaft wurde sehr fremd. Graue Hügel, die in der Mitte umfangreicher wirkten als unten, wölbten sich aus der Erde. »Es ist wie bei Dr. Seuss«, hörte ich Kylie sagen. Caroline machte Skizzen in ihrem Block. Ich starrte aus dem Fenster auf die seltsamen Erhebungen und sagte mir: Wir wohnen in San Francisco, in einem Haus in der Washington Street, das ich vor sechs Jahren für eine Million Dollar, bar auf die Hand, gekauft habe. Unser Haus steht jetzt dort, die automatische Sprinkleranlage ist eingestellt, damit der Garten nicht verdorrt, und die Alarmanlage in Bereitschaft. Es ist alles dort, dachte ich. Und wartet. Aber ich glaubte es nicht.

Am späten Nachmittag erreichten wir unser Ziel. Die Sonne stand noch hoch am Himmel, doch sie verströmte trübes, mattes Licht. Unsere Anwesenheit hier erregte mehr Aufsehen als irgendwo sonst, wo wir bisher gewesen waren, und als wir auf die Straße trotteten, sammelten sich Vorübergehende, um uns ganz unverhohlen und erstaunt zu betrachten.

Das *binguan* oder Touristenhotel hätte genausogut als Gefängnis fungieren können: kleine Zimmer mit jeweils zwei engen, quietschenden Bettstellen, schmutzige Betonböden; Gemeinschafts»bäder«: eine Reihe Löcher im Beton, kein Papier, keine Türen, dafür große Fliegen, betrunken von dem Gestank von unten. »Mein Gott«, sagte ich zu Caroline, entsetzt beim Anblick der Örtlichkeiten, »hier können wir unmöglich bleiben.«

»Ich dachte, du wärst entzückt.«

»Es muß doch in dieser Stadt noch ein besseres Hotel geben.«

»Es ist eine winzig kleine Stadt, Sam. Warum sollte es noch ein Hotel geben?«

»Mist!« Ich fing an zu schwitzen. »Was machen wir jetzt?«

»Beruhige dich«, sagte Caroline. »Es ist nur für eine Nacht.«

»Aber die Mädchen. Herr im Himmel!«

»Das geht schon, Daddy«, zirpte Kylie aus dem Nebenzimmer.

Als ich hinüberrannte, sah ich, daß sie auf ihrer Liege hockte und durch das schmuddelige Fenster auf unser Waschbecken schaute, einen langen Trog mit einer Reihe Wasserhähne, wo Melissa sich das Gesicht wusch. Ich setzte mich zu Kylie und legte den Arm um sie. »Ich liebe dich, Schatz«, sagte ich. »Das weißt du.« Sie nickte und schmiegte sich an mich. Bibbernd und triefend kam Melissa ins Zimmer zurück.

»Es ist kalt«, zischte sie.

»Dann hol dir ein Handtuch«, sagte ich.

»Es gibt keine.«

Ich schaute mich um. »Unsinn! Es muß doch Handtücher geben.«

»Es gibt auch kein warmes Wasser, Dad«, sagte Melissa. »Und keine Seife.« Als sie sich auf ihr Bettgestell warf, knirschten die verrosteten Federn. Sie starrte an die Decke.

Hilflos sah ich, wie ihr langes Haar den schmierigen Boden berührte. Dann spürte ich, wie Kylie neben mir zitterte, und sah in ihr tränenverschmiertes Gesicht. »Ach, Liebes, wein doch nicht«, sagte ich. »Was ist los? Sag's deinem Daddy.«

»Ich hab Angst«, erwiderte Kylie mit klappernden Zähnen.

»Angst? Wovor? Wovor hast du Angst?«

Melissa auf ihrem Bett stöhnte.

»Was, wenn wir nie mehr nach Hause können?« fragte Kylie mit dünner, gepreßter Stimme.

»Natürlich fahren wir wieder nach Hause«, sagte ich. »Wir sind doch nur in Ferien hier.«

Und dann schwiegen wir lange. Ich hielt Kylie fest, schaute Melissa, meine Älteste, herausfordernd an und wartete, daß sie schnaubte oder jammerte, daß sie ihre Verachtung wenigstens ein ganz klein bißchen verriet. Aber Melissa hatte die Augen geschlossen und die Arme über der Brust verschränkt und rührte sich nicht.

Weiß der Himmel, was Stuart sich bei der verschwiemelten, deprimierten Gruppe dachte, die er zum Abendessen führte. Ich hatte den Eindruck, daß er sich über uns amüsierte. In der Stadt herrschte eine Atmosphäre, als sei sie von Gott und der Welt verlassen: staubige

Straßen, ein Kaufhaus, dessen trostlose Auslagen – nur nützliches Zeug – mich an Süddakota erinnerten, wo ich aufgewachsen bin, an die gelben Plastikplanen, die in die Schaufenster gehängt wurden, um die Sonnenstrahlen abzuhalten. Ich erinnerte mich, wie ich, Steinchen wegtretend, völlig veraltete Transistorradios durch das gelbe Plastik beäugt hatte. Ich hätte meinen glücklosen Vater niemals zu fragen gewagt, ob er mir eins schenkte, und schwor mir damals, daß ich eines Tages genug Geld haben würde, um den ganzen Scheißladen zu kaufen.

In einem Restaurant mit dem bizarren Namen Wine Bar dinierten wir aus Schüsseln mit kochendheißer Brühe, in die Sojasauce geschüttet und zwei rohe Eier geschlagen wurden, die sofort gerannen. Die anderen Gäste hörten auf zu essen und kamen näher, um das Schauspiel unserer Anwesenheit voll auszukosten. Schon bald drängten sich weitere Interessierte von der Straße durch die offene Tür oder drückten die Gesichter gegen die Scheiben und musterten uns.

Stuart wandte sich an die Mädchen. »Wie sehr haßt ihr China?« fragte er.

Nervös schauten sie mich an. »Nur ein bißchen«, sagte Kylie.

»So sehr wie sonst nichts.« Natürlich Melissa.

»Was ist das schlimmste?« fragte Stuart.

Nach einiger Beratung kamen sie übereinstimmend zu der Meinung, daß das heisere Räuspern und anschließende Spucken auf den Bürgersteig am schlimmsten waren.

»In Indien spucken sie rot«, sagte Stuart.

»Ätzend«, sagte Melissa. »Warum?«

»Sie kauen rote Nüsse, und davon müssen sie spucken. Also spucken sie rot.«

»Hassen Sie es hier auch?« fragte Melissa in dem liebevoll scherzenden Ton, den ich fast nie mehr von ihr vernahm.

»Nein, ich liebe es«, sagte er. »Man weiß in jedem Augenblick, wie weit weg man ist.«

»Ist das nicht überall in der Dritten Welt so?« sagte Caroline. »Beispielsweise in Indien oder in Afrika?«

»Ja, aber da gibt es zuviel Leid«, sagte Stuart. »Wenn man nicht dort ist, um den Menschen zu helfen, was hat es dann für einen Sinn? Hier in China haben alle was zu essen.«

»Unser Dad hat das gemacht«, sagte Melissa. »Er ist in Afrika gewesen und hat den Kindern was zu essen gegeben.«

Respektvolle Pause. »Mit dem Peace Corps?« fragte Stuart.

»Wir sind zusammen dagewesen«, sagte Caroline und nahm einen Schluck aus meiner Schale.

Draußen senkte sich schmuddelig rot die Nacht herab. Gefolgt von etlichen Schaulustigen, gingen wir zum Markt, wo Händler dünne Tücher auf dem Gehweg ausgebreitet hatten und Berge schwarzer Trauben darauf häuften. Bisher hatten wir noch keine Weintrauben in China gesehen, und Melissa und Kylie kauften sich beide welche. Die Früchte waren fest und süß. Stuart erstand frische Walnüsse, die er in seinem offenen, buntkarierten Hemd zu uns herübertrug. Die Mädchen nahmen beide eine. »Aber wie kriegen wir sie auf?« fragte Kylie.

»Aah, das ist doch das beste«, sagte Stuart. Er legte

eine Nuß auf den Bürgersteig und trat mit dem Stiefelabsatz darauf. Es krachte prächtig. Der Kern darin schimmerte weiß. Dann fingen wir alle an, die Walnüsse mit den Schuhen aufzuknacken und die weißen Kerne herauszupulen, während uns die Einheimischen fassungslos amüsiert beobachteten. Ich stellte mir vor, wie sie später sagten: »Diese Amerikaner. Was für arme Schweine. Haben alles, was man sich nur wünschen kann, und dabei noch nie frische Walnüsse gekostet.«

Als wir in der stillen Dunkelheit zu unserem *binguan* zurückschlenderten, blieb Melissa plötzlich stehen, drehte sich zu uns allen um und verkündete: »Das war der schönste Tag in China.«

Die Nacht in der Stadt war schwer und schwarz wie das Meer. Caroline und ich lagen auf unseren Liegen, hellwach. »Ich habe einen beunruhigenden Gedanken«, sagte sie. »Eigentlich eher ein Gefühl.«

»Ich lege mich zu dir«, sagte ich und tastete mit den Füßen nach dem Boden.

»Warte«, erwiderte sie. »Ich will es erst sagen.«

Ich legte mich wieder hin. In dem nun folgenden langen Schweigen entdeckte ich, daß ich Angst hatte – körperliche Angst. Zum erstenmal, solange ich zurückdenken konnte.

»Du hast es gemacht«, sagte Caroline. »Stimmt's?«

»Was?« Doch ich wußte, was.

»Das Geld genommen. Oder was auch immer.«

»Hat Jeffrey Fox dir was gesteckt?«

Sie überging die Frage und fügte hinzu: »Vor ein paar Tagen ist mir der Gedanke gekommen. Ich weiß nicht mal, warum. Sag's mir«, bat sie, und ich hörte, wie sie sich umdrehte und mich ansah. »Ich mache dir keinen Vorwurf.«

»Ja«, sagte ich.

»Sam. Warum?«

»Ich weiß es nicht.« Es war die Wahrheit.

»Hast du dich unter Druck gefühlt? Finanziellem Druck?«

»Kann sein. Ich weiß es nicht.«

Ich horchte nach einem Geräusch, nach etwas, das uns ablenkte, einerlei, aus welcher Richtung. Vergeblich. Wir waren allein. Mitten im Nichts. Na klar, dachte ich, ich habe sie an einen Ort geschleppt, wo sie es unweigerlich merken mußte.

»Erinnerst du dich an das Arschloch, das mich abgezockt hat?« sagte ich. »Den Freund von Harry, der gar nicht sein Freund war?«

»Ja …«

»Er war – Das war – Damals hat es angefangen.«

Ich hörte das grobe Bettzeug rascheln, und dann war Caroline neben mir – ihre warme, vertraute Haut, das weiche Hemd, das sie zum Schlafen trug, wenn wir auf Reisen waren. »Sam, es tut mir so leid«, sagte sie. Sie nahm mich in die Arme, ihre starken, warmen Arme umschlangen meinen Hals, und dann tat es mir plötzlich auch leid, denn ich sah zum erstenmal, was aus mir geworden war.

Als Stuart uns weckte, kam es mir vor wie mitten in der Nacht. Lautsprecher schmetterten, durch die Straßen klang eine schreckliche, blecherne, von süßlichem Frauengesinge begleitete Weckmusik. Die Straßenlampen leuchteten grell, schillernd weiß. Wir stiegen in einen leeren Bus und saßen dann darin und warteten, daß er voll wurde. Als die ersten Lichtstreifen am Himmel erschienen, setzten wir uns in Bewegung.

Caroline und ich saßen uns gegenüber, Kylie neben mir, Melissa neben Caroline. Stuart saß vor mir. Doch mittlerweile gehörte er schon fast zur Familie – jedenfalls so sehr, daß man sich nicht gezwungen fühlte, zu dieser Stunde zu reden. Endlich schaukelte der Bus aus der Stadt heraus. Die Sonne ging auf. Bauern stiegen ein, manche mit Hühnern im Arm, einer umklammerte ein Schwein. Die meisten schliefen tief und fest, kaum daß sie sich hingesetzt hatten. Auch meine Mädchen schliefen. Nach einer Weile schlief auch Stuart, den Kopf ans Fenster zurückgelehnt, den Mund leicht geöffnet, und ich konnte sein Gesicht in aller Ruhe und von nahem im Profil betrachten; ich studierte die Poren, seinen Adamsapfel und fragte mich zum x-tenmal, wer zum Teufel er eigentlich war. Er sah so normal aus. Ich versuchte mich an Cameron Pierce auf Harrys Party zu erinnern, aber das Bild, das mich in den vergangenen zwei Jahren nicht losgelassen hatte, war verschwunden. Woher also wußte ich, daß dieser Typ derjenige war, welcher? Ich versuchte mich nach Kunming zurückzuversetzen, als ich ihn wiedererkannt hatte. An den Augen? Am Kinn? Doch auch diese Begegnung hatte ich nicht mehr klar vor mir. Stuart war ein Bursche, der ein paar Zentimeter von mir entfernt schlief und nicht viel anders dabei aussah als meine Töchter. Und dann geriet ich in Panik: Hatte ich meine Familie den Händen eines Wildfremden ausgeliefert? Und nicht dem Mann, der mich bestohlen hatte?

Als wir in die bewaldeten Berge kamen, stand die Sonne am Himmel. Das Land sah vernachlässigt aus, die

Bäume drängelten und schoben sich aneinander wie Chinesen, die sich durch eine Warteschlange kämpfen. Stuart erwachte und schaute mich kurz an, dann drehte er sich zum Fenster. »Fast da«, sagte er.

Wir stiegen an ein paar baufälligen Verkaufshütten aus, von denen ein Pfad in die Berge führte. Die Hütten dienten ihren Besitzern, die nun langsam aus den Türen kamen, offenbar auch zum Übernachten. Von irgendwoher hörte ich noch mehr Weckmusik, gedämpft, weil ein mächtiger Wind durch die Bäume stob. Ich hatte ein Gefühl, als ob gleich etwas geschehen werde. Während Stuart uns den Weg bergauf geleitete, nahm ich Carolines Hand. Ich sah, wie Kylie nach Stuarts Hand griff – sie irrt sich, dachte ich, sie denkt, ich bin es. Aber Stuart faßte sie an, und sie liefen so natürlich nebeneinander her, daß ich zu der Überzeugung kam, er hatte eine Tochter und bestimmt auch eine Frau. Irgendwo mußte er das alles haben. Meine Beine schmerzten beim Aufstieg.

Auf dem Gipfel des Berges kamen wir an den Fuß einer sich hoch erhebenden, senkrechten Felsmauer, rot wie Ton und durchlöchert von Reihen schmaler runder Öffnungen. Das mußten die Höhlen sein. Ein wackliges Gerüst mit einer Treppe war errichtet, damit man an der Felswand hochkam, und wir erklommen die ersten Stufen. Zuerst Stuart, der Kylie immer noch an der Hand hielt, dann Caroline, dann ich. Als letztes Melissa, sie sah müde aus und schwankte. Da beschloß ich, meine Kampagne gegen sie zu beenden.

Als wir hoch oben am Ende der Treppe angekommen waren, standen wir vor den Höhlen, deren Wände in außergewöhnlichen, leuchtenden Farben gestrichen waren und in denen massige angemalte Holzbuddhas und buddhaähnliche Diener saßen. »Mein Gott«, sagte Caroline. Kylie und Melissa staunten nur.

Ich ließ meine Frau und meine Töchter vorgehen und blieb vor drei Höhlen stehen, die miteinander verbunden waren, damit ein gigantischer Buddha querliegend darin Platz fand. Er sah aus, als ruhe er dort im Halbschlaf, seine mandelförmigen Augen waren nur ein wenig geöffnet, sein Kopf war breiter, als ich groß war. Diesen Buddha sah ich lange an. Dann drehte ich mich um und schaute, über das Geländer gebeugt, an dem Berghang hinunter.

Stuart gesellte sich zu mir. »So, da wären wir«, sagte er. »Wie versprochen.«

»Sie haben sich selbst übertroffen.«

»Aha. Und was passiert jetzt?«

»Gute Frage«, sagte ich und lachte. »Jetzt geh ich in den Knast.«

Nach einer überraschten Pause lachte auch Stuart. »Mann«, sagte er, »machen Sie das bloß nicht.«

»Sie haben mich aber am Wickel.«

»Ach, ich glaube nicht, daß Sie ins Gefängnis kommen«, sagte er.

Wahrscheinlich hatte er recht – zuviel Aufsehen war geschäftsschädigend. Man würde es eher ruhig und diskret erledigen: bezahl den Schaden und verpiß dich. Doch unser Lebensstil würde mit Sicherheit darunter leiden.

»Die Börsenaufsicht«, sagte Stuart und schaute den Berg hinunter, »sehe ich hier jedenfalls nicht.«

»Die Welt ist klein.«

»So klein auch wieder nicht.«

Die Stimmen von Caroline und den Mädchen kamen

in Fetzen, vom Wind hochgeworfen und dann weggetragen. Ich beugte mich über das Geländer und spürte den ruhigen Koloß von Buddha hinter mir. »Sie haben mich um fünfundzwanzig Riesen erleichtert«, sagte ich. »In San Francisco.« Vor Angst flüsterte ich fast. Aber er sollte wissen, daß die Welt nicht so groß war, wie er dachte.

»Waren es nicht fünfzig?« fragte er.

Ich starrte ihn an und dachte: Ja, richtig. »Sie wußten es? Sie wußten es die ganze Zeit?«

»Mehr oder weniger. Ein-, zweimal habe ich gedacht, vielleicht spinne ich.«

»Ich kann's nicht glauben«, sagte ich. »Warum sind Sie nicht weggelaufen?«

»Wovor?«

»Ich meine – warum haben Sie mir geholfen? Warum haben Sie uns bis hierher mitgenommen?«

»Mitgenommen?« lachte er. »Sie haben mich angefleht mitzukommen. Bis nach Xi'an haben Sie mich gejagt, verdammt noch mal.«

Ich sagte nichts. Was war ich für ein Quadratesel gewesen.

»Warum?« fragte Stuart, und in der Stille spürte ich seine Neugierde förmlich knistern. Er kam näher. »Warum sind Sie mir gefolgt? Was wollten Sie?«

»Ich hatte Angst, Sie würden mir entwischen.«

Stuart lachte verblüfft. »Ich bin Ihnen entwischt.«

Was natürlich stimmte; er war mir schon vor zwei Jahren entwischt. Und seitdem sah ich voller Abscheu, wie ich mein Leben vergeudete.

»Meine Töchter«, sagte ich. »Die haben mich fertiggemacht. Mich ausgesaugt.«

»Die sind schon in Ordnung«, sagte Stuart leise.

Ich horchte nach ihnen, weil ich mit einem Ohr immer nach meiner Familie horche. Aber ich hörte sie nicht mehr, nicht den kleinsten Ton, weder ihre Stimmen noch ihr Gelächter.

»Wie fühlt man sich, wenn man so was macht wie Sie?« fragte ich.

Stuart lachte. »Na ja, wie es sich eben anfühlt, wenn man selbst der Übeltäter ist«, sagte er. »Ganz normal.«

Ich drehte mich zu ihm um. Er kam mir klein vor – ein kleiner Mann, allein mitten in China. Und ich bildete mir ein, daß er resigniert hatte, etwas bedauerte – als habe auch ihn seit unserer ersten Begegnung das Glück verlassen. Er hat nichts als seine Freiheit, dachte ich.

»Wo sind sie?« fragte ich, plötzlich in Angst um meine Familie.

»Weg«, sagte er. »Sie haben sie vertrieben.«

Ich grinste unbehaglich. »Arschloch.«

»Selber Arschloch.«

»Wer von uns beiden das größere ist, steht ja wohl fest.«

Der Wind verwehte unser Lachen.

Stuart brachte uns zurück zum Bus. Dann sagte er zu unserer Überraschung, er komme nicht mit.

»Warum?« riefen die Mädchen, so bitter enttäuscht, daß ich einen Hauch von Eifersucht spürte.

»Ich will mich noch ein Weilchen hier herumtreiben«, sagte er. »Ein bißchen mit den Buddhas kommunizieren.«

»Kommen Sie irgendwann mal nach San Francisco?« fragte Caroline.

Stuart grinste mich an. »Ab und zu.«

Kylie klatschte in die Hände. »Dann müssen Sie uns besuchen!«

»Das mache ich vielleicht wirklich«, sagte Stuart, doch erleichtert sah ich, daß er es nicht ernst meinte.

»Ach, bitte«, sagte Melissa. »Dann können Sie sehen, wie ich eislaufe.«

»Laßt gut sein, Kinder. Ab in den Bus«, sagte ich.

Stuart wartete draußen, und als wir losfuhren, winkte er uns zum Abschied. Melissa saß allein. Ich setzte mich neben sie und legte den Arm um ihre schmalen, muskulösen Schultern. Aber ich merkte, wie verkrampft die Geste war. Und mir fiel auf, wie lange – monatelang – ich meiner großen Tochter nicht das kleinste bißchen Zuneigung gezeigt hatte. Sie schien es kaum zu bemerken; sie entwand sich mir, um Stuart durchs Fenster nachzusehen. Wir konnten kaum seinen schmächtigen Rücken erkennen, während er den Berg wieder hochstieg. Als Melissa sich schließlich herumdrehte, sah ich sie an und war erstaunt, wieviel Traurigkeit im Gesicht eines zwölfjährigen Mädchens Platz hatte. »Er war nett«, sagte Melissa.

SACRED HEART

In der neunten Klasse war ich eine große Bewunderin von Jesus Christus, der in Sacred Heart allgegenwärtig schien. Er thronte in Nischen und über Türen, blickte von Kalendern und Filzwandbehängen herab. Mir gefielen seine traurigen Augenbrauen und wie die dünnen, zarten Beine an den Knöcheln gekreuzt waren. Die Bleiglasfenster in unserer Kapelle erinnerten mich an nasse Bonbonhaufen, aus der Orgel strömten Klänge wie aus einer anderen Welt, einer Welt der Ekstase und Gewalt. Wo immer das war, dorthin wollte ich sehnlichst und betete inständig darum, auch wenn wir geheißen waren, für unsere Familien zu beten.

In dem Jahr kam ein neues Mädchen in unsere Klasse. Sie hieß Amanda, hatte kurzes rotes Haar und trug dünne Perlonkniestrümpfe, die vom vielen Waschen unterschiedlich verfärbt waren. Außerdem trug sie silberne Armreifen mit dicken, darin eingelassenen Türkisbrokken, schlug die Beine übereinander und starrte ins Leere. Bestimmt war ihr Leben schwer und geheimnisvoll. Wir waren gleich, dachte ich, wenn Amanda es auch nicht wußte.

Während der Messe sah ich sie einmal mit dem spitzen Ende ihrer Brosche etwas in die Kirchenbank ritzen. Als die Kapelle leer war, schlich ich zurück, um zu erkunden, was es war. Ich fand nur ein A, den Anfangsbuchstaben ihres Namens. Sich auf einer Kirchenbank zu verewigen war phantastisch und schrecklich zugleich, und ich ertappte mich dabei, wie ich Amanda danach häufiger beobachtete. Einmal versuchte ich mit ihr zu reden, doch sie rollte sich den Füller über die Wange und starrte unbeirrt irgendwohin zu meiner Linken. Von nahem wirkten ihre Augen rissig und seltsam leblos, wie Augen auf Mosaiken, von denen ich Bilder im Religionsunterricht gesehen hatte.

Obwohl Sacred Heart eine reine Mädchenschule war, hatten wir durchaus auch mit Jungen zu tun. Denen von St. Pete's, unserer Partnerschule drei Straßen weiter; immer und ewig lungerten sie vor den Eingängen zu unserem Gebäude herum. Im Gegensatz zu Jesus, der sanft und traurig war, brachen diese Jungen dauernd in grundloses, unbändiges Gelächter aus. Mich schockierten die Geschichten, die ich über sie gehört hatte, wie sie von den heiligen Oblaten gegessen und dem Meßwein getrunken hatten, den Pater Damian in seinem Schrank aufbewahrte. Sie erinnerten mich an große Hunde, die, wenn man an einem Zaun entlanggeht, wie irre bellend aus dem Nichts angesprungen kommen und einen regelrecht bannen. Ich hielt mich von diesen Jungen fern und mied auch die Mädchen, die um ihre Aufmerksamkeit zu konkurrieren begannen.

Im Spätherbst des Jahres sah ich in der Schülerinnentoilette, wie sich Amanda den Arm aufritzte. Ich tat so, als bemerkte ich es nicht, doch als ich die Zelle wieder verließ und mir die Hände wusch, stand sie immer noch da und hatte einen Arm, Handgelenk nach oben, auf die Holzverschalung des Heizkörpers gelegt. Sie stieß eine Haarklemme in die Haut ihres Unterarms und schob sie zusammen.

»Was machst du da?« fragte ich.

Amanda sah mich ausdruckslos an, und ich trat einen Schritt auf sie zu. Ruhig und verbissen bearbeitete sie ihren Arm, als entfernte sie einen Splitter.

»Sie ist nicht spitz genug«, sagte sie ungeduldig und zeigte auf die Haarklemme. Sie hatte sie geradegebogen und die Plastikköpfchen an den Enden entfernt. Amanda schien völlig unbeeindruckt von meiner Gegenwart, als sei sich den Arm aufzuritzen nicht verrückter, als sich Bänder ins Haar zu flechten. Neugierig, fasziniert von der Dringlichkeit, mit der sie zu Werke ging, sah ich ihr zu.

Ich trug eine Brosche mit einer weißen Ziege, die mir der Mann meiner Mutter, Julius, auf einer Reise in die Schweiz gekauft hatte. Ich trug sie meiner Mutter zuliebe, denn obwohl man sich kaum einen netteren Menschen als Julius vorstellen konnte, gelang es mir einfach nicht, ihn zu mögen. Es war, als sei meine Abneigung im vorhinein von jemand anderem beschlossen worden und als gehorchte ich nur einem Befehl. Nun tastete ich nach Julius' Geschenk; ich wollte unbedingt, daß Amanda es benutzte – ich sehnte mich danach, wie man sich nach einem bestimmten Geschmack sehnt. Es war falsch und schlimm und genau richtig. Als ich die Brosche von meinem Pullover nahm, spürte ich ein wohliges Ziehen im Magen, und meine Hände zitterten.

»Hier«, sagte ich und hielt sie ihr hin. »Versuch's mal mit der.«

Amandas Gesicht wurde ungewöhnlich weich. Sie nahm den Blick nicht von mir, als ich ein Streichholz suchte, um die Nadel zu sterilisieren. In der Toilette wurde häufig heimlich geraucht, und ich fand ein Streichholzbriefchen hinter den Spiegel geklemmt. Ich hielt die scharfe Nadelspitze meiner Ziegenbrosche in die Flamme, bis sie schwarz wurde. Doch als ich sie Amanda anbot, schüttelte sie den Kopf.

»Du«, sagte sie.

Die Ziege in der Hand, stand ich einen Moment still. Obwohl ich Angst hatte, lag doch in dem Anblick des glatten weißen Arms über der abblätternden Farbe der Heizkörperverkleidung etwas Ursprüngliches, Wunderschönes. Behutsam faßte ich Amanda am Handgelenk und berührte den Kratzer, den sie schon gemacht hatte, mit der Nadel. Und zuckte sofort zurück.

»Ich kann nicht«, sagte ich.

Enttäuschung breitete sich auf ihrem Gesicht aus. Als ich noch einmal versuchte, ihr die Nadel aufzudrängen, drehte sie sich verlegen von mir weg. Ich kam mir feige vor und wußte, wenn ich Amanda nicht half, sich zu ritzen, würde sie nie meine Freundin werden.

»Warte«, sagte ich.

Ich packte ihr Handgelenk und hielt es fest. Diesmal fuhr ich heftig mit der Nadel darüber und hinterließ einen dünnen Kratzer, der sofort blutete. Furchtlos geworden, machte ich weiter und war überrascht, daß die scharfe Spitze auf der Haut ein Geräusch verursachte, als schabte ich über ein Stück dicken Stoff. Es war anstrengend, und bald zitterten mir die Arme. Auf meiner Stirn sammelte sich Schweiß. Bis ich ein A zustande gebracht hatte wie das, das sie in die Kirchenbank geritzt hatte, sah ich Amanda nicht einmal an. Als ich es endlich doch tat, hatte sie die Augen fest zusammengepreßt und die Lippen verzogen, als lächele sie.

»Fertig«, sagte ich und ließ los.

Sie öffnete die Augen, und die Tränen strömten heraus. Sie wischte sie mit der anderen Hand weg. Ich merkte, daß auch ich weinte, teils vor Erleichterung, weil ich fertig war, teils wegen eines Kummers, den ich nicht verstand. Schweigend betrachteten wir ihren Arm, der mit der helleuchtenden Tätowierung schmal und fiebrig aussah. Nun erst kamen mir das heiße Licht der Lampe von oben, der Geruch nach Kreide und Desinfektionsmitteln, mein klopfendes Herz zu Bewußtsein. Dann endlich strich sich Amanda übers Haar und zog ihren Pulloverärmel herunter. Sie lächelte mich an – ganz fein – und küßte mich auf die Lippen. Einen Moment spürte ich ihr Gewicht, ihren festen Körper, dann war sie verschwunden.

Allein in der Toilette, sah ich ihr Blut auf meinen Fingern. Es war rötlich-orange, wäßrig klebrig wie Spucke, wenn man ein Bonbon gelutscht hat. Eine Welle der Verzweiflung überrollte mich, ich schloß die Augen und lehnte mich ans Waschbecken. Dann wusch ich mir langsam die Hände, säuberte die Ziegennadel und steckte sie in die Tasche. Eine Weile lang blieb ich stehen, starrte den Heizkörper an und versuchte, mich an alles zu erinnern, an die exakte Abfolge des Geschehens. Aber es war schon verblaßt.

Von dem Tage an stieg mir, immer wenn ich Amanda anschaute, ein warmes Gefühl vom Bauch in den Hals. Wenn ich den Klassenraum betrat, ging mein erster Blick zu ihrer Bank, und wenn sie mit einem anderen Mädchen redete, wurde mir fast übel. Ich kannte Amanda in allen Einzelheiten: ihre schmuddeligen Hände mit den abgebissenen Fingernägeln, die tiefe, zarte Einbuchtung am

Halsansatz. Um ihre Knie war die Haut trocken und weiß; mit Fortschreiten des Herbstes wurde es schlimmer. Ich liebte diese Unvollkommenheiten – jedes Anzeichen von Schwäche schien Amanda zerbrechlicher zu machen, dringender meiner Hilfe bedürftig. Der Gedanke, daß ich ihr Blut gesehen hatte, ließ mich nicht los, und immer wieder suchte ich in ihrem gequälten Blick irgendeinen Beweis für diese Begegnung, ein Indiz dafür, wie nahe wir uns waren. Aber ihr Blick blieb vage, als sei ich ein Mädchen, das sie vor langer Zeit einmal kennengelernt hatte, und als wisse sie nun nicht mehr, wo sie mich hinstecken sollte.

Damals wohnte ich mit meiner Mutter und Julius, dem Mann, den sie ein paar Monate zuvor geheiratet hatte, in einem großen Mietshaus. Julius war Kürschner. Letztes Weihnachten hatte er mir einen kurzen Fuchspelzmantel geschenkt, der auf einem gepolsterten Kleiderbügel in meinem Schrank hing. Ich trug ihn nicht. Nun, da beinahe Winter war, befürchtete ich, daß meine Mutter mich dazu zwingen wollte, damit Julius nicht gekränkt war. Seine Lippen waren immer unnatürlich feucht, als habe er zu lange vergessen zu schlucken. Er bat mich, ihn »Dad« zu nennen, was ich aber vermied, indem ich ihn stets mit »du« ansprach und dabei direkt ansah. Wenn ich etwas von ihm wollte, suchte ich lieber die ganze Wohnung ab, bis ich ihn gefunden hatte. Als ich einmal meine Mutter aus der Schule anrufen wollte und Julius am Telefon war, sagte ich »Hallo ...« und geriet dann in Panik, wie ich ihn anreden sollte. Ich legte auf und betete, er möge meine Stimme nicht erkannt haben. Er erwähnte es nie.

Es ging auf Weihnachten zu. In den Schaufenstern der

windigen Straßen der Innenstadt wimmelte es von Weihnachtsmännern mit Wattebärten und hoch mit Geschenken beladenen Schlitten. In der Kapelle von Sacred Heart wurde es dunkler, und die Kerzen auf den dünnen goldenen Untersetzern warfen Heiligenscheine auf die Steinwände. Während der Messe schloß ich die Augen und stellte mir das Jesuskind in der Scheune auf dem Strohballen vor, die Tiere mit Kletten und Heufetzen im weichen Fell. Ich betrachtete unseren dünnen Jesus über dem Altar und dachte, welche Gewalt er seit dem Tag seiner Geburt hatte ertragen müssen, was für ein Mitleid er verdiente. Und zu meiner Verwirrung stellte ich fest, daß ich eifersüchtig auf ihn war.

Im Laufe des Winters wurde Amanda immer dünner. Ihre Kniestrümpfe rutschten und schlugen Falten um die Knöchel. Ihr mittlerweile ganz spitzes Gesicht sah manchmal so fiebrig und rosig aus, daß ihre Augen wie weiße Murmeln darin glänzten. Unsere Klassenlehrerin, Schwester Wolf, erlaubte ihr, einen türkisfarbenen Pullover mit gelben Punkten zu tragen, nachdem sie erklärt hatte, daß ihre Eltern nicht zu Hause seien und ihr der Schulpullover aus Versehen eingelaufen sei. An dem Tag fing ihre Nase im Physikunterricht an zu bluten, und ich sah zu, wie Schwester Wolf eine Viertelstunde lang hinter der Bank stand und Amandas Kopf in ihrer Hand bettete, während ein Mädchen mit einem Handtuch das dunkel fließende Blut auffing. Amanda hatte die Augen geschlossen, die Lider waren ein ganz klein bißchen feucht. Als ich ihre feingliedrigen Hände anstarrte und die kalte, blau marmorierte Haut an ihren Waden, wußte ich, daß mir nichts wichtiger war als Amanda. In meinem Mund sammelte sich ein salziger Geschmack, den ich nicht herunterschlucken konnte. Ich kriegte Kopfschmerzen. Ich wußte, ich würde alles für sie tun. Doch so viel Liebe empfand ich als bedrohlich, und selbst in der vertrauten, alltäglichen Umgebung des Klassenraums bekam ich Angst.

Später an dem Tag sah ich Amanda draußen auf einer Bank ausruhen. Das Herz hämmerte mir in der Brust, aber ich zwang mich, mich neben sie zu setzen. Ich warf einen Blick auf ihren Arm: Ihre Pulloverärmel bedeckten die Handgelenke.

»Sind deine Eltern in Urlaub?« fragte ich.

»Sie lassen sich scheiden.«

Wie Amanda die Worte aussprach, klang es grandios, wie eine Reihe bunter Eisenbahnwagen, die über gutgeölte Schienen gleiten. Lassen sich scheiden.

»Meine Eltern sind geschieden«, erzählte ich ihr, aber es zischte, als hätte ich etwas zertreten.

Zum erstenmal seit dem Tag in der Schülerinnentoilette vor einigen Wochen schaute mich Amanda direkt an. Die Iris in ihren Augen wirkten wie zersplittertes Glas. »Ach ja?« sagte sie.

»Mein Vater wohnt in Kalifornien.«

Wie gern hätte ich Amanda mein ganzes Leben erzählt, angefangen damit, wie ich, als ich sechs war, mit meinem Vater in Disneyland die Devil's Paint Pots angeschaut hatte, mit verschiedenfarbiger, zäh blubbernder Flüssigkeit gefüllte Krater, aus denen Dampf quoll. Mein Vater und ich waren auf Eseln daran vorbeigeritten. Seitdem hatte ich ihn nicht mehr gesehen.

»Ich habe einen Bruder«, sagte Amanda.

Die Devil's Paint Pots blubberten mächtig in meinem Kopf, aber ich behielt es für mich. Amanda schlug die

Beine übereinander und rückte einen halben Meter von mir ab. Sie spielte mit ihren Armreifen.

»Warum beobachtest du mich immer?« fragte sie.

Ich spürte, wie mein Gesicht und Hals glühend heiß und rot wurden. »Weiß ich nicht.«

Durch unser Schweigen drang das Geschrei der jüngeren Schülerinnen, die an den Ringen und Kletterstangen schwangen. Ich dachte an die Zeit, als auch ich mit dem Kopf nach unten an den Stangen gehangen und das kalte Metall in den Kniekehlen gespürt hatte. Daß mir das Kleid über den Kopf fiel und man meine Unterwäsche sah, war mir einerlei gewesen. Doch nun besuchte ich die neunte Klasse, und nichts war mehr wie vorher.

»Wenn du einen Wunsch hättest«, sagte Amanda und schaute mich mit ihren Mosaikaugen von der Seite an, »was würdest du dir wünschen?«

Ich dachte nach. Ich wünschte mir alles mögliche: daß ich mal nach Herzenslust in unseren Altarschreinen herumstöbern, die Hostien pfundweise essen und einen Schluck Meßwein trinken durfte. Doch zu Amanda sagte ich: »Ich würde mir wünschen, du zu sein.«

Ich hatte sie noch nie richtig lächeln sehen. Ihre Zähne waren gelblich, und ihr Zahnfleisch wirkte roter als bei den meisten anderen Leuten. »Du bist verrückt«, sagte sie kopfschüttelnd. »Du spinnst ja total.«

Dann beugte sie sich vor und stieß einen hohen, dünnen Laut aus, der klang, als wische man mit einem feuchten Tuch über einen Spiegel. Zuerst dachte ich, sie hätte wieder Nasenbluten, doch als ich mich vorlehnte und in ihr Gesicht schaute, sah ich, daß sie nur lachte.

Jeden Morgen, an dem die Eisblumen auf meiner Fensterscheibe größer wurden, mußte ich an den Fuchspelzmantel denken. Er hing in meinem Schrank wie ein hungriges Haustier, von dem ich wußte, daß ich es zum Schluß doch füttern mußte. Wenn ich den weichen Pelz berührte, schwang er ein wenig hin und her. Manchmal drängte es mich, ihn zu streicheln.

Als ich mich eines Morgens für die Schule anzog, kam meine Mutter in mein Zimmer, mit vom Schlaf verquollenem Gesicht und sehr bleichen Lippen. Ich staunte immer noch darüber, daß sie und Julius zusammen in dem großen Bett lagen, in dem sie so viele Jahre allein geschlafen und in dem auch ich geschlafen hatte, wenn mich Alpträume plagten. Ich stellte mir immer vor, daß Julius in einem Extrazimmer schlief, daß er und meine Mutter sich vor einer weiteren Tür dort drinnen einen Gute-Nacht-Kuß gaben und erst am nächsten Morgen wieder trafen.

»Es ist kalt draußen«, sagte meine Mutter.

Ich nickte und suchte einen Pullover in meinem Schrank. Ich spürte, wie sie den Mantel anschaute. Sie schwieg, während ich mir die Kniestrümpfe anzog.

»Weißt du«, sagte sie, »Julius mag dich wirklich. Er findet dich ganz toll.« Ihre Stimme klang so vergnügt, als sei es schon eine Lust, bloß seinen Namen auszusprechen.

»Ich weiß«, sagte ich. Und das stimmte – er buk mir morgens Pfannkuchen und hatte mir schon oft angeboten, mich mal mit in sein Lager mitzunehmen, in dem gewiß Reihe um Reihe weiche, verführerische Pelze hingen. »Ja, bald«, murmelte ich dann immer in mich hinein.

»Sarah«, sagte meine Mutter und wartete, daß ich sie anschaute. »Bitte, willst du ihn nicht anziehen?«

Ihr Haar war plattgedrückt, ihre Miene offen, bittend. Wenn sie fein angezogen und geschminkt war, fand ich sie wunderschön. Aber als sie nun in dem ersten weißen Licht des Wintermorgens dasaß und versuchte, ihre Tasse auf dem Knie zu halten, sah sie erschöpft und traurig aus.

»Doch«, sagte ich und meinte es auch ehrlich. »Ich trage den Mantel, wenn es friert.«

Zwei Wochen vor Beginn der Weihnachtsferien fehlte Amanda. Als ich ihren leeren Stuhl sah, überfiel mich sofort Angst. Ich betrat das Klassenzimmer und setzte mich an meinen Tisch, aber ohne Amanda, die meine Aufmerksamkeit fesselte, fühlte sich der Raum übergroß an. Schon bevor die Lehrerin ihr Fehlen festgestellt hatte, befürchtete ich, daß sie nicht mehr wiederkommen werde.

Eine außerordentliche Schulversammlung wurde einberufen. Schwester Brennan, unsere Direktorin, verkündete allen Anwesenden, daß Amanda mit ihrem Bruder, der die High School abgebrochen hatte und bei Marshall Field arbeitete, von zu Hause weggelaufen war. Sie hatten sogar Kreditkarten gestohlen. Als Schwester Brennan sprach, entstand allenthalben um mich herum große Erregung, wie an dem Tag, an dem wir erfahren hatten, daß Melissa Shay mit den langen goldblonden Zöpfen, zwei Klassen unter mir, in den Sommerferien an Leukämie gestorben war. Diese Erregung war mit Freude durchsetzt, einer nervösen Lust an Neuigkeiten, die so schokkierend waren, daß sie kurzfristig sogar die Abläufe des normalen Alltags überlagerten. Wie die anderen Mädchen drehte ich mich um und gab ihnen – wie sie mir –

durch Gesten und Gebärden zu verstehen, wie überrascht ich war. Es tröstete mich, daß ich das gleiche wie alle anderen empfand, daß ich so tun konnte, als bedeutete der Skandal um Amanda für mich nicht mehr als eine verkürzte Mathematikstunde.

Konzentrieren konnte ich mich danach nicht mehr. Ich empfand einen körperlichen Schmerz in Magen und Armen, als ich durch die Türen von Sacred Heart lief, diesen Ort, den Amanda einfach so aufgegeben hatte. Sie ließ mich mit alldem allein: mit Pater Damian im Talar, den alten Wandtafeln und Pulten, der ehrwürdigen Kapelle mit ihrem Gestank nach feuchten Steinen und altem Linnen, den abgeleierten Echos der immer gleichen, endlos wiederholten Worte. Als Pater Damian uns einen Vortrag über Amandas Sünde hielt, fiel mir auf, daß sein Priesterkragen seinen Hals zusammenquetschte und faltig machte, so daß er aussah wie die Gurgel eines Puters, und daß seine Augen verhornt und matt wie Fingernägel waren. Ich schaute Jesus an und sah statt seiner gekreuzten Knöchel die ordentlich gefalteten Keulen eines Brathähnchens. Von nun an schaute ich ihn nicht mehr an.

Statt dessen starrte ich ständig auf Amandas Tisch. Dort hatte sie gesessen, den Füller über die Wange gerollt und wochenlang – wer wußte schon, wie lange? – ihre Flucht geplant. Wenn sich nach der Schule die dunklen Flure leerten, setzte ich mich manchmal auf ihren Stuhl und fühlte mich von ihrer Abwesenheit umgeben. Ich öffnete ihre Tischschublade und betastete die abgekauten Bleistifte, den gammeligen Radiergummistummel, die während des Unterrichts mit ein paar flüchtigen Notizen bekritzelten Blätter. Eines nach dem anderen nahm ich diese Dinge mit nach Hause, reihte sie sorgfältig auf meiner Fensterbank auf und betrachtete sie, bevor ich schlafen ging. Ich malte mir aus, wie Amanda und ihr Bruder über dichte Sanddünen stapften und auf Burgtürme kletterten. In meiner Vorstellung hatte dieser Bruder eine schlagende Ähnlichkeit mit Jesus Christus. Amanda wurde mit jedem Tag unirdischer, bis mich zum Schluß weniger erstaunte, daß sie verschwunden war, als daß ich sie überhaupt je gesehen – und berührt – hatte.

Als meine Mutter eines Abends einmal zu einem Termin weg war und Julius im Arbeitszimmer las, nahm ich mir eine Rasierklinge aus dem Päckchen, das er im Medizinschränkchen aufbewahrte. Mit spitzen Fingern trug ich sie in mein Zimmer, setzte mich auf die Bettkante und zog meinen Pullover aus. Es war der Schulpullover, darunter hatte ich die kurzärmelige Bluse an. Ich legte mir ein Kissen auf den Schoß und bettete den Arm darauf. Mein nackter Unterarm war weiß wie Milch, glatt und voll blaßblauer, schlängeliger Adern. Ich berührte ihn mit der Klinge und merkte, daß ich entsetzliche Angst bekam. Ich schaute mich um, betrachtete die Teddybären aus meiner Kindheit, das blubbernde Aquarium, die Ballerinaposter. Sie gehörten jemand anderem – einem Mädchen, das es schon für groben Unfug hielt, mit dem Arm die Fische durch das Aquarium zu jagen und zu versuchen, sie an ihren glitschigen Schwänzen zu pakken. Einen Moment lang grauste mir vor dem, was ich nun tun wollte, und ich hielt inne. Aber etwas mußte ich tun. Ich konnte an nichts anderes denken.

Behutsam, doch stetig schob ich eine Ecke der Rasierklinge ungefähr in der Mitte zwischen Ellenbogen und Handgelenk in die Haut. Von dem Schmerz stiegen mir die Tränen in die Augen, und meine Nase fing an zu laufen. Ich hörte ein seltsames Summen, schnitt aber weiter, entschlossen, mich nicht anzustellen, mir selbst gegenüber so brutal zu sein, wie Amanda es mit sich gewesen war. Die Rasierklinge drang tiefer ein als der Schmerz. Einen Moment blutete der Schnitt auf meinem Arm nicht – eine Sekunde lang –, und dann quoll das Blut wie angehaltener Atem plötzlich daraus hervor und durchtränkte den weißen Kissenbezug. Es geschah so rasch, daß ich zuerst lediglich staunte, als sähe ich einen packenden Wissenschaftsfilm. Dann erschrak ich vor dem, was ich da angerichtet hatte, diesem warmen, klebrigen Geblute, und mir wurde schwindelig.

Ich hatte etwas Schlimmes gemacht, das war klar. Aus der Küche hörte ich den Wasserkessel pfeifen sowie das Knarzen des Sessels, als Julius aufstand, um den Kessel vom Herd zu nehmen. Wenn doch bloß meine Mutter zu Hause gewesen wäre. Ich wollte zu Julius gehen und ihn um Hilfe bitten, doch mein Arm fühlte sich schwer verletzt an, das Blut strömte, wohin ich auch schaute, und ich war außerstande, ihn hochzuheben.

»Julius?« rief ich. Der Name klang fremd, und mir fiel auf, daß ich ihn fast ein Jahr lang nicht laut gesagt hatte. Der Kessel pfiff immer noch, und Julius hörte mich nicht.

»Dad!« brüllte ich, und das klang noch fremder als »Julius«.

Im Nachbarzimmer herrschte plötzlich Stille. »Dad!« rief ich wieder. Die warme Nässe rann mir bis zu den Beinen, mir wurde immer schwummeriger. Als ich mich zurücklehnte und die Augen schloß, erstanden vor mir die Devil's Paint Pots mit ihren Dampfwölkchen und der Mann auf dem Esel neben mir. Dann hörte ich, wie die Tür zu meinem Zimmer aufgerissen wurde.

Ich zitterte und bebte am ganzen Körper. Meine Zähne klapperten so fest aufeinander, daß ich mir auf die Zunge biß. Julius wickelte mich in den Fuchspelzmantel und trug mich zum Auto. Schon bevor wir dort waren, schlief ich.

Im Krankenhaus nähten sie mir den Arm und verbanden ihn mit weißer Gaze. Dann bekam ich eine Schlinge aus festem Stoff, und trotz meines Schocks darüber, was ich mir angetan hatte, freute ich mich wahrhaftig schon auf den Wirbel, den mein Arm in der Schlinge im Klassenraum verursachen würde. Julius telefonierte mit meiner Mutter. Ich hörte, daß sie total aufgelöst war, doch er blieb die ganze Zeit ruhig.

Als wir fertig waren und gehen konnten, hielt er mir den Mantel hin. Der war blutbesudelt, zerdrückt und verklebt. Mit Genugtuung sah ich, daß ich ihn unwiderruflich ruiniert hatte.

»Den kriegen wir schon wieder sauber«, sagte Julius und warf mir einen Blick zu. Er war groß, hatte olivfarbene Haut und Haar, das wie Plastik glänzte. Man sah die einzelnen Rillen vom Kämmen. Da wußte ich, warum meine Mutter ihn liebte – diesen Mann, der warm war, wenn es draußen fror, und wichtige Fahrkarten und Zettel in seiner Brieftasche behielt, bis man sie brauchte. In seinen Händen sah der Mantel klein aus. Er hielt ihn einen Moment und schaute sich den verklebten Pelz an. Bockig schüttelte ich den Kopf. Ich haßte das Ding, und das änderte sich nicht einfach mal so.

Zu meiner Überraschung begann Julius zu lachen. Seine feuchten, breiten Lippen verzogen sich erst zu einem Grinsen, dann gluckste er laut und schüttelte sich. Vorsichtig lächelte ich zurück. Da stopfte Julius die Jacke in den weißen Krankenhausmüllcontainer. »Was soll's«, sagte er und lachte immer noch, als der silberne Deckel wieder zuklappte. »Was soll's.« Er nahm mich an der Hand und ging mit mir zurück zum Parkplatz.

Monate später, im Frühsommer, veranstalteten Sacred Heart und St. Pete's ihren jährlichen gemeinsamen Ball. Michael McCarthy lud mich dazu ein, ein hübscher, mürrischer Junge mit leuchtendblauen Augen, der die Angewohnheit hatte, sich häufiger als nötig die Haare aus dem Gesicht zu werfen. Er schien sich genauso zu fürchten wie ich, also nahm ich an.

Ich brauchte weiße Schuhe. In der letzten Schulwoche ging ich eines Nachmittags nach dem Unterricht zu einem großen Billigschuhladen in der Stadt. In der Tür schloß ich ungläubig die Augen.

Amanda saß auf einem Hocker und half einer Frau, in einen grünen Pumps zu schlüpfen. Um sie herum lag zerknülltes Seidenpapier. Ihr Haar war länger, fiel mir auf, und sie war nicht mehr so dünn.

Spontan hätte ich mich am liebsten durch die Tür wieder hinaus gestohlen, bevor sie mich sah. Obwohl ich kaum noch an sie dachte, hing ich immer noch dem seltsamen Glauben an, sie sei der Erde entschwebt und lebe nun unter den dicken, silbrigen Wolken, die ich einmal aus dem Flugzeugfenster gesehen hatte. Bei ihrem Anblick empfand ich jähe Enttäuschung.

»Amanda«, sagte ich.

Sie fuhr herum und schaute mich an; kniff die Augen zusammen, erkannte mich aber nicht. Ich war schockiert: Da hatte ich die ganze Zeit an sie gedacht, und sie wußte kaum, wer ich war.

»Ach ja«, sagte sie dann lächelnd. »Sacred Heart.«

Sie bat mich zu warten, bis sie mit ihrer Kundin fertig war, und ich schaute nach Schuhen für mich. Ich suchte mir welche aus weißem Satin mit winzigen aufgenähten Perlen aus und brachte sie zur Kasse, wo Amanda wartete. Sie tippte den Preis ein.

»In welcher Schule bist du jetzt?« fragte ich.

Sie nannte eine große öffentliche Schule und sagte, dort gefalle es ihr besser. Ihre Finger bewegten sich flink über die Tasten.

Leise fragte ich: »Wo seid ihr hingegangen?«

Amanda zog die Kassenlade auf und nahm, lautlos mitzählend, das Wechselgeld heraus. »Nach Hawaii«, sagte sie und gab mir die Scheine.

»Hawaii?« Das hatte ich mir nicht vorgestellt.

In meinem Kopf erstanden Bilder von Baströcken, Blumenhalsketten und tropischen Getränken mit Papierschirmchen und Maraschinokirschen. Julius war dort gewesen und hatte mir davon erzählt.

»Wir waren zwei Wochen da«, sagte Amanda. »Dann ist mein Vater gekommen und hat uns geholt.« Sie schien sich nicht im geringsten zu schämen. Als sie mir meine Plastiktüte mit dem Schuhkarton aushändigte, sagte sie: »Er hat den ganzen weiten Weg gemacht. Mußte er. Sonst wären wir für immer und ewig auf Hawaii geblieben.«

Amanda schloß die Kasse und ging mit mir hinaus auf die Straße. Der Tag war warm, und wir trugen beide kurze Ärmel. Ihre Arme waren glatt und leicht gebräunt. Die Narbe auf meinem Arm war nichts weiter als ein dünner rosafarbener Strich.

Wir blieben einen Moment schweigend stehen, und

dann küßte sie mich zum Abschied auf die Wange. Ich erwischte ihren Geruch, den warmen Geruch nach Brot. Sie winkte mir noch einmal aus der Tür des Schuhgeschäfts zu und ging dann wieder hinein.

Ich empfand ein plötzliches Verlangen, mich nicht von der Stelle zu bewegen. Ich spürte, wo ihre Arme mich gedrückt, wo ihre Hände meinen Nacken berührt hatten. Und roch sie noch, warm und würzig wie Duft, den ein Rasen nach vielen Stunden Sonnenschein verströmt. Ich versuchte Amanda durch die Schaufenster zu sehen, aber die Sonne knallte auf die Scheiben, so daß ich dahinter nichts erkennen konnte.

Endlich lief ich, meine Schuhtüte schwenkend, los. Ich holte tief Luft, wollte den Rest ihres Geruchs einatmen, doch er blieb um mich herum, und ein paar Straßen weiter begriff ich, daß ich nicht Amanda roch, sondern mich selbst. Mich und diesen Frühsommertag – die frischen, gekräuselten Blätter und sonnenbeschienene Erdhügel. Bald wurde ich fünfzehn.

EMERALD CITY

Schon ehe Rory nach New York kam, wußte er, was für ein Leben er dort führen würde. Er kannte die Romane von hippen jungen Autoren. Er stellte es sich vor: die Wohnung, klein, doch hohe Decken, großes verrußtes Fenster mit Feuertreppe, die sich vor einem unnatürlich pinkfarbenen Himmel wand; die Nächte in wilden Clubs, morgens im East Village über einen Kaffee gebeugt, sich die Hände an der Tasse wärmend, schwarze Hose, schwarzer Rollkragenpullover, spitze schwarze Stiefel. Rory wollte auch Kokain schnupfen, aber als er schließlich in New York lebte, war das out. Statt dessen trank er.

Er arbeitete als Assistent eines Fotografen, legte den ganzen Tag Filme in Kameras, hielt Lichtmesser hoch und schwenkte Polaroidfotos in der Luft, bis sie so trocken waren, daß man das Deckblatt abreißen konnte. Wenn er sah, wie sich die Models bewegten, befürchtete er manchmal, er sei immer noch zu kalifornisch. Was konnte man mit rotblondem Haar schon machen? Abschneiden? Kurze Haare waren langsam ebenfalls passé, zumindest für Männer. Also ließ er es, wie es war. Golden, schnittlauchglatt, erinnerte es an Strände, die er nie gesehen hatte, da er aus Chicago kam (wo es den See gab, aber der zählte nicht). Außerdem überlegte er, ob er ein wenig zu- oder abnehmen sollte, doch der Hungerlook hatte seinen Reiz verloren – jede Andeutung von

Krankheit war zu vermeiden, Korpulenz war angesagt; nicht fett, nur eine klassische Rolle über dem Gürtel. Doch einerlei, wie viel Rory aß, er blieb immer gleich. Da fing er mit dem Rauchen an, obwohl es ihm im Hals brannte.

Rory drückte die Zigarette aus und überprüfte, ob die Lampen in der Dunkelkammer wirklich aus waren. Er ging immer als letzter; sein Boß, Vesuvi, gab ihm, kaum war die letzte Aufnahme im Kasten, die Kamera und entschwebte durch das Meer von Filmbehältern, Plastikbechern und benutzten Hintergrundpapieren. Vesuvi gehörte zu den Leuten, die immer wußten, wo sie hingehen konnten. Er war auch mit einem herrlichen Bauch gesegnet. Rory bemühte sich, ihn nicht allzu offen zu bewundern. Sonst kam Vesuvi noch auf falsche Gedanken.

Rory fegte den Müll in Tüten, schaltete das Licht aus, schloß das Studio ab und lief die Straße hinunter. Die Dämmerung war seine Lieblingstageszeit – Metalltore glitten über Ladenfassaden, Zeitungen wirbelten von den Bürgersteigen in den Himmel, es herrschte eine Atmosphäre von Lust und Verheißung. So hatte er sich New York vorgestellt, und wenn die Stadt dem entsprach, freute er sich immer.

Er nahm die U-Bahn uptown, um Stacey zu besuchen, ein erfolgloses Model, das er wider alle Vernunft überaus liebte. Ja, Stacey – obwohl Mädchen mit Namen wie Zane und Anouschka und Brid ihm bei den Shootings regelmäßig ihre Telefonnummern zusteckten. Stacey weigerte sich, ihren Namen zu ändern. »Wenn ich es schaffe«, sagte sie, »dann sind sie froh, wenn sie mich überhaupt ansprechen dürfen. Egal, wie.« Daß sie erfolglos war, gab sie nie zu; dabei lag es klar auf der Hand. Rory hätte es liebend gern zur Sprache gebracht, mit ihr darüber geredet, aber er hatte Angst.

Stacey lag auf dem Bett, mit Schuhen. Auf dem Tisch neben ihr stand eine Cola light. Sie ging jeden Morgen auf die Waage, und wenn sie weniger als einhundertundzwanzig Pfund wog, gönnte sie sich an dem Tag eine richtige Cola.

»Wie war's beim *Bazaar*?« fragte Rory und hockte sich auf die Bettkante. Stacey richtete sich auf und strich sich übers Haar.

»Wie üblich«, sagte sie. »Ich bin zu kommerziell.« Sie zuckte die Achseln, aber Rory sah, daß es ihr was ausmachte.

»Und das war noch gar nichts«, fuhr Stacey fort. »Bei meinem nächsten Casting guckt mich der Typ an, blättert in meiner Mappe rum, guckt mich wieder an, und natürlich denke ich, toll, er nimmt mich, und weißt du, was er dann sagt? Ich sei nicht häßlich genug. ›Heutzutage ist Schönheit häßliche Schönheit‹, sagt er. ›Schau dir die Mädchen an, das sind Ungeheuer, herrliche, mythische Monster. Wenn ein Mädchen nicht häßlich ist, nehme ich sie nicht.‹«

Stacey drehte sich zu Rory um. Er sah Tränen in ihren Augen und fühlte sich hilflos. »Was für ein Arschloch«, sagte er.

Zu seiner Überraschung fing sie an zu lachen. Sie legte sich wieder aufs Bett und schüttelte sich vor Lachen. »Ich meine, da bin ich«, sagte sie, »bringe mich um, damit ich dünn bleibe, schmiere mein Haar mit heißem Öl ein, lasse mir die Fingernägel maniküren, und was erzählt er mir? Daß ich nicht häßlich genug bin!«

»Es ist verrückt«, sagte Rory und musterte Stacey unbehaglich. »Der hat sie doch nicht mehr alle.«

Sie setzte sich wieder und rieb sich die Augen. Sie sah unbekümmert aus, wie manchmal nach einem zweiten Gin-Tonic. Vor acht Monaten, nach einem Jahr gewissenhafter Planung, hatte sie sich das Ticket von Cincinnati nach New York gekauft. Und das sollte erst der Anfang sein; Stacey hoffte, die Welt zu bereisen, auf einer Welle des Erfolgs: Paris, Tokio, London, Bangkok. Die Regale in ihrem winzigen Apartment waren zugestopft mit Landkarten und Reiseführern, und immer wenn sie einen Ausländer kennenlernte – einerlei, von woher –, notierte sie seine Adresse sorgfältig in einem schmalen, ledergebundenen Büchlein, überzeugt, daß sie schon bald überall auf der Welt sein werde. Sie gehörte zu den Mädchen, für die nichts aus Zufall passiert, und es tat Rory weh, wenn er einerseits sah, wie sie kämpfen mußte, und andererseits in Vesuvis Studio den lieben langen Tag Mädchen traf, deren Leben nur aus Zufällen bestand, von ihrer Entdeckung in irgendeinem Einkaufszentrum oder vor einem Hot-Dog-Stand bis zu dem erstaunlichen Zufall, daß sie solch auffällige Gesichter hatten.

»Rory«, sagte Stacey. »Schau mich eine Minute an.«

Gehorsam drehte er sich um. Sie war so nahe, daß er die milchige Lotion, die sie für ihr Gesicht benutzte, riechen konnte. »Hast du dir jemals gewünscht, ich wäre häßlicher?« fragte sie.

»Um Gottes willen, nein«, sagte Rory und rückte ein Stück ab, um zu sehen, ob sie es ernst meinte. »Was für eine Frage, Stace!«

»Also bitte! Du machst das doch den ganzen Tag.« Sie

schob sich wieder dichter zu ihm hin, und er konnte die winzigen Poren auf ihren Nasenflügeln erkennen. Er versuchte, an das Studio zu denken und an die Mädchen dort. Doch wenn er sich auf Stacey konzentrierte, verschwanden sie, und wenn er ans Studio dachte, sah er Stacey nicht mehr vor sich. Sie gehörte nicht in diese Welt. Als er ihr angespanntes, erwartungsvolles Gesicht betrachtete, empfand er eine schreckliche Macht; es war so leicht, dachte er, sie kaputtzumachen.

»Na, auch egal«, sagte sie, als Rory nicht antwortete. »Ich will es gar nicht wissen.«

Sie stand auf, ging durchs Zimmer, beugte sich vor und drückte die Handflächen auf den Boden. In der Highschool war sie Turnerin gewesen und immer noch bemerkenswert gelenkig. Diese Gelenkigkeit entzückte Rory in einer Weise, derer er sich beinahe schämte – Stacey konnte sich aufs Bett setzen, die Beine geradeaus strecken, sich vorbeugen und die Wange auf die Schienbeine legen. Ganz locker, als sei das gar nichts. Rory verschwieg ihr, wie sehr ihn das erregte; wenn sie es wußte, war es nicht mehr dasselbe.

Stacey stand mit roten Wangen auf, nun wieder ganz gelassen. »Komm, wir gehen raus«, sagte sie.

Ihre Wohnung lag in einer Seitenstraße der Columbus Avenue, einer Straße, die Rory verabscheute, die ihn aber dennoch in ihren Bann zog. Arm in Arm ging er mit Stacey los, sie starrten genauso neugierig in die Fenster von Restaurants, wie die Gäste von drinnen herausstarrten, als habe man allen gesagt, sie müßten gut aufpassen, weil ein Freund hier vorbeikommen könnte.

»Wo gehen wir hin?« fragte Stacey.

Rory ließ nacheinander alle seine Fingerknöchel knakken. Die Frage machte ihn nervös, als müsse er die richtige Antwort wissen. Wo waren die Leute, auf die es ankam? Gelegentlich überfiel Rory das Gefühl, daß sie sich immer genau dort aufhielten, wo er nur Augenblicke zuvor gewesen und dann weggegangen war. Am meisten störte ihn, daß er nicht wußte, wer genau sie waren. Er schaffte es immer nur bis dahin, daß er Leute kannte, die es offenbar wußten. Wie sein Mitbewohner Charles, ein auf Verzierungen spezialisierter Essensstylist, und natürlich Vesuvi. Vesuvi war Rorys Hauptinformationsquelle.

Sie gingen Richtung downtown, genossen die letzten warmen Herbsttage, die angenehme Schäbigkeit der Seventh Avenue. Sie überquerten Kreuzungen, an denen unter Schichten von Teer Teile der alten Straßenpflasterung zum Vorschein kamen, Relikte eines anderen New York, an das sich Rory vage aus Romanen erinnerte: Kutschen und Zylinder, vornehme Namen und Ehrenhändel.

»Rory«, sagte Stacey, »fühlst du dich nun mehr wie Jemand, jetzt, wo du erfolgreich bist?«

Überrascht drehte Rory sich zu ihr um. »Wer sagt denn, daß ich erfolgreich bin?«

»Das bist du doch!«

»Ich bin ein Niemand. Ich bin Vesuvis Assistent.«

»Das ist nicht Niemand«, sagte Stacey erschrocken.

Rory grinste. Was für ein komisches Gespräch. »Hm«, sagte er. »Aber wer ist es dann?«

Darüber grübelte Stacey einen Moment lang nach. Plötzlich lachte sie, genauso hilflos wie auf dem Bett, als sei die Welt durch Zufall komisch. Immer noch lachend sagte sie: »Vesuvis Assistent.«

Auf Staceys Vorschlag hin nahmen sie ein Taxi zu

einem Bistro in TriBeCa, wo Vesuvi oft hinging. Es war bestimmt teuer, aber Rory hatte gerade sein Gehalt bekommen – hol's der Teufel, er würde Stacey zum Essen einladen. Vielleicht sogar noch Charles anrufen, um zu sehen, ob er aus L. A. zurück war, wo er die ganze Woche für Sara Lee gestylt hatte. Rory beneidete Charles nicht um seinen Job, auch wenn er gutes Geld verdiente; manchmal war er die halbe Nacht auf, arrangierte Sesamkörner mit einer Pinzette auf Hamburgerbrötchen oder rührte und färbte Salzteig, der auf Werbefotos mehr wie Eis aussah als echtes Eis. Rory hatte zu seiner Verblüffung gehört, daß auch in Frühstücksflocken-Werbespots statt Milch Kleister benutzt wurde. »Der ist weißer«, hatte Charles ihm erklärt. »Gießt sich langsamer, und die Flocken werden nicht gleich pampig.« Rory fand das verstörend, obwohl er nicht genau wußte, warum.

Im Restaurant erblickte er Vesuvi leibhaftig an einem großen, runden Tisch im hinteren Teil. Das heißt, Vesuvi erblickte ihn und rief ihn mit einer solchen Herzlichkeit herbei, daß es nur bedeuten konnte, seine gegenwärtige Gesellschaft langweilte ihn. Mit einer grandios ausholenden Armbewegung bat er Rory und Stacey zu sich.

Die Kellner zogen zusätzliche Stühle heran, und die beiden nahmen Platz. Stacey bestellte einen Gin-Tonic. Rory spürte, daß sie nervös war. Am Tisch saßen lauter Mädchen, deren Gesichter man überall sah: die rothaarige Daphne, Inge mit dem Guppygesicht, andere, deren Namen er vergessen hatte. Er erschrak, als er auch Anouschka sah, ein launisches Mädchen, dessen Aufstieg aus einer kalten sibirischen Industriestadt in die höchsten Etagen der New Yorker Modewelt an einem Nachmittag passiert sein mußte. Als Rory einmal nach der Arbeit aufgeräumt hatte, war sie noch dageblieben, hatte einen Song von den Fine Young Cannibals gesummt und achtlos in seinem *Großen Gatsby* geblättert. »Mein Vater ist Professor«, hatte sie ihm erzählt. »Er hält Vorlesungen über das Buch.« »In Russisch?« hatte Rory ungläubig gefragt. Anouschka hatte gelacht. »Klarr«, hatte sie mit rollendem R geantwortet. »Warrum denn nicht?«

Vor dem Studio waren Rory und Anouschka unsicher in der Dämmerung stehengeblieben. Rory wollte sich mit Stacey treffen, aber es war ihm peinlich, es Anouschka zu sagen. Statt dessen war er losgetapert, hatte ein Taxi angehalten und Anouschka am Bordstein stehenlassen. Drei Straßen weiter hatte er den Fahrer bezahlt und die U-Bahn zu Stacey genommen. Zitternd und verwundert über sein eigenes idiotisches Verhalten war er dort angelangt.

Seitdem hatte er Angst vor Anouschka; in der letzten Woche, während er einen Film in Vesuvis Kamera gelegt hatte, hatte sie ihm mal eben ihre IQ-Zahlen rübergeschoben und ihn dann einem demütigenden Quiz zur Weltliteratur unterzogen. »Hast du viel von Dostojewski gelesen?« rief sie die wacklige Leiter hinauf, auf der Rory an einer Lampe herumwerkelte. »*Die Brüder Karamasow*? Nein? Was ist mit *Krieg und Frieden*?« Als Rory hinunterrief, daß *Krieg und Frieden* von Tolstoi sei, wurde Anouschka tiefrot, stolzierte zurück auf den Set und sprach nicht mehr mit ihm. Rory war es höchst unangenehm; er hatte kein Wort von *Krieg und Frieden* gelesen. Er überlegte sogar, ob er es Anouschka gestehen sollte, als sie nach dem Shooting mißmutig ihre Sachen zusammenpackte. Doch dann dachte er, Quatsch, soll sie mich doch für wer weiß wie belesen halten.

Nun schaute Rory Vesuvi an, der sich zwischen den Models räkelte: geheimnisumwittert, olivfarbene Haut, kurz gestutzter, graumelierter Bart, doch in dem wirren, lockigen Haupthaar keine weiße Strähne. Er war klein und trug Stiefel mit hohen Absätzen, was Rory toll fand. Vesuvi war ein Mann weniger Worte, machte indes oft den Eindruck, als wolle er jeden Moment etwas sagen. Um ihn herum verliefen die Gespräche verhalten, als könnten sie sofort abgebrochen werden, wann immer und was immer Vesuvi von sich geben würde. Rory beobachtete ihn voller Bewunderung bei seinem Glas Bourbon, unfähig zu glauben, daß er, Rory, nun mit ihm zusammen saß. Wie viele Male hatte er ihn im Taxi entschwinden sehen, immer mit dem Gefühl, als verschwinde das meiste, das wichtig war in der Welt, mit ihm. Aber richtig froh wurde Rory nicht: Alle am Tisch beobachteten ihn, vor allem Anouschka, und er hatte das Gefühl, daß er im Austausch dafür, daß er miteinbezogen wurde, etwas Spektakuläres anstellen müsse.

Er warf einen Blick zum Nachbartisch, wo man sich angeregter unterhielt. Dort saß eine Gruppe Downtown-Leute, die Männer mit ihren Pagenfrisuren und riesigen silbernen Medaillons sahen aus wie entthronte mittelalterliche Könige. Während seines ersten Monats in New York war Rory mit einem Mädchen wie denen am Tisch zusammengewesen – Dave nannte sie sich. Sie trug nur Schwarz: bollerige Pullover, kurze, zippelige Röckchen, Wollstrumpfhosen und breite Kampfstiefel. Das erregendste an der Beziehung war für Rory, Dave beim Ausziehen zuzusehen – der Anblick, wie ihre schlanke weiße Gestalt all dem Schwarz entstieg, war Wahnsinn. Wenn sie sich ausgezogen hatte, wünschte Rory sich oft, daß sie ein paar von den Klamotten wieder anzog, oder noch besser, sich vollständig wieder an- und dann erneut auszog.

Vesuvi musterte Stacey. »Du kommst mir bekannt vor«, sagte er. »Habe ich dich mal für was gebucht?«

»Einmal«, sagte sie. »Vor viereinhalb Monaten.«

»Stimmt, jetzt erinnere ich mich. Es war…« Er wedelte müde mit der Hand, was bedeutete, er hatte keine Ahnung.

»Für *Elle*«, sagte Stacey. »Krawatten und Fliegen.« Es war ihr bester Job gewesen, und sie war total niedergeschlagen, als ihr Kopf auf den Bildern, die die Zeitschrift dann brachte, gar nicht mehr drauf war. Die Fotos in ihrer Mappe zu benutzen, röche nur nach Verzweiflung, sagte ihre Agentin, woraufhin Stacey sie an ihren Badezimmerspiegel klebte. Wenn Rory sich rasierte, schaute er sie an.

Vesuvi lehnte sich zufrieden zurück. Die Frage, ob er mit einem Mädchen gearbeitet hatte oder nicht, plagte ihn immer: als sei die Welt geteilt in die Mädchen, die er vor der Kamera, und die, die er nicht vor der Kamera gehabt hatte. Und nicht zu wissen, in welche Kategorie ein Mädchen gehörte, brachte sein gesamtes Weltbild durcheinander.

»Du hast für *Elle* gearbeitet?« fragte Anouschka Stacey.

»Einmal«, sagte Stacey.

»Bisher«, fügte Rory schnell hinzu.

Anouschka blickte ihn und dann Stacey mit demselben überraschten Ausdruck an, den sie gehabt hatte, als Rory sie am Bordstein hatte stehenlassen. Er fühlte sich schon wieder schuldig.

»Für *Elle* hast du doch bestimmt auch schon gearbeitet«, fragte Stacey. Anouschka nickte geistesabwesend.

»Ich hab gehört, du bist auf dem Cover«, sagte jemand.

»Ja«, sagte Anouschka völlig leidenschaftslos. Dann schien sie sich ein Herz zu fassen, als höre sie diese Information zum erstenmal. »Ja«, sagte sie und grinste plötzlich. »Ich bin das Covergirl für den Dezember.«

Rory spürte, wie Stacey sich auf ihrem Stuhl bewegte. Anouschka zündete sich eine Zigarette an und rauchte; exotisch, wie eine Schlange, das schwarze Haar ergoß sich über ihre Schultern. Einen Augenblick lang beobachteten sie alle, und gegen seinen Willen war Rory gerührt von diesem Gesicht, das derart vertraut von Fotos war. Einerlei, was man von Anouschka hielt; sie war *die Frau* – man erkannte sie. Es war ein eigentümliches Vergnügen, als habe man etwas gefunden, nach dem man gesucht hatte.

»Wann fliegst du nach Tokio?« fragte Anouschka Inge.

»Nächste Woche«, sagte Inge. »Warst du da?«

»Vorr zwei Jahrren«, sagte Anouschka mit ihrem schweren Akzent. »Es ist okay. Aber wenn du den frühen Flieger nimmst, siehst du, wie die japanischen Männer ihre Lungen in die Abfallbehälter husten. Sie rauchen wie die Verrückten«, erklärte sie und wedelte mit der Zigarette zwischen ihren Fingern. Traurig hörte Rory zu. Die arme Stacey überlebte kaum in New York, und da saß Anouschka, die nicht nur schon in Japan gewesen war, sondern sich auch noch den Luxus erlauben konnte, darüber zu mäkeln. Er klapperte mit dem Eis in seinem Glas und räusperte sich ungeduldig.

Anouschka schaute ihn an und wurde wieder ernst. »Trotzdem«, sagte sie, »die japanische Kultur ist ziemlich wichtig.«

»Die Kultur?« fragte Inge.

»Ich meine die Museen und so.«

Vesuvi, der aussah, als sei er kurz vorm Einnicken, rappelte sich auf und wandte sich an Anouschka. »Du, in einem Museum?« sagte er. »Das kann ich mir nicht vorstellen.«

Das Mädchen blickte ihn überrascht an.

»Du warst doch bestimmt für ein Shooting dort«, sagte er.

»Shooting? Nein, ich bin einfach so zum Spaß hingeflogen. Woher willst du denn wissen, was ich mache?«

Vesuvi zuckte die Schultern und lehnte sich mit trägem, amüsiertem Blick im Stuhl zurück. Anouschka errötete heftig; der rosa Farbton schien gar nicht zu ihrem außergewöhnlichen Gesicht zu passen. Hilflos wandte sie sich an Stacey. »In Japan bist du sicher auch gewesen«, sagte sie.

»Schön wär's.«

»Aber doch in Mailand.«

»Nein«, sagte Stacey, und Rory bemerkte verblüfft, daß sie ihr Glas fast ausgetrunken hatte. Normalerweise langte Stacey ein Cocktail für einen ganzen Abend, so winzige Schlückchen nahm sie.

»In Paris?«

Stacey schüttelte den Kopf, und Rory entdeckte eine Veränderung in Anouschkas Gesicht. Sie hatte gemerkt, daß sie im Vorteil war. Die anderen schwiegen. Vesuvi beugte sich vor und schaute höchst interessiert von Anouschka zu Stacey, als posierten sie für ihn.

»Hast du nie in Paris gearbeitet? Ich denke immer, alle haben in Paris gearbeitet.«

»Ich bin noch nie in Paris gewesen«, sagte Stacey.

»In London? München?« Anouschka drehte sich zu

den anderen Mädchen, um zu sehen, ob sie genauso perplex waren. Sie sah zwar Rory nicht an, aber er spürte, daß das alles ihm galt, und er fühlte sich seltsam schuldig, als stecke er mit ihr unter einer Decke. Er sah, daß Staceys Hand zitterte, als sie ihr Glas hob, und wurde plötzlich von einem ungeheuren Haß auf Anouschka überfallen – so hatte er noch nie jemanden gehaßt. Er starrte sie an, die üppige Haarmähne, den wie zerschlagen aussehenden Mund: Sie war in dem Sinne häßlich, den der Mann heute gemeint hatte. Häßlich und schön. Verwirrt sah Rory weg.

»Also gut«, sagte Anouschka. »Wo bist du denn gewesen?«

Zunächst antwortete Stacey nicht. Sie saß zusammengesackt auf ihrem Stuhl und sah aus, als hätte sie bewegliche Gelenke wie eine Marionette.

»Ich bin in New York gewesen«, erwiderte sie.

Eine Sekunde lang herrschte Stille. »New York«, sagte Anouschka.

Vesuvi fing an zu lachen. Er hatte ein lautes explodierendes Lachen, das Rory zuerst erschreckte, denn er hatte es noch nie gehört. »New York!« rief Vesuvi. »Köstlich!«

Stacey lächelte. Sie wirkte so überrascht wie alle anderen auch.

Vesuvi kippte auf seinem Stuhl nach vorn und knallte mit den schweren Stiefeln auf dem Boden auf. »Ich find's großartig«, sagte er. »New York. Was für eine perfekte Retourkutsche!« Anouschka starrte ihn nur an.

Auf einmal wurde es sehr lustig.

Wie ein elektrischer Strom lief ein Kichern durch die Anwesenden. Rory merkte, daß er lachte, ohne zu wissen, warum; ihm genügte, daß Vesuvi einen Grund hatte. Sein Boß betrachtete Stacey mit dem milden Blick, mit dem er die Models bedachte, wenn ein Shooting gut lief. »Eine irre Stadt, New York«, sagte er. »Stimmt's?«

»Die tollste«, sagte Stacey.

»Aber sie war doch nur hier!« protestierte Anouschka. »Woher soll sie das dann wissen?«

»Keine Sorge, sie weiß es«, sagte Rory. Nun war alles einerlei, ihm war schwindelig von dem Bedürfnis, Anouschka wütend zu machen. »Du kapierst es nicht, stimmt's?« sagte er.

»Was soll ich denn kapieren, wenn es gar nichts ist?« blaffte sie zurück. Aber sie war verunsichert.

Vesuvi betupfte sich die schweren Lider mit einer Serviette. »Wenn du das nächste Mal nach New York fährst, nimm mich mit«, sagte er zu Stacey.

Das war zuviel für Anouschka. »Ihrr Arrschlöcher!« schrie sie und sprang auf. »Ich bin in New York. Ihr seid in New York. *Hier ist New York!*«

Aber der ganze Tisch lachte, und um so lauter, je mehr Anouschka sich empörte. Hilflos stand sie da, während alle anderen lachten. Rory lachte am allerlautesten, um sie endlich mundtot zu machen.

»Mir reicht's«, sagte sie. »Auf Wiedersehen.«

»Geh wieder nach Japan!« rief Rory. Er geriet richtig außer Atem.

Anouschka nahm ihn ins Visier. Von dem Kajal wirkten ihre klar leuchtenden, grünen Augen an den Rändern verbrannt. Vielleicht flippt sie gleich aus, dachte Rory. Er hatte gehört, daß sie einmal einem Ex-Lover mit der Gabel die Oberlippe durchlöchert hatte. Rory hörte auf zu lachen und hielt sich an der Tischkante fest, um für eine plötzliche Attacke gewappnet zu sein. Zu seinem Erstaunen füllten sich die angekokelten Augen Anouschkas mit Tränen. »Ich hasse dich, Rory«, sagte sie.

Sie zerrte ihre Tasche unter dem Tisch hervor und hievte sie sich über die Schulter. Das lange Haar klebte ihr an den nassen Wangen, als sie versuchte, ihre Jacke vom Stuhl zu zerren. Rory mußte an die Mensa in seiner High School denken: wie die Mädchen mit ihren spillerigen Beinen auf hochhackigen Schuhen stinkwütend dahergestakst waren und mit den Tabletts geklappert hatten. Er empfand eine jähe Wehmut. Sie war doch noch ein Kind, Anouschka – so viel jünger als er.

»He«, sagte Vesuvi, stand auf und nahm Anouschka in die Arme. »He, das war doch nur Spaß.«

»Mit deinem Spaß kannst du dich zum Teufel scheren!« Sie wandte das Gesicht ab, damit niemand sie weinen sah.

Vesuvi streichelte ihr über den Rücken. »Nun komm schon«, sagte er.

Nachdenklich saß die Gruppe da, alle schwiegen betreten. Stacey und Rory tauschten einen Blick und erhoben sich. Niemand protestierte, als sie sich die Jacken anzogen, doch als Rory seine Brieftasche öffnete und die Getränke bezahlen wollte, machte Vesuvi eine wegwerfende Handbewegung. Anouschka klammerte sich immer noch an ihn, das Gesicht an seinem Hals vergraben.

Leise sagte Vesuvi zu Stacey: »Ich hab demnächst was, wofür du perfekt wärst. Bei wem bist du noch gleich?«

Stacey nannte ihm den Namen ihrer Agentur und konnte ihre Freude kaum verhehlen. Rory hörte traurig zu; das sagte Vesuvi zu allen Mädchen und hatte es im nächsten Moment vergessen. Es war nur ein netter Abschiedsgruß.

Sie verließen das Restaurant und gingen in Richtung East Village. Rory hätte Stacey gern an der Hand gefaßt, aber sie schien nun weit von ihm weg, in ihren Gedanken verloren zu sein. Vor einem Markt saß ein Junge auf einem Hocker und putzte Bohnen. Ein Friseur fegte dicke, dunkle Haarhaufen in eine Ecke des Salons. Aus einem Fenster über ihnen kam Musik, und als Rory nach oben schaute, erwischte er einen kurzen Blick auf einen Arm und eine glühende Zigarette. Die Vertrautheit all dessen war zugleich angenehm und schmerzlich. Er suchte etwas in den dunklen Schaufenstern, etwas Endgültiges, das allem anderen zugrunde lag, aber er sah nur sein und Staceys Spiegelbild. Ihre Blicke trafen sich in der Scheibe, dann schauten sie beide weg. Und er begriff, daß das New York war: ein Ort, der aus der Entfernung glitzerte, selbst wenn man dort angelangt war.

Sie stiegen die vier Treppen zu Rorys Wohnung hoch. Unter der Tür schien ein Lichtspalt hervor, was bedeutete, daß Charles wieder da war. Er stand am Küchentisch und wischte eine dicke rote Fleischscheibe mit Küchenpapier ab. Er hatte eine Lötlampe angeschlossen, und zu seinen Füßen lag ein auseinandergenommener Rauchmelder.

»Du Armer«, sagte Stacey und küßte ihn auf die Wange. »Du hörst wohl nie auf zu arbeiten.«

Charles hatte einen Mund wie eine Katze, schmal und nach oben verzogen. Er sah fröhlich aus, selbst wenn er es gar nicht war. »Fleisch ist mein Schwachpunkt«, sagte er. »Ich hab morgen einen Job mit Steaks.«

Er bekam schon eine Glatze und sah dadurch aus, als habe er entbehrungsreiche Zeiten siegreich überstanden, was Rory bewunderte. Neuerdings überprüfte er manchmal, ob auch das Haar an seinen Schläfen dünner wurde, doch seine blonde Surfermähne kam ihm nur noch üppiger vor. Die Ironie der Geschichte bestand darin, daß Charles in Santa Cruz geboren und aufgewachsen war.

»Los geht's«, sagte er nun und stellte die Lötlampe an. Stacey und Rory sahen zu, wie er mit der Flamme langsam über das Fleisch fuhr, vor und zurück wie beim Rasenmähen. Die Oberfläche wurde blaßgrau. Als die eine Seite fertig war, drehte er das Steak um und briet die andere.

»Igitt«, sagte Stacey. »Es bleibt doch innen vollkommen roh.«

»Wart's ab«, sagte Charles.

Er hielt einen langen Metallspieß in die Flamme, bis er rot glühte. Dann drückte er ihn auf das Fleisch. Es zischte, roch nach Braten, und als er den Spieß wieder hochhob, war ein langer schwarzer Streifen in das Steak eingebrannt. Charles erhitzte den Spieß noch mehrere Male und drückte ihn in regelmäßigen, parallelen Abständen auf das Fleisch. Schon bald war es von einem halb durchgebratenen Steak direkt vom Grill nicht mehr zu unterscheiden. Rory kriegte wider alle Vernunft plötzlich irrsinnigen Appetit; obwohl er wußte, daß das Fleisch roh und kalt war, hätte er es gern gegessen.

Stacey machte den Kühlschrank auf. Rory hatte immer einen Vorrat Cola für sie darin; natürlich Cola light, aber auch normale für den Fall, daß sie sich an dem Tag eine verdient und noch nicht gegönnt hatte. Zu seiner Überraschung nahm sie eine normale heraus.

»Was soll's«, sagte sie. »Ich meine, es macht doch eh keinen Unterschied.«

Rory starrte sie an. Das hatte sie noch nie gesagt. »Und was ist mit Vesuvi?« fragte er und bereute es sofort.

»Der nimmt mich sowieso nicht. Das weißt du ganz genau.«

Sie lächelte ihn an, und Rory fühlte sich, als habe sie in die tiefsten Tiefen seiner verlogenen Seele geschaut. »Vesuvi hat doch null Ahnung«, sagte er, aber selbst in seinen Ohren klang das lahm.

Stacey schob das Fenster auf und kletterte auf die Feuertreppe. Der Himmel war seltsam schweflig gelb – wunderschön, doch scheinbar abgetrennt von der Natur. Der kahle, mickrige Baum hinter Rorys Haus zeichnete ein Muster in den Himmel, wie zerbrochenes Glas. Stacey trank die Cola in winzigen, bedächtigen Schlucken. Rory stand hilflos im Fenster und sah ihr zu. Er mußte mit ihr reden, das war ihm klar, aber er wußte nicht, wie.

Er schüttelte eine Zigarette aus der Schachtel und steckte sie sich in den Mund. Charles bearbeitete ein zweites Steak. »Übrigens«, sagte er und deutete mit dem Kinn auf eine Stelle neben Rorys Kopf, »ich habe uns einen Kuchen gebacken – einen echten.«

Überrascht drehte Rory sich um und nahm eine Platte oben vom Kühlschrank. Es war eine schicke, hohe Torte mit riesigen Schlagsahnehäufchen am Rand. »Charles«, sagte Rory verwirrt, »hast du das nicht schon die ganze Woche gemacht?«

»Ja«, sagte Charles, »aber immer für Fremde. Und nie zum Essen.«

Er beugte sich über das Steak, das feuchte Fleisch brutzelte unter der Lötlampe. Er sah verlegen aus, als sei seine Vorliebe für echten Kuchen eine Schwäche, die er selten zugab. Charles' Ehrlichkeit wiederum beschämte Rory – Charles sagte, was er dachte, und kümmerte sich nicht darum, wie es klang.

Rory kletterte aus dem Fenster und setzte sich neben Stacey. Er spürte die Stangen der Feuertreppe kalt durch seine Jeans. Stacey hielt die Cola in der einen Hand und nahm Rorys Hand in die andere. Sie schauten in den gelben Himmel und hielten sich fest an den Händen, als werde gleich etwas geschehen.

Rorys Herz schlug heftig. »Vielleicht klappt es ja wirklich nicht«, sagte er. »Das Modeln. Vielleicht wird nichts draus.«

Er suchte in ihrem Gesicht nach einem Zeichen von Erschrecken, fand aber keines. Sie sah ihn ruhig an, und zum ersten Mal spürte Rory, daß Stacey älter war als er, daß sie Dinge im Kopf hatte, von denen er nichts wußte. Sie stand auf und gab Rory die Cola. Dann umfaßte sie das Geländer der Feuertreppe und stemmte sich in den Handstand. Rory hielt den Atem an und beobachtete mit ängstlichem Erstaunen, wie ihr gertenschlanker Körper vor dem gelben Himmel leicht hin- und herschwankte. Sie hatte kein Problem, das Gleichgewicht zu halten, und verharrte in dieser Haltung scheinbar lange Zeit. Schließlich knickte sie in der Taille ein, senkte die Füße zu Boden und stand wieder aufrecht da.

»Wenn es nicht klappt«, sagte sie, »dann betrachte ich die Welt eben aus einem anderen Blickwinkel.«

Sie umfaßte Rorys Gesicht und küßte ihn auf den Mund, hart, mit ingrimmig zärtlicher Dringlichkeit, wie jemand, der gleich in einen Zug steigt. Dann drehte sie sich um und betrachtete wieder den Himmel. Rory schaute sie an. Bei dem Gedanken daran, daß sie tatsächlich einen anderen Blickwinkel finden würde, wurde ihm eigenartig bange. Er stellte sich Stacey an einem fernen Ort vor, wie sie zu ihm, auf ihre Welt zurückblickte, als sei es ein heller, funkelnder Traum, an den sie einmal geglaubt hatte.

»Nimm mich mit«, sagte er.

DIE STYLISTIN

Als sie endlich in den Dünen anlangen, spannt Jann, der Fotograf, einen silbernen Schirm auf. Es ist das letzte Shooting des Tages. Das satte Licht kommt von schräg oben. Rings um sie herum bildet der Sand glitzernde kleine Hügel, gläserne Schlickhäufchen.

Ein Mädchen stochert mit dem Zeh im Sand. Sie trägt einen kurzen Baumwollrock und ein weites T-Shirt. Ein paar Meter von ihr entfernt kramt eine Stylistin in einem Koffer mit Designer-Bademoden. Die Stylistin heißt Bernadette. Sie macht den Job seit Jahren.

»Hier«, sagt sie und gibt dem Mädchen einen Bikini. Er ist aus glänzendem rotem Material. Das Mädchen wirft einen Blick auf Jann, der einen Film in seine Kamera legt. Sie zieht sich die Unterhose unter dem Rock aus und das Bikinihöschen an. Sie ist noch lange keine zwanzig.

»Wird das das Cover?« fragt das Mädchen. Sie heißt Alice. Bei jedem Shooting stellt sie diese Frage.

»Wo warst du vor zwei Monaten?« fragt die Stylistin.

»Wie meinst du das?« Alices Gesicht ist rhombenförmig. In ihren Augen liegt Gold.

»Ich meine, wo du vor zwei Monaten warst«, sagt Bernadette noch einmal.

»Zu Hause. Da war ich noch nicht entdeckt.«

»Zu Hause ist wo?«

»In Rockford, Illinois.«

»Cover oder nicht«, sagt Bernadette zu dem Mädchen, »ich habe den Eindruck, du hast es schon ganz schön weit gebracht.«

Das überrascht Alice. Ihr Mund geht auf, als wolle sie etwas antworten, doch sie dreht sich um und zieht sich das T-Shirt über den Kopf. In der Bewegung ihrer Schultern ist etwas Verzweifeltes. Sie bedeckt ihre beiden kleinen Brüste mit dem roten Bikinioberteil. Bernadette bindet ihr die Bänder zu. Einen Moment lang betrachtet Alice die Wellen; die sind blaßblau und ungestüm.

»Wo sind wir noch gleich?« fragt sie.

»Auf Lamu«, sagt Bernadette.

Haar und Make-up kommen durch den Sand gelaufen, sie keuchen von der Anstrengung. Nick, der Make-up-Mann, beginnt die Augen des Mädchens zu bearbeiten. Sie schlingt die Arme um sich.

»Wo waren wir gestern?« fragt sie.

»In Mombasa«, sagt Bernadette.

Der Fotograf ist fertig. Die silbernen Schirme sind aufgestellt, sie sollen das Licht einfangen. Er hält einen Lichtmesser an die Brust des Mädchens. Haar und Make-up rauchen eine Zigarette zusammen. Es sind noch zwei Models mit auf diesem Trip, sie schauen aus einiger Entfernung zu. Das Meer rauscht gegen die Dünen. Umgeben von Leuten, die angekleidet sind, wirkt das Mädchen besonders nackt. Sie ist noch so neu, daß die Kamera ihr angst macht. Jann hat sie vom Stativ genommen und hält sie ihr dicht vors Gesicht. »Was für ein Gesicht«, sagt er, macht eine Pause und blickt in die Runde. »Schaut ihr euch dieses Gesicht an.«

Alle sehen hin. Es ist zart, zerbrechlich. Jann kneift hinter seiner Kamera die Augen zusammen. Der Rhythmus des Auslösers fällt zusammen mit dem der sich brechenden Wellen. Das Mädchen nimmt ihn auf, beginnt sich zu bewegen.

»Ja«, schreit Jann, »perfekt!«

Sie schauen wieder hin. Auch Bernadette, sie sieht es ebenfalls und spürt, daß die anderen es sehen. Irgendwas ist im Fall des Lichts, in den unruhigen Händen des Mädchens, ihrem traurigen Mund. Ruhe senkt sich herab. Alice ist mehr als ein mageres junges Mädchen an einem Strand; sie ist das junge Mädchen schlechthin; langhaarig, traurig betrachtet sie die zarte Linie des Horizonts. Die Kamera klickt. Dann ist der Moment vorüber.

Alice beugt sich vor und kratzt sich am Knie. Bernadette schaut Jann an. Er lächelt.

»Bingo«, sagt er.

In der Stadt weht ein heftiger Wind, wirbelt Staub und Bonbonpapierchen durch die Luft. Auf Lamu gibt es viele Witwen, alte, gedrungene Frauen, die ihre dunklen Schleier festhalten, damit sie nicht weggeweht werden. Auf dem Marktplatz hocken sie neben Körben voll getrockneter Früchte, Samen, purpurfarbener Körner. Die Luft riecht verbrannt.

Die Gruppe wohnt in einem zweistöckigen alten Hotel am Hafen – die Sorte Hotel, in denen man Pianospieler vermutet und rauhe Kerls, die auf ihre Vaterländer anstoßen. Es erinnert Bernadette an das Hotel in New Orleans, in dem sie ihre Flitterwochen verbracht hat. Wie das Haus damals hat auch dieses Deckenventilatoren. Letzte Nacht hat sie im Bett gelegen und zugesehen, wie sich ihrer gedreht hat.

Nach dem Abendessen erzählt Alice, wie sie entdeckt

worden ist. Es war im Einkaufszentrum, sagt sie. Die Mädchen defilierten alle einmal durch. Man mußte Fotos mitbringen. Sie hatte eins dabei, auf dem sie auf den Schultern ihres Bruders reitet. Die beiden anderen Models scheint die Story zu langweilen.

Bernadette zündet sich eine Zigarette an. Sie sagt zu Jann, der in einer Zeitschrift blättert: »Woran erinnert dich das?«

Er schaut auf, hebt die blonden Augenbrauen. Er ist sanft und muskulös, wie ein Wikinger in einem Kinderbuch.

»Was erinnert mich woran?« fragt er.

»Das hier. Wir alle.«

Jann scheint es nicht zu kapieren, deshalb fährt sie fort: »Ist dir aufgefallen, daß eigentlich keiner den anderen mag?« sagt sie. »Wir sind wie eine Familie.«

Das findet er lustig. Er nimmt einen großen Schluck Bier und fährt sich mit der Hand durchs Haar. »Findest du?«

Bernadette lacht und hört wieder auf. »Was hält uns zusammen?« fragt sie.

»Das ist leicht«, erwidert Jann und lehnt sich auf seinem Stuhl so weit zurück, daß das billige Holz knarzt. »Das weiß doch jedes Kind.«

»Sag's trotzdem. Tu mir den Gefallen«, bittet Bernadette.

Er beugt sich vor und stützt die Ellenbogen auf den mit Wachstuch überzogenen Tisch. Aus den engen Straßen weht der Wind schlingernde Melodiefetzen herein. Die Models sind davongeschlendert, der Raum ist voller Menschen, deren Haut so schwarz ist, daß sie im Licht blau schimmert.

»Wir sind auf einem Shooting«, sagt er.

Er rollt ein Streichholz zwischen den Handflächen und winkt dann dem Kellner zu: noch zwei Bier. Auf der Tischkante lassen sich Fliegen nieder. Er schaut Bernadette an. »Auf die Bilder«, sagt er und hebt sein Glas. Er klingt, als sei ihm nicht ganz wohl. Bernadette legt den Kopf zurück und trinkt aus der Flasche. Ihr Hals ist lang und weiß. Jann beobachtet, wie sich beim Schlucken ihr Kehlkopf bewegt.

»Auf die Hand, die uns füttert«, sagt sie.

Da kommen die Mädchen angerannt. Sie wollen irgendwohin tanzen gehen. In Mombasa waren sie in einer Diskothek, in der sich junge afrikanische Huren phlegmatisch hin- und herwiegten und auf Freier warteten. Die Mädchen waren fasziniert.

»Auf Lamu findet ihr nichts«, sagt Jann. »Hier gibt's ja nicht mal Autos.«

Alice gähnt ungeniert, wie eine Katze. In ihren Zähnen verfängt sich das Licht. Sie beugt sich vor und legt den Kopf auf Janns Schulter. Teenagerhaft ungeschickt hat sie ihn von Anfang an angehimmelt.

»Ich bin müde«, sagt sie.

Jann wirft Bernadette einen Blick zu und zieht Alice auf seinen Schoß. Er streicht ihr mit der Hand über das weiche Haar, sie lehnt sich entspannt an ihn und streckt ihre langen Beine von sich. Alle schweigen. Dann bewegt sich das Mädchen wieder und hebt den Kopf. Um diese Zeit vor zwei Monaten hat sie wahrscheinlich ihrem Vater einen Gute-Nacht-Kuß gegeben. »Also gut«, sagt sie und schaut von Jann zu Bernadette, »bis morgen früh.« Sie geht los, die anderen beiden suchen, die ohne sie abgezogen sind.

»Armes Kind«, sagt Jann.

Während sie Alice nachschauen, greift Bernadette unter den Tisch und berührt Jann zuerst vorsichtig, dann mutiger. Wahnsinn, denkt sie, wie man das einfach machen kann. Wie stehlen. Gott sei Dank wissen das diese blutjungen Dinger nicht.

Jann schaut sie an und schluckt. Sie kommt zu dem Schluß, daß er jünger ist, als sie gedacht hat. Sie trinkt ihr Bier, das nach Rauch schmeckt, und nimmt die Hand nicht weg. »Woran erinnert dich das?« fragt sie.

Er schüttelt den Kopf. Seine Wangen röten sich.

»Gehn wir rauf«, sagt Bernadette.

Sie verlassen die Bar und steigen die enge Hoteltreppe zu ihren Zimmern hinauf. Bernadette stützt sich mit den Handflächen an der Wand ab. Sie ist auch betrunkener, als sie gedacht hat. Oben bleiben sie stehen; Insekten fliegen im Sturzflug gegen eine Glühbirne. Jann verhakt die Finger hinten in Bernadettes Jeans und zieht ein wenig. Metallisch scharfes Begehren stößt ihr aus der Kehle auf.

»Dein Zimmer?« sagt sie.

Janns Bett ist ordentlich gemacht, das Moskitonetz darüber zu einem Bündel verschnürt. Er geht ins Bad und schließt die Tür. Bernadette stellt sich ans Fenster. Es hat keine Scheiben, nur zwei Holzläden, die zur Seite geschoben sind, um den Nachtwind hereinzulassen. Ein heller Mond gießt Silber über die Wellen. Bunte Segelboote säumen die Küste.

Bernadette hört die Toilettenspülung und bleibt am Fenster stehen in der Erwartung, daß Jann sich hinter sie stellt. Das tut er nicht. Das Bett quietscht unter seinem Gewicht.

»Weißt du«, sagt sie und schaut immer noch aufs Meer hinaus, »das erinnert mich an was.«

»Alles erinnert dich an was.«

»Stimmt. Eines Tages krieg ich raus, an was.«

»Irgendeine Ahnung?«

»Nein.« Sie streckt sich, zieht den Bauch ein. »Es muß eins von den wenigen Dingen sein, die ich noch nicht gesehen oder getan habe.«

Jann schweigt. Ob er wohl das Netz heruntergezogen hat?

»Na, dann müßtest du es ja merken, wenn es ansteht«, sagt er.

Bernadette zieht sich das Hemd aus. Ihr BH ist schwarz, ihre Brüste darin voll und weiß. Sie hat zuviel Fleisch. Das war immer so, aber nach einem Tag, an dem sie Mädchen mit vorstehenden Hüftknochen und Bäuchen wie leere, flache Teller angezogen hat, ist sie von ihrem eigenen Körper immer wieder überrascht. Sie dreht sich zu Jann um. »Ja, wenn ich es gefunden habe«, sagt sie, »dann weiß ich es. Denn es wird mich an nichts erinnern.«

Da liegt er, die Hände hinter dem Kopf verschränkt. Sein Fotografenauge ruht auf ihr. Sie fühlt sich ausufernd, unattraktiv. Hätte sie bloß das Hemd angelassen.

»Wenn du die Augen zumachst«, sagt sie, »merkst du den Unterschied nicht.«

Jann schüttelt den Kopf. Der Deckenventilator dreht sich, der Luftstrom streicht über Bernadettes nackte Schultern. Sie geht zur Kommode und findet darauf verstreutes Kleingeld, Filmbehälter, eine Schachtel Zigaretten. Sie nimmt eine heraus und zündet sie an. Auch Polaroidfotos liegen dort: zwei von heute morgen in der

Stadt, eins vom Hafen. Sie entdeckt ein Bild von Alice in den Dünen und hält es hoch. »Wie findest du sie?« fragt sie.

»Niedlich«, sagt Jann. »Aber steif. Neu.«

»Sie ist verliebt in dich«, sagt Bernadette. »Das hast du doch bestimmt gemerkt.«

»Armes Ding«, sagt Jann. »Sie sollte zu High School-Bällen gehen.«

Bernadette schaut sich das Foto noch einmal an. Das Sonnenlicht verfängt sich im Haar des Mädchens. Der Sand ist hell und leuchtet wie Schnee, das Meer türkis. Plötzlich sehnt sie sich nach diesen weißen Dünen, als hätte sie so etwas noch nie gesehen. Sie muß sich selbst daran erinnern, daß sie genau außerhalb des Fotos gestanden, daß sie den Bikini für das Mädchen ausgesucht hat.

»Ist dir schon mal aufgefallen, wie bedeutungsvoll diese Dinge aussehen können?« fragt sie.

Jann lacht. »Ob mir das aufgefallen ist?« sagt er. »Es ist meine Aufnahme!«

Bernadette legt das Foto wieder zu den anderen. Ihre Stimme wird weich. »Ich meinte es in einem allgemeinen Sinn.«

»So funktionieren sie ja auch«, sagt Jann, »in einem allgemeinen Sinn.«

Im Zimmer herrscht fahles Licht. Bernadette geht zum Bett. Erstaunlich, denkt sie, wie Lust und Traurigkeit sich zusammentun und einen auf jemanden zuschieben. Sie setzt sich und wünscht sich dann, sie wäre zur Tür gegangen. Sie hätte Jann gern dazu gebracht, daß er gefragt hätte. Er hätte gefragt, denkt sie.

Sie legt sich neben ihn unter den kreiselnden Ventilator, der sie an eine Schere erinnert. Sie und Jann berühren einander nicht.

»Und?« sagt sie. »Hast du vor, die Gelegenheit zu nutzen?«

»Wie bitte?«

»Bei Alice.«

Seine Arme verspannen sich. »Bist du immer so?«

»Du treibst mich zu Höchstleistungen«, sagt Bernadette.

Sie umfaßt sein Gesicht und küßt ihn auf den Mund. An ihrem Zahnfleisch und ihren Zähnen steigt der scharfe metallische Geschmack auf. Sie fragt sich, ob Jann es schmeckt. Sie drückt sich mit dem Bauch an ihn und zieht ihm das T-Shirt über den Kopf. Einen Menschen auszuziehen ist leicht – damit verdient sie ihr Geld. Jann riecht nach Strand. Seine Brust ist fast haarlos.

»Was ist?« fragt er.

Seine Augen werden klein und glänzen. Er zieht Bernadette herunter und schiebt sich über sie, streift ihr die Jeans ab, ein Hosenbein nach dem anderen. Sie betrachtet seine Arme, die hervortretenden Muskeln und Adern, die sie betrachtet hat, als er all die Tage Filme in seine Kamera gelegt hat. Sie spürt ihnen mit den Fingern nach, die Nägel hinterlassen weiße Halbmonde. Er protestiert nicht. Nun hat sie ihn, das weiß sie. Aber was bedeutet das schon?

Nachdem sie miteinander geschlafen haben und der Lärm aus der Bar abgeebbt ist, liegen Jann und Bernadette reglos nebeneinander.

»Übrigens«, sagt sie, »dieses Zimmer ist dem sehr ähnlich, in dem ich meine Flitterwochen verbracht habe. In New Orleans.«

»Flitterwochen?«

»Ja, klar. Was sonst sollte man in den frühen Siebzigern tun?«

Jann sagt nichts.

»Damals war ich hübsch«, fügt sie hinzu. »Meine Haare waren so lang.« Sie dreht sich ein wenig herum und zeigt auf ihren Wirbelsäulenansatz. Die Haut ist feucht.

»Du bist immer noch hübsch«, sagt Jann.

»Also bitte!«

Er fährt ihr mit dem Finger über die Wange.

»Laß es«, sagt sie.

»Warum?«

»Weil alte Haut immer tränenverschmiert aussieht.«

»Wie alt bist du?« fragt er.

»Sechsunddreißig.«

Er lacht. »Sechsunddreißig. Oh Gott, in was für einer Branche arbeiten wir.«

Bernadette berührt ihre Wange dort, wo Janns Finger war. Sie betastet die Haut, als suche sie eine unreine Stelle.

»Ich arbeite seit sechzehn Jahren als Stylistin«, sagt sie. »Am Anfang habe ich mit den Mädchen konkurriert. Jetzt hege ich mütterliche Gefühle.«

»Sechzehn Jahre«, sagt Jann kopfschüttelnd.

»Sie werden immer jünger«, sagt sie.

»Sie werden auch älter. Denk mal dran, wie das für sie ist.«

»Wer weiß das schon? Sie verschwinden.«

»Eben.«

Sie bleiben schweigend liegen. Bernadette beschließt, in ihr Zimmer zurückzugehen. Ein Gespräch ist dazu da, daß man irgendwo ankommt, und sie und Jann sind schon angekommen und wieder gegangen.

»Komisch«, sagt er, »verheiratet kann ich mir dich gar nicht vorstellen.«

»Ich war's ja auch kaum. Es hat eine Minute gedauert.«

»Wie ist es auseinandergegangen?«

»O je!« sagt sie. »Was hab ich mir da eingebrockt!«

»Erzähl doch mal.«

Sie kneift die Augen zusammen und setzt sich auf. Sie sucht mit den Zehen ihre Sandalen auf dem Boden.

»Du kannst keine einfache Frage beantworten«, sagt Jann. »Stimmt's?«

Bernadette legt die Fingerknöchel an die Lippen. Die Tür ist drei Meter vom Bett entfernt. Sie wünschte, sie wäre angezogen.

»Ich bin unruhig geworden«, sagt sie.

»Unruhig«, sagt Jann.

»Verstehst du, was ich meine? Rastlos. Ich dachte die ganze Zeit, wie viele Orte es noch gibt.«

Jann lacht. »Dann hast du dir ja das richtige Leben ausgesucht.«

»Das glaube ich auch«, sagt Bernadette. Sie kramt nach ihrem Feuerzeug. »Weißt du«, sagt sie, »du fragst zuviel.«

Sie zündet sich eine Zigarette an, raucht sie genüßlich, läßt Qualmwölkchen aus der Nase und einen Schwall Qualm aus dem Mund quellen. Sie denkt, wie wahnsinnig gern sie raucht, wie sehr solche Gespräche sie sonst mitnehmen würden.

»Und?« sagt Jann, als sie ihre Zigarette in der Aschenbechermuschel ausdrückt. »Waren sie so schön, wie du sie dir vorgestellt hast? Die Orte?«

»Ja klar, waren sie schön. Sehr schön sogar. Hier ist es auch schön.« Sie gestikuliert mit dem Arm zur Zimmerdecke. »Ich bin in der ganzen Welt rumgekommen. Du doch auch, oder?«

»Ja, ich auch«, sagt Jann.

Sie zuckt die Achseln, schlüpft dann mit den Füßen in die Sandalen und zündet sich eine letzte Zigarette an. *One for the road*, denkt sie.

»Ich bedaure nur«, sagt sie, »daß ich kaum Bilder von mir habe. Ich besitze nur die Fotos, für die ich gestylt habe.«

Jann nickt. »Es ist, als schaue man sich das Fotoalbum von jemand anderem an.«

Bernadette dreht sich um und betrachtet ihn. Er hat ein liebenswürdiges Gesicht, denkt sie. »Stimmt«, sagt sie. »Genauso ist es.« Sie drückt die halb aufgerauchte Zigarette aus. Sie hätte vor zehn Minuten gehen sollen. Ich bleibe noch eine halbe Stunde, denkt sie.

Sie legt sich wieder hin, auf die Seite neben Jann. Seine Schulter riecht süßlich, wie Bienenwachs. Sie legt die Hand auf seinen Bauch; als sie sie wegziehen will, legt Jann seine darüber.

»Von all den Orten, an denen du gewesen bist«, sagt er, »welcher hat dir am besten gefallen?«

Bernadette seufzt. Sie ist die Fragerei leid. Seltsam, sie kann sich nicht erinnern, daß sie das schon einmal gefragt wurde. Ist das möglich? fragt sie sich. Das muß doch schon mal jemand gefragt haben, und bestimmt hat sie darauf schon mal geantwortet. Wieder versucht sie die Hand wegzuziehen. Jann hält sie fest.

»Ich mochte alle«, sagt sie.

»Quatsch.«

Plötzlich empfindet sie heftiges Bedauern, daß sie immer noch hier ist, daß sie sich in dieses Gespräch hat verwickeln lassen. Jann nimmt ihre Hand von seinem Bauch und legt sie sich auf die Brust. Dort dicht über dem Knochen ist die Haut wärmer. Sie spürt, wie sein Herz schlägt.

»Einen muß es doch geben, der heraussticht«, sagt er.

Bernadette zögert.

»New Orleans«, sagt sie. »Meine Flitterwochen.«

Sonst fällt ihr nichts ein. Plötzlich hat sie ein Gefühl, als werde sie gleich weinen.

Jann läßt ihre Hand los. Er dreht sich auch auf die Seite, so daß er ihr ins Gesicht sehen kann. Ihre Hüften berühren sich.

»Es muß eine tolle Stadt sein.« Nun ist seine Stimme leise.

Bernadette schiebt sich an ihn. Sie kann sich nicht davon abhalten. Jann umfaßt ihr Gesicht und zwingt sie, ihn anzuschauen. »He«, sagt er, » woran erinnert dich das?«

Er macht Spaß, will sie necken. Er trägt eine dünne silberne Halskette.

»An nichts«, sagt sie. Mehr bringt sie nicht heraus.

Einen Augenblick bewegen sie sich beide nicht.

»Gut«, sagt Jann und zieht sie an sich. »An das hier vielleicht.«

Am nächsten Morgen stolpern sie durch die Dünen, schwindelig vor Erschöpfung. Es ist noch früh, das Licht ist fahl, matt. Es macht die Wellen bleich. Jann ist nicht rasiert. Bernadette muß ihn immer wieder anschauen.

Sie sind spät dran. Die anderen wuseln unruhig am Strand herum, drehen sich um, schauen, ob sie nun endlich über den Sand zu ihnen kommen. Die Gesichter der Models wirken gespenstisch in dieser leblosen Morgensonne. Sie denken sich ihr Teil. Hoffentlich, denkt Bernadette.

»Komisch«, sagt Bernadette. »Wieder zurückzugehen.«

»Zu ihnen?« Jann zeigt auf die Gruppe. »Oder zurück nach Hause?«

»Beides«, sagt sie.

Im Laufe des Tages werden sie nach Nairobi fliegen. Morgen früh dann nach New York. In zwei Wochen fliegt Bernadette nach Argentinien.

»In dem Moment, in dem man woanders ist«, sagt sie, »verschwindet alles.« Ein Fehler, so was zu sagen. »Wird ausgeblendet.«

Jann hängt sich die Kameratasche auf die andere Schulter. In seinen Bartstoppeln glitzert Schweiß.

»Ein paar Dinge müssen bleiben«, sagt er und grinst sie an, »sonst blieben ja nur die Bilder, die du gestylt hast und die ich gemacht habe.«

Haar und Make-up winken. Die anderen tun so, als stampften sie vor lauter Ungeduld in den Sand. Er ist so weich, daß kein Geräusch dabei entsteht.

»Das reicht nicht«, sagt Bernadette.

»Nein«, sagt Jann, »das reicht nicht.«

Sie versucht seinen Blick zu erwischen, aber er läuft zu schnell. Er hat es ja nun gesagt, denkt sie. Aber sie kann nicht von dem Gespräch ablassen. »Es reicht nicht«, sagt sie noch einmal.

Sie kommen bei der Gruppe an. Alle mustern sie aufmerksam. Bernadette genießt diese Aufmerksamkeit auf schamlose, kindische Weise. Sie kann sich nicht erinnern, daß sie das seit der High School wieder einmal so empfunden hat. Es hat etwas Wunderbares, wenn sich die Leute Fragen über einen stellen.

Alice ist zuerst dran mit Fotografiertwerden. Sie trägt einen knappen schwarzen, mit Goldfäden durchzogenen Einteiler. Es ist Bernadettes Lieblingsbadeanzug.

»Gut, daß du den anhast und nicht ich«, sagt sie und schneidet einen losen Faden ab. Das Mädchen hat so kleine Brüste, daß Bernadette den Badeanzug im Rükken zusammenstecken muß. Alice lächelt nicht. Heute sehen ihre Augen komisch aus, als habe sie nicht geschlafen.

Nick, der Make-up-Mann, kann gar nicht genug Lidschatten drauftun. »Du bist verquollen«, sagt er und tuscht ihr die Wimpern.

»Verquollen«, schnaubt Bernadette verächtlich. »Was willst du denn in zwanzig Jahren sagen?«

Als Nick zufrieden ist, geht Alice, die beiden anderen Models links und rechts neben sich, Rücken zur Kamera, zum Wasser. Alice hält die Arme vom Körper ab, eine Ballettpose. Als Jann zu fotografieren beginnt, hebt sie sie langsam. Bernadette steht neben Jann. Sie sieht ein dünnes Kind, der Körper kaum in seinen ersten zarten Rundungen festgelegt. Im Gesicht des Mädchens liegt etwas Ergebenes, etwas leicht Verletzliches. Sie schaut Jann an.

»Mehr Augen«, sagt er. »Mach sie härter.«

Das Mädchen hebt das Kinn, die Linie ihres mageren Unterkiefers wird schärfer. Ihre Augen sind hell und schmal. Sie schaut Jann und Bernadette mit dem grimmigen, traurigen Blick eines Menschen an, der weiß, daß er das, was er sieht, nicht kriegt.

Jann wird ganz aufgeregt. »Ja, genau, Mädchen!« ruft er.

Stimmt, denkt Bernadette. In drei Jahren ist sie wahrscheinlich berühmt. An Lamu wird sie sich kaum erinnern, und wenn sie auf Fotos von sich an diesem Strand stößt, wird sie überlegen, wer sie aufgenommen hat.

Als die Bilder im Kasten sind, wandert Alice weiter zum Wasser und geht hinein. Sie trägt immer noch den schwarzen Badeanzug, und als sie allein dort steht, sieht sie aus wie ein x-beliebiges Mädchen, das gleich hineintaucht. Nachdem Bernadette die beiden anderen Models angezogen hat, geht sie hinter Alice her. Schweigend waten sie durch die Wellen.

»Ich will nach Hause«, sagt Alice. Ihre Augen sind rot.

»Noch vierundzwanzig Stunden«, sagt Bernadette.

»Ich meine, richtig nach Hause.«

»Nach Rockford, Illinois?«

Das Mädchen nickt. »Ich bin einsam«, sagt sie.

Erstaunlich, denkt Bernadette, wie junge Menschen das einfach so sagen können. Wie leicht es ist.

»Wir sind in Afrika«, sagt sie zu dem Mädchen.

Alice zuckt mit den Schultern und schaut zurück zum Ufer. Hinter den Dünen erheben sich seltsam geformte Bäume. Jann knipst schon wieder. Die anderen Models liegen ausgestreckt im Sand.

»Wenn man in Afrika ist, kommt einem Zuhause immer besonders toll vor«, sagt Bernadette.

Alice dreht sich zu ihr um, kneift die Augen in der Helligkeit zusammen. »Wie meinst du das?«

»Ich meine, du kannst nach Hause gehen, wann immer du willst«, sagt Bernadette. »Keiner hält dich.«

Alice aber hat den Blick fest auf den Horizont gerichtet. Das Wasser sieht zähflüssig wie geschmolzenes Silber aus. Bernadette spürt es warm an ihren Oberschenkeln.

»Und dann bist du zu Hause«, sagt Bernadette.

Alice taucht die Finger ins Wasser und malt sich nasse Streifen auf den Arm. Sie sieht enttäuscht aus, als hätte sie erwartet, etwas anderes zu hören.

»Aber jetzt, wo du auf den Geschmack gekommen bist«, sagt Bernadette, »willst du vielleicht gar nicht mehr.«

Einen Moment empfindet sie Stolz darüber, wie sie ihr Leben in die Hand genommen hat. Ich bin nicht nach Hause gegangen, denkt sie.

»Nein, garantiert nicht«, sagt Alice.

Das Gesicht des Mädchens entspannt sich etwas. Sie sieht erleichtert aus. Ein solch außergewöhnliches Leben gibt man nicht so ohne weiteres auf.

»Egal«, sagt Bernadette. »Ich kann dich ja ein bißchen aufmuntern.«

Alice zuckt die Achseln, klammert sich an ihren Trübsinn. Schließlich ist sie ein Teenager.

»Das Foto, das wir gerade gemacht haben – das von dir«, sagt Bernadette. »Das war das Cover.«

Das Mädchen fährt sich mit den Händen durchs Haar. Ihre Lippen öffnen sich, ihre Augen füllen sich mit Tränen. Sie versucht nicht zu lächeln.

Beim Klang von Stimmen drehen sie sich um. Nick im Schlepptau, kommt Jann auf sie zugelaufen. Sie sind fertig mit dem Shooting.

»Ich will ein Foto von dir machen«, sagt Jann zu Bernadette. »Dann mache ich dir einen Abzug.«

Bernadette wirft Alice einen Blick zu. Das Mädchen hat sich abgewandt, ihre nassen Hände baumeln an ihrem Körper herunter.

»Von uns dreien«, sagt Bernadette.

Jann gibt Nick die Kamera. Er stellt sich neben Bernadette, sie steht zwischen ihm und dem Mädchen, den Arm um sie beide gelegt. Sie spürt die Knochen in Alice' Schultern, fragil und warm wie die eines Vogels. Sie wischt dem Mädchen ein paar Haarsträhnen aus dem Gesicht.

»Lächeln«, sagt Nick.

Ruhe, die Stille eines Moments, der festgehalten wird. Bernadette bemerkt die Brise, die weichen Wellen, die ihr die Zehen benetzen. Sie empfindet eine schmerzliche Wehmut. Janns Hand drückt ihr auf den Rücken. Alles zwischen ihnen ist ein zerbrechliches Fadengewebe, ein Spinnennetz. Bernadette sehnt sich nach diesem Moment, als sei er schon vergangen, als habe er Wirklichkeit sein können. Aber er ist da.

EIN RICHTIGES TEIL

Das Hobby meines Bruders ist Modellbau. Aus Plastikteilen baut er Schiffe, Flugzeuge, Rennwagen und solche durchsichtigen menschlichen Körper, in die man Herz und Magen und dergleichen reinsteckt. Ich lege ihm die Teile zurecht. Damit verbringen wir seit Jahren so manchen ruhigen Tag: Draußen brummen Rasenmäher, Kinder lachen im Nachbargarten, vom Fernseher im Arbeitszimmer, wo Dad allein sitzt und ein Spiel anschaut, kommen leise Geräusche. Mit der Zeit werden die Modelle komplizierter.

Vor sechs Jahren, als Bradley zehn und ich sieben war, wollte meine Mutter mit uns einkaufen fahren. Nachdem sie rückwärts aus der Garage gesetzt war, fiel ihr ein, daß sie die Rabattmarkenhefte nicht dabeihatte. Wir blieben im Auto, und der Motor lief, während sie ins Haus ging, um sie zu holen. Es war ein heißer Tag, so ein Nachmittag, an dem dichte weiße Fusselfetzchen durch die Luft wehen und über allem das Schnarren der Heuschrecken zu hören ist. Jedenfalls stelle ich es mir jetzt so vor.

Bradley saß vorn. Als unsere Mutter weg war, rutschte er auf den Fahrersitz und begann am Steuer herumzufummeln; er tat so, als fahre er. Die elektronisch gesteuerte Tür der Garage war schon wieder geschlossen. Als unsere Mutter mit den Markenheftchen zurückkam, quetschte sie sich zwischen Garagentür und Vorderfront des Autos durch, um zu ihrem Sitz zu kommen. Sie hatte es eilig. Sie trug einen Strohhut, das Haar hing ihr ins Gesicht. Vielleicht konnte sie Bradley deshalb nicht sehen. Womöglich sah sie ihn aber auch und dachte: Es passiert schon nichts.

Das Auto machte einen Ruck nach vorn und stieß gegen die Tür. Man sollte es nicht für möglich halten, daß ein Mensch dabei so verletzt werden kann, aber es hieß, sie habe innere Blutungen gehabt. Manchmal starre ich die Menschenmodelle aus Plastik in Bradleys Zimmer an, all die verschiedenen Teile, und frage mich, welche bei ihr geblutet haben.

Ich erinnere mich an meine Mutter wie an einen guten, langen Traum. Ich sehe einen wunderschönen Schatten, vielleicht, wie sie sich über das Gitter meines Kinderbetts beugt. Ich erinnere mich, daß sie viel gesungen hat. Wenn sie mich nach dem Baden abtrocknete, trällerte sie alberne Liedchen von freundlichen Gemüsen und Bauernhoftieren, die in Reimen sprachen. Sie war im Kirchenchor, und wenn wir morgens durch den Schnee zusammen dorthin gingen, schien die Sonne manchmal so hell, daß ich die Augen geschlossen halten mußte. Dann faßte ich sie an der Hand, und sie führte mich über die eisglatten Wege.

An eine Situation erinnere ich mich ganz besonders, wie an den Teil des Traums, der immer wieder zurückkehrt. Schick angezogen mit schönen Schuhen und teurer Strumpfhose, wollte sie zum Flughafen, und ich radelte mit meinem Dreirad herum. Ich muß vier Jahre alt gewesen sein. Als sie zum Auto ging, kutschierte ich hinter ihr her; trat immer fester in die Pedale, bis ich ihr an den Knöchel fuhr. Die Strumpfhose war zerrissen, und sie blutete. Es war kein Unfall. Ich wußte, was geschehen würde, aber ich konnte es nicht glauben. Ich trat immer weiter in die Pedale.

Ich erinnere mich an ihren Gesichtsausdruck, als sie sich umdrehte und mich hinter sich sah. Ihr Mund ging auf, und eine Minute stand sie da und griff sich ins Haar. Dann bückte sie sich und faßte sich mit der Hand an die blutende Aufschürfung. Ich weinte, als sei ich selbst verletzt worden. Wenn ich heute daran denke, möchte ich immer noch weinen.

Vielleicht war es mit Bradley im Auto genauso. Ich denke oft darüber nach.

Bradley macht gern gefährliche Sachen. Halsbrecherische Kunststücke meine ich. Er ist Motorradrennen gefahren und mit dem Fallschirm aus einem Flugzeug gesprungen. Er ist oben über die Waggons eines Zuges gelaufen, allein auf dem Lake Michigan gesegelt, obwohl ein Sturm angekündigt war, und hat Hanggliding gemacht. Ich habe immer zugesehen. Es gibt ein Geheimnis, über das wir nicht laut sprechen müssen: Wenn ich da bin, passiert ihm nichts. Ich lasse Brad nicht aus den Augen, einerlei, wie weit er geht, und ich sorge dafür, daß er sich nicht zu weit vorwagt. Ich bin überzeugt, daß ich diese Gabe besitze. Eine Art Zauberkraft. Als meine Mutter damals zwischen Garagentür und Auto hergelaufen ist, habe ich vielleicht in die falsche Richtung geschaut.

Die Belsons kommen zum Barbecue zu uns, und ich backe mit Peggy, seit letztem Jahr unsere Stiefmutter, einen gedeckten Apfelkuchen. Draußen vor dem Küchenfenster sitzen Sheila und Meg, meine Stiefschwestern, auf der Reifenschaukel; Bradley schubst sie an. Peggy schaut immer wieder hinaus, als sei sie nervös. Dad steht neben ihr, er hackt Zwiebeln für Hamburger.

»Er schubst ganz schön doll«, sagt Peggy.

Dad schaut hinaus. Ich auch. Sheila und Meg, Peggys Töchter aus erster Ehe, sind sechs und sieben Jahre alt. Dad lächelt. »Brad kann gut mit Kindern umgehen«, sagt er und knetet das Hackfleisch.

»Das habe ich nicht gemeint.«

Dad ist still. Ich starre auf meinen Teigklumpen für den Kuchenboden. »Was meinst du? Was soll ich tun?« fragt er.

Peggy lacht. »Nichts, wahrscheinlich.« Sie wirft ihre Mehl- und Zuckermischung auf einen Haufen geschnittener Äpfel. »Wenn ich es dir sagen muß, dann nichts.«

Sie geht mit den Händen in die Schüssel und fängt an, die Zutaten durchzumengen. Ihr Ehering klirrt an dem Glas. Dad bewegt die Hände, an denen Fleischstückchen kleben, nicht. Er beobachtet Brad. »Ich verlasse mich auf sein Urteilsvermögen«, sagt er, aber er klingt traurig.

»Ich auch«, pflichte ich ihm bei.

Peggy schaut uns nacheinander an und dann wieder aus dem Fenster. Sie schüttelt den Kopf. In dem Moment hasse ich sie.

Während ich den Teig ausrolle, höre ich einen dumpfen Aufprall, als wenn ein Mensch mit seinem ganzen Gewicht zu Boden knallt. Auf der Erde unter der Schaukel liegt Sheila. Erschreckt hält sich Meg noch fest. Einen Moment bewegt sich nichts, nur der Reifen mit Meg schaukelt vor und zurück; das Seil knirscht in den Verankerungen. Dann rennt Peggy, Butter und Mehl verstreuend, nach draußen und beugt sich über Sheila.

Dad rennt hinter ihr her. Er ist ein großer Mann, meistens sanft. Aber heute wird sein Gesicht rot, und seine Augen sehen klein und böse aus wie bei einem Elefanten. Er packt Brad an den Schultern und schüttelt ihn heftig. »Verdammt noch mal!« sagt er. »Wenn Peggy dir die Kinder anvertraut ...«

»Sei still!« schreie ich aus der Küche.

Dad sieht hilflos und ungeschickt aus. Er versetzt Brad einen Stoß, so daß der rückwärts aufs Gras fällt. Da hält Dad inne, als wisse er nicht, was er nun tun solle. Als Bradley aufstehen will, langt Dad nach unten, um ihm zu helfen, stockt aber mittendrin. Er kommt wieder in die Küche und boxt mit beiden Fäusten auf das Hackfleisch ein.

Sheila sitzt auf der Arbeitsplatte und schluchzt, während ihre Mutter ihr Merfen Orange auf das aufgeschrappte Knie tupft. Dad schüttelt den Kopf. »Es war ein Unfall, hörst du?«

Peggy antwortet nicht. Sie beugt sich dicht über Sheilas Knie und bearbeitet es mit einem Wattebausch.

»Ich meine, es war keine Absicht«, sagt Dad.

»Natürlich war es keine Absicht.«

Dad beobachtet sie und Sheila, als sei immer noch etwas unklar.

»Ich hab's nur kommen sehen«, sagt Peggy.

Sheila stolziert mit ihrem aufgeschlagenen Knie und dem Verband voll orangefarbener Flecken vor den Belson-Mädchen her, die in ihrem Alter sind. Peggy stellt unseren Kuchen in den Ofen, und kaum sind die Kohlen heiß genug zum Grillen, stülpt sich Dad seinen dämlichen Küchenchefhut auf den Kopf. Er und Neil Belson trinken beide ein Beck's und diskutieren, ob die Cubs es diesmal in die World Series schaffen.

Ich lehne mich an Dads Arm. Er hat starke, feste Arme, in denen man sich geborgen fühlt, als wäre man in einem Haus, dessen Vorder- und Hintertür abgeschlossen sind. »Schau dich an, kleines Fräulein«, sagt er und drückt das spritzende Fleisch mit einem Bratenwender herunter. »Der hier gehört mein ganzes Herz«, sagt er zu Neil Belson und hebt sein Beck's. »Für immer und ewig.«

Sie lachen beide. »Das ist ja wohl nur allzu verständlich«, sagt Mr. Belson. Ich werde verlegen und tue so, als riebe ich mir Rauch aus den Augen.

Manchmal habe ich das Gefühl, als machten Dad die einfachsten Dinge, die ich tue, glücklich – Kaugummikauen, Radschlagen auf dem Rasen, selbst Fingernägelknabbern, was ich mir abzugewöhnen versuche. Sein Blick wird weich, und ich weiß, ganz egal, um was ich bitte, er sagt sofort ja.

»Tust du mir einen Gefallen, Schatz?« fragt er. »Laß deinen Zauber wirken, und muntere deinen großen Bruder auf.«

Ich bemühe mich. Ich biete Bradley mein Stück Gewürzgurke und einen Bissen von meinem Hamburger an, obwohl er schon einen gegessen hat. Ich erzähle ihm ein paar Tote-Baby-Witze, die einzigen, die ich behalte. Aber er beißt sich auf die Lippen und starrt auf seine Hände, als müsse er etwas herausfinden.

»Ist was mit Bradley?« fragt Celia Belson Peggy während des Essens. Peggy beugt sich vor und flüstert ihr etwas ins Ohr. Die beiden werfen sich einen Blick zu, der mich überrascht, als wüßten sie etwas, über das sie nicht reden müssen.

»Wie wär's mit einer Partie Softball?« fragt Dad die

Anwesenden und umschlingt mich von hinten mit den Armen. Er riecht gut und warm nach Bier und Brot. Dad spielt gern: Football, Fußball, Parchesi. Zur Not auch Tick-tack-toe. Auch unsere Mutter hat gern gespielt, und als sie noch lebte, haben sie bis spät in die Nacht hinein Rommé gespielt.

Brad sagt, er guckt erst mal zu.

»Ach, komm schon, Brad«, versucht Dad ihn zu überreden. »Wir brauchen einen treffsicheren Schläger.« Er will sich wieder mit ihm vertragen, weiß aber nicht, wie. Seine Arme hängen herunter.

»Nein, danke«, sagt Bradley. »Ich mag wirklich nicht.«

Ich sehe, wie Peggy und Celia sich wieder einen raschen Blick zuwerfen. Brad sieht es auch.

Ich setze mich zu ihm. Ich sehe den anderen beim Spielen zu, und Bradley zerrupft Grashalme und häuft die Fetzen zu seinen Füßen auf. Nichts stimmt: Dads Schulter hängt herunter, als er an der ersten Base steht. Peggy wartet mit bösem Gesicht, daß sie mit Schlagen an der Reihe ist. Celia Belson schaut immer wieder zu uns herüber. Ich starre sie alle an, wie ich Brad anstarre, wenn er eines von seinen waghalsigen Kunststücken macht. Aber es nützt nichts.

Manchmal habe ich komische Ideen: Ich stelle mir vor, daß ich auf ein Schlachtfeld gehe, auf dem Männer aufeinander schießen, und sie dazu bringe aufzuhören. Nur indem ich zu ihnen gehe. Nur indem ich sie in einer bestimmten Weise anschaue und die Arme hochhebe. Ich stelle mir vor, wie still es würde – wie in einer Filmszene, in der Hunderten von Menschen gleichzeitig etwas passiert. In meiner Szene lassen die Soldaten ihre Gewehre fallen und schlagen sich gegenseitig auf den Rücken wie

Männer, die sich über etwas freuen. Sie schauen mich ehrfürchtig an.

»Ich hole den Kuchen«, sage ich zu Bradley.

Ich renne zurück ins Haus und ziehe den Ofen auf. Der Kuchen sieht sehr lecker aus, der Zucker blubbert am Rand. Die Kuchenform ist heiß. Ich packe sie mit den Topfhandschuhen und schnuppere an dem Dampf, der oben herauskommt. Hm, genau das brauchen wir jetzt, denke ich.

Ich renne wieder über den Rasen. Die Sonne scheint mir in die Augen, und ich blinzele ein paarmal, weil es aussieht, als sei Brad am Schlagen. Den Kuchen in Händen, laufe ich, ohne zu sehen, wohin, weiter. Brad sieht stinkwütend aus. Er knirscht mit den Zähnen, sein Kiefer bewegt sich, und ich frage mich, was sie wohl gesagt haben, damit er spielt.

Dad, mit dem Rücken zu mir, pitcht. Erst als er den Ball geworfen hat, merke ich, wo ich stehe. Alle sehen es auf einmal. Es geschieht sowohl schnell als auch langsam; langsam, weil nach Dads Wurf Zeit genug bleibt, daß Eltern und Kinder »Warte, Bradley!« schreien können und Brads Gesicht einen entsetzlichen Ausdruck annimmt, als sähe er das Schlimmste auf Erden und könne es nicht verhindern. Als sei er derjenige, der gleich getroffen wird.

Ich stehe nur da, den Kuchen in Händen. Ich weiß, was gleich passiert, als hätte ich es schon erlebt.

Dann schüttelt Bradley mich so fest, daß ich mit dem Kopf auf dem Rasen aufschlage. »Steh auf!« brüllt er. »Du jagst ja allen eine Riesenangst ein!«

Mir ist schwindelig. Ich rieche gebackene Äpfel und Zuckerglasur. Ich höre, wie die Leute schreien: »Laß sie doch um Gottes willen in Ruhe!« Aber Bradley zerrt weiter an meinem Arm, als wolle er ihn aus dem Gelenk reißen.

Ich stehe auf und streiche mir das Haar aus dem Gesicht. Bradley legt den Arm um mich. »Seht ihr? Sie hat doch gar nichts«, verkündet er mit dünner Stimme. »N-I-C-H-T-S. Nichts.«

Alle stehen im Kreis um uns herum und schweigen.

Da nimmt Brad mich an der Hand und zieht mich weg. »Komm«, sagt er. »Du brauchst Wasser.«

Ich versuche zu laufen, aber irgendwas funktioniert nicht. Meine Füße sind nicht mehr an meinem Körper.

»Los, komm!« drängt Bradley mich und zieht mich am Arm. Ich schaue ihm ins Gesicht, sehe, daß seine Lippen zittern, seine Augen weit aufgerissen und angsterfüllt sind, und ich versuche wirklich, ihm zu folgen. Doch als er das nächste Mal zieht, falle ich ins Gras und höre noch mehr Schreien, Dads Stimme lauter als die aller anderen. »Scher dich weg von ihr, verdammt noch mal!« brüllt er, und das ist das letzte, was ich höre.

Ich habe eine leichte Gehirnerschütterung, die hauptsächlich aus einem grünlichen Flecken an meiner Schläfe und heftigen Kopfschmerzen besteht. Ich bleibe eine Woche im Bett, und Bradley kommt jeden Tag bis zur Tür, bleibt dort stehen und schaut mich an.

»Mir geht's gut«, sage ich sofort, wenn ich ihn erblicke. »Blendend.« Er nickt und sieht aus, als wolle er etwas sagen, wisse aber einfach nicht, wie.

Eines Tages kommt er herein. Er setzt sich auf die Bettkante und starrt mir ins Gesicht. »Wie gut erinnerst du dich an Mom?« fragt er.

Das fragt er mich zum allerersten mal. Ich erzähle ihm von dem Schatten, der sich über mich beugt, dem Singen. Ich will ihm beschreiben, wie ich ihr mit dem Dreirad weh getan habe, tue es aber aus irgendeinem Grund doch nicht.

»Sie war wunderschön«, sagt er. »Wie ein Engel.« Dann stützt er sich auf die Ellenbogen. Er wirkt müde. »Weißt du, was?«

»Was?«

»Dad hat's dir wahrscheinlich erzählt. Bestimmt hundertmal. Aber ich nie.«

»Mir was erzählt?«

»Du siehst genauso aus. Genau wie sie.«

Er wendet den Blick nicht von mir. Um seinen Mund schimmert es bläulich, und seine Augen starren so gespenstisch, wie wenn man spät nachts in einen Spiegel schaut. Ich betrachte meine Zudecke. »Nein«, sage ich. »Das hat mir Dad nie erzählt.«

Ich denke an die Fotos, die ich von meiner Mutter gesehen habe, und versuche uns zu vergleichen. Aber ich weiß nicht mehr, wie ich aussehe.

»Du siehst ihr total ähnlich«, sagt Bradley. »Echt.«

Ich rolle meine Bettdecke ein Stück ein, verknote die Zipfel und mache einen Hasenkopf mit Ohren.

Brad räuspert sich. »Dad will, daß ich mich von dir fernhalte«, sagt er. »Er hat es mir befohlen. Er hat mich vorn am Hemd gepackt. So. Vor allen Leuten.« Er beugt sich vor, faßt mich oben am Nachthemd und zieht mich an sich. Ich muß erschreckt aussehen, denn er läßt mich sofort wieder los. »Mist!« schreit er und schüttelt seine Hand, als wüßte er nicht, wem sie gehört. »Herrgott noch mal!«

»Schon gut«, sage ich zu ihm und lege mich zurück in die Kissen. Aber mein Herz schlägt heftig.

Brad zieht ein Miniaturruderboot aus der Tasche und läßt es auf seiner Handfläche federn. Er nimmt eine kleine verknitterte Tube mit Kleber und betupft zwei Plastikruder damit. »Schau, Holly«, sagt er. »Es tut mir leid.«

Sorgsam klebt er die Ruder an das Boot. Ich wünsche mir, er würde weggehen.

Nach einer Weile schaut er mich an. »Du warst dabei«, sagt er.

»Wobei?«

Auf seinen verzweifelten Blick hin weiß ich plötzlich, was er meint: die Szene im Auto, vor sechs Jahren.

»Wie ist es passiert?« fragt er. »Ich will, daß du es mir erzählst.«

»Ich weiß es nicht. Ich kann mich nicht erinnern.«

Brad kneift die Augen zusammen. »Das glaube ich nicht. Ich glaube, du hast Angst, darüber zu reden.«

»Nein, habe ich nicht.« Dabei fürchte ich mich sehr wohl davor. Ich versuche ein paarmal, tief durchzuatmen, und mir wird schwindelig. Brad sieht aus, als fürchte er sich mehr als ich.

»Du hast es gesehen«, sagt er. »Du kennst die Wahrheit.«

Ich weiß, ich sollte ihm das mit dem Dreirad erzählen. Ich sollte sagen, daß uns die schlimmsten Dinge manchmal mit Absicht passieren, wir aber nicht daran schuld sind. Ich sollte sagen, daß es auf die Wahrheit nicht ankommt, auch wenn ich sie kennte.

Doch ich bleibe einfach still liegen.

Von dem Tage an achtet Brad darauf, daß wir einander nicht mehr nahe kommen.

Zwischen dem Zimmer meines Bruders und meinem ist eine Wand. Wenn ich lausche, höre ich genau, wo er ist, ob er steht oder sitzt, ob er was baut oder auf dem Bett liegt und an die Decke starrt. Wenn er herumläuft, spüre ich, wie der Boden unter mir zittert. Ich kann Brad fast sehen, so wie Blinde, nehme ich an. Manchmal sehe ich ihn derart deutlich, daß ich vergesse, was ich gerade tue.

Meine Freundinnen rufen an. Schwimmausflüge, Tennisturniere, all die Sommersachen stehen an. Ich gehe kaum hin. Ich bleibe in meinem Zimmer und horche auf Bradley nun so, wie ich ihn früher beobachtet habe. Wenn ich nicht weiß, wo er ist, mache ich mir Sorgen.

Einmal klopfe ich und gehe hinein. Er arbeitet an einem Modell von Apollo 13; er baut gerade die Abschußrampe. Ich beginne die Teile nach ihrer Bezeichnung zu sortieren, die E's zu den E's, die G's zu den G's, verschiedene Haufen für große und kleine. Ich weiß, daß ihn das freut.

»Schön«, sage ich und bewundere das Raumschiff.

Bradley zuckt die Achseln. Ich betrachte die glänzend lackierten Flugzeuge und Schiffe, die Rennwagen und Kombis. Sie hängen an Schnüren von der Decke. »Sie sind alle schön«, sage ich zu Bradley.

Bradley runzelt die Stirn. Mir fällt ein, wie ich ihn vor ein paar Monaten zum Fallschirmspringen begleitet habe. Es war windig, und ich stand neben der Landebahn, wo mir das hohe, trockene Gras gegen die Beine peitschte. Bradley winkte mir aus dem Flugzeug zu, bevor die Tür geschlossen wurde, und sein Gesichtsausdruck erinnerte mich an den der Astronauten, die ich kurz vor ihrem Start in den Weltraum in den Nachrichten gesehen hatte. Man sah, daß sie wußten: Wenn sie heil zurückkamen, waren sie Helden. Als also Brad durch das hohe Gras auf mich zugestolpert kam, den Fallschirm hinter sich herschleifend, fing ich an zu klatschen. Er hatte einen Schmutzstreifen im Gesicht und humpelte. Dann blieb er stehen und lächelte mich an, wie er selten lächelt, und ich dachte einen Moment lang, daß er sich fühlte, als sei er zum Mond und wieder zurückgeflogen.

»Weißt du, da bastel ich hier das ganze Zeug«, sagt er und schaut von der Abschußrampe auf, »und hab keine Ahnung, warum. Es ist, als sei alles zerbrochen, und ich hätte die Aufgabe, es wieder ganz zu machen.«

»Ich weiß, was du meinst.«

Und das stimmt. Doch Brad schüttelt den Kopf, als hätte ich das nur gesagt, um ihn aufzuheitern. Er widmet sich wieder seiner Kleberei.

Die Belsons haben ein Sommerhaus. Direkt am Lake Michigan, mit einer Bootsanlegestelle und einem kleinen Strand und massenhaft hohen Bäumen, die schräg aus dem Sand herauswachsen. Wenn man hoch genug auf einen der Bäume klettert, sieht man einen ganz neuen Strand mit größeren Häusern als dem der Belsons. Vor drei Jahren hat mir Brad Klettern beigebracht – bevor es für ihn zu leicht wurde.

»Ich würde lieber allein zu Hause bleiben«, sagt er zu Dad an dem Tag, bevor wir die Belsons besuchen wollen. Ich höre von der Küche aus zu.

Dads Ledersessel quietscht. »Brad, wir müssen mal reden«, sagt er. »Ich glaube, es wird Zeit.«

»Wenn es wegen Holly ist, kannst du's dir sparen«, sagt Brad. »Sie kommt in mein Zimmer, ich kann sie nicht davon abhalten, kapiert? Irgendwo ist Schluß.«

»Es ist nicht wegen Holly.«

»Ich gehorche nur deinen Befehlen«, fährt Brad, lauter nun, fort. »Halte mich fern, wie du es mir gesagt hast.« Er lacht zweimal kurz und laut auf. Ich starre aus dem Küchenfenster auf die Reifenschaukel, die in der Hitze hängt.

»Du meinst, ich wäre gefährlich«, sagt Bradley.

»Nun redest du wirklich dummes Zeug.«

»Du meinst, ich wär einer von den Leuten, die Unheil bringen.«

»Bradley«, bittet Dad. »Sag nicht solche Sachen, Junge.«

»Und was ist, wenn du recht hast? Was, wenn es stimmt?« Seine Stimme ist dünn und hoch, eine Weinstimme. »Wenn ich ins Zimmer komme, zuckt Peggy zusammen, als würde ich sie hauen, und weißt du, was? Ich würde es auch gern! Ich würde sie gern nach Strich und Faden verprügeln, so wütend bin ich. Vielleicht stimmt es ja.«

»Brad, sei still. Schluß damit, Brad, es ist Unsinn.« Ich höre, wie Dad aus dem Sessel aufsteht. »Wir sind alle ein bißchen überängstlich. Weiß Gott, warum.« Seine Stimme ist heiser. »Ich möchte gern, daß du mit uns zum Lake Michigan kommst«, sagt er. »Das müssen wir in den Griff kriegen. Ein für allemal klären.«

Brad antwortet nicht, aber ich weiß, er kommt mit.

Während der Fahrt spielen wir Beruferaten und Nummernschildbingo. Dad fängt ein Tankstellen-Zählspiel an, und Brad gewinnt. Wenn ich im Spiegel Dads Gesicht anschaue, sehe ich ihn lächeln.

Nach drei Stunden Fahrt parken wir an einer schattigen Straße und laufen über den weichen Boden zu den Belsons. Bradley hilft Dad die Lebensmittel und Schlafsäcke auszuladen und in die Küche zu tragen und sagt dann, er geht vor dem Mittagessen ein bißchen schwimmen. Auch Sheila und Meg wollen schwimmen.

»Ich kann jetzt nicht mit euch«, sagt Peggy, die schon dabei ist, für Celia Belsons Hühnersalat eine Zwiebel zu schneiden. »Brad, würdest du –« Sie bricht ab, und in der Küche wird es still. Selbst die Kinder hören auf zu reden. Peggy starrt die Zwiebel an, blinzelt auf ihre nassen Hände hinunter. Die Fliegengittertür schlägt zu, Brad ist hinausgerannt.

»– sie mitnehmen?« beendet Peggy den Satz, als sei nichts geschehen.

Ich bin so wütend auf sie, daß ich mir auf die Zunge beiße. Ich sehe das Messer in ihrer Hand und möchte es ihr in den Arm rammen. Doch als sie Dad anschaut, merke ich, daß sie wütend auf sich selber ist, wütender als ich, und Angst hat, was Dad sagt.

»Tut mir leid«, flüstert sie. Sie hat Tränen im Gesicht; die können aber auch von der Zwiebel kommen. Neil und Celia Belson suchen den Müll zusammen und schütten ihn in eine große Tüte. Dad kommt und streicht Peggy über den Nacken. Er sagt den Mädchen, er geht nach dem Essen mit ihnen schwimmen.

Ich gehe Brad suchen. Zwischen dem Haus und dem Strand sind Dünen mit hartem Schilf, das einem die Beine zerkratzt. Brad rennt über die Dünen; daß ihm das Schilf gegen die Schienbeine schlägt, macht ihm nichts aus. Er springt mit einem Platscher ins Wasser und schwimmt los.

Er schwimmt weit hinaus. Ich behalte ihn im Auge, bis

er so klein ist, daß ich, wenn ich einfach so hinschaute, gar nicht erkennen würde, daß ein Mensch da ist.

»Kehr um«, sage ich laut.

Aber er schwimmt weiter. Da renne ich schnell zu einem Baum, auf den wir immer geklettert sind. Er erhebt sich hoch über den Sand, und an den Stamm sind ein paar Bretter genagelt. Die Rinde zersplittert mir unter den Händen, doch nach dem ersten Ast wird das Klettern leichter. Ich sehe Bradley weit draußen; er bewegt sich wie eine Spinne auf einem großen grauen Netz. Je höher ich komme, desto besser sehe ich ihn, und ich klettere so hoch, daß der Boden unter mir meilenweit entfernt wirkt. Hier oben sind die Zweige biegsam, und es knarzt ziemlich. Ich setze mich rittlings auf einen Ast und lehne mich mit dem Rücken an den Stamm, den Blick auf Bradley gerichtet, um ihn über Wasser zu halten.

Dann sehe ich Dad unter mir am Strand. Er geht bis zum Wasser und schaut hinaus. Nach einer Weile kommt Peggy auch heraus und stellt sich neben ihn. Sie hat ihm was in einer Serviette mitgebracht, aber nach einem Bissen wirft er es, als sie nicht hinschaut, in den Sand. Sie stehen da und beobachten den See. Ich lasse sie. Sollen sie sich Sorgen machen. Geschieht ihnen recht.

Nun läßt Brad sich treiben und blickt zum Himmel hoch. Auch ich blicke eine Minute lang hinauf, auf die dünnen Wolken über uns. Als ich wieder zu Brad schaue, ist er verschwunden. Ich starre auf den Fleck, an dem ich ihn zuletzt gesehen habe, halte den Atem an und lasse die Sekunden verstreichen, bis ich nach Luft schnappen muß. Endlich kommt Brad spritzend wieder an die Oberfläche – es spritzt gewaltig, als wäre er weit hinuntergetaucht. Er fängt an zurückzuschwimmen.

Als er aus dem Wasser kommt, warten wir schon auf ihn. Er hält den Kopf gesenkt. Dad schlägt ihm linkisch auf den nassen Rücken und schaut dann auf seine Uhr. »Du warst fast eine Stunde weg«, sagt er.

»Ich hab mich lange treiben lassen.«

»Wir haben dir was vom Mittagessen aufgehoben«, sagt Peggy.

In der Küche ziehe ich Brad zur Seite, wo uns niemand hören kann. »Sie haben sich zu Tode geängstigt«, erzähle ich ihm.

»Du auch?«

Ich schüttele den Kopf. »Ich habe dich vom Baum aus beobachtet.«

Bradley lächelt, wischt mir ein bißchen Sand aus dem Gesicht. »Ach, deshalb bin ich nicht untergegangen«, sagt er.

An dem Abend macht Neil Belson ein Feuer. Er sammelt Stöcke, Zweige und trockenes Gras und häuft sie auf dem Sand auf. Seine Töchter schleppen an, was sie können, und er bedankt sich laut und legt alles sorgsam dazu. Celia bringt die in Folien gewickelten Kartoffeln und besonders angespitzte Stöcke, an denen wir sie braten können.

Wir setzen uns ums Feuer und schauen zu, wie es brennt. Die Flammen züngeln um die Stöcke und Blätter, die zum Nichts verschrumpeln. Es klingt wie Lachen. Mr. Belson legt einen Arm um seine Mädchen, und Peggy nimmt Sheila und Meg an die Hand. Ich lehne mich an meinen Vater. »Guck dir Bradley an«, sagt er und schüttelt den Kopf.

Allein sitzt Brad auf der anderen Seite des Feuers. Die

Hitze wirbelt die Luft zwischen uns durcheinander, sie sieht aus wie fließendes Wasser. Dad starrt über die Flammen und lächelt Bradley unverwandt an, mit seiner Miene sagt er ihm, er soll herüberkommen, wir anderen wollen es doch auch.

Sprich es aus, möchte ich Dad befehlen. Ruf ihn her.

Aber Dad lächelt nur, und als Bradley sich nicht rührt, schaut Dad nach unten und lächelt den Sand an, als erzählten er und der Sand sich einen traurigen Witz. Meg kommt angeschlendert, und er streicht ihr das Haar zurück und wischt ihr den Schweiß von der Oberlippe.

Ich stehe auf. Hier läuft so viel falsch, daß ich nicht sitzen bleiben kann. Ich fühle mich ganz komisch, als kröchen Würmer in meinen Knochen herum. Ich gehe zum Wasser und lasse es in meine Schuhe sickern. Dann stapfe ich durch den Sand, so daß er festklebt und meine Füße sich in Klötze verwandeln. Ich schaue hinauf, dorthin, wo der Feuerschein die Äste des Baumes streift, in den ich heute geklettert bin. Lange betrachte ich diesen Baum. Dann laufe ich Richtung Haus, kehre um und klettere von der Seite, wo mich niemand sehen kann, hinauf. Ich will von oben hinunterschauen. Ich will Brad im Auge behalten.

Der erste lange Ast befindet sich seitlich hoch über den Flammen. Auf dem Bauch rutsche ich bis zur Spitze und schaue hinunter. Niemand sieht mich. Senkrechte Rauchsäulen schweben an mir vorbei. Bradley beobachtet das Feuer nicht. Er behält Dad und Peggy und die Belsons im Auge.

Der Schweiß läuft mir übers Gesicht, und ich spüre, wie er mir auch am Körper entlangfließt. Das Feuer prasselt; von oben sieht es kleiner aus. Während ich Bradley und die anderen beobachte, denke ich die ganze Zeit: Wie kann ich das in Ordnung bringen? Mir fällt ein, was Brad über die Modelle gesagt hat, daß sie kaputt sind und es seine Aufgabe ist, sie zu reparieren. Ein richtiges Teil, und alles wird gut, wie wenn die Soldaten ihre Gewehre auf das Schlachtfeld fallen lassen. Nur ein Teil! Aber welches?

Dann schaut Bradley hoch. Vielleicht hat er gespürt, daß ich ihn beobachtet habe. Er sagt kein Wort, wir sehen uns nur lange an und rühren uns beide nicht. Das Feuer erhellt sein Gesicht, seine Augen scheinen tief in den Höhlen zu liegen. Man hört als einziges, wie das brennende Holz knistert.

Ich richte mich halb auf und springe. Bin ruhig bis zu der Sekunde, als meine Schuhe sich von dem Ast lösen und ich das Feuer auf mich zukommen sehe wie ein riesiges orangefarbenes Maul. Leute schreien. Ich höre, wie ich aufpralle, und durch meine Haare und Kleider fährt die Hitze in gierigen Wellen. Dann bin ich am Strand, werde von einer Kraft – Bradley – gewälzt und geschlagen. Er stößt mich in den kühlen Sand, erstickt die Flammen mit seinem Körper.

Alle erzählen die Geschichte: Er hat mich so schnell aus dem Feuer gezogen, daß ich kaum mit den Flammen in Kontakt gekommen bin. Als hätte er gewußt, daß ich falle, und gewartet, um mich aufzufangen.

»Eine Vorahnung«, nennt Peggy es und kneift respektvoll die Augen zusammen.

»Reflexe«, behauptet Dad steif und fest.

Bradley hat sich den Bauch verbrannt. Nicht so schlimm, daß die Haut geplatzt ist, aber sie ist rot und voller Blasen, wo er die Flammen in meinen Kleidern ausgemacht hat. Im Lakeside Memorial Hospital verbinden sie ihn mit weißen Verbänden und sagen ihm, er soll sich hinlegen. Sie meinen, es könnten Narben bleiben. Ich glaube, Bradley hofft, daß sie bleiben.

Mein Haar ist versengt, sonst nichts. Jetzt ist es kurz, und wenn ich nachts im Bett liege, bilde ich mir ein, ich kann den Rauch darin noch immer riechen.

Bradley muß im Bett bleiben. Ich sitze bei ihm auf einem Stuhl. Wir reden nicht viel. In seinem Zimmer ist es friedlich, die Autos und Flugzeuge und Lastwagen trudeln lautlos über unseren Köpfen.

»Was bastelst du als nächstes?« frage ich ihn.

Er schaut hoch, denkt an all die Jahre, in denen er sich immer wieder andere Projekte vorgenommen hat. »Eine Weile lang vielleicht gar nichts«, sagt er. »Vielleicht versuch ich mal was Neues.«

»Ein neues Kunststück?«

»Das ist auch alt«, sagt er.

Ich werfe einen Blick zur Tür und sehe, daß Dad uns beobachtet. Er hat ein Kartenspiel in der Hand. Ich begreife, daß Bradley nun mehr mit Dad spricht als mit mir.

Dann habe ich ein urkomisches Gefühl. Ich habe ein Gefühl, als sei unsere Mutter da, als seien wir alle vier zum erstenmal seit Jahren wieder in einem Zimmer. Während Dad die Karten austeilt, sehe ich sie, als säße sie neben mir: ihr dunkles welliges Haar, die feine Goldmünze, die sie am Hals trug, ihre Zigaretten, die nach Pfefferminz rochen. Ich erinnere mich an ihre warmen Hände und den schmalen Ehering.

Was mir aber am meisten auffällt, ist, wie anders ich aussehe. Mein Haar ist hell und glatt. Meine Haut dunkler als ihre, und sie glänzt ein bißchen. Ich habe Sommersprossen auf den Armen, und wenn ich zu singen versuche, treffe ich keinen einzigen Ton.

Ich beuge mich vor, um es Bradley zu erzählen. Du hattest unrecht, will ich ihm sagen, du hattest es dir nur ausgedacht. Doch in seinem Gesicht liegt eine Ruhe, die ich seit dem Unfall zum erstenmal wieder sehe. Er spürt unsere Mutter auch, denke ich, und er weiß, sie ist nicht in mir. Sie ist für immer gegangen. Aber sie würde wollen, daß wir alle glücklich sind.

DER UHRENTRICK

Sonny steuerte sein Schiff schnurstracks in die Mitte des Sees und stellte den Motor ab. Sie schaukelten in der Stille, in der tiefen, prickelnden Lautlosigkeit eines Sommers im mittleren Westen. Glatt wie eine Decke lag der See unter einer blassen Himmelswand ausgebreitet.

Zu viert feierten sie Sonnys Verlobung mit Billie, einem Mädchen mit weichem Haar und Südstaatenakzent. Sie hielt sich ein wenig abseits, saß in ihrem Stuhl zurückgelehnt, die Beine auf der Reling. Sie hatte Sonny vor einer Woche kennengelernt, bei einer Party vor ihrer Hochzeit mit jemand anderem. Diese Wendung der Ereignisse war in Sonnys Leben absolut nichts Ungewöhnliches; exzentrisch, wie er war, lebte er nach seinen eigenen Regeln, bezauberte, beleidigte – bei Dinnerparties wurde über ihn geredet. Eine Braut zu stehlen war genau sein Stil.

Diana sah zu, wie Sonny Martinis abmaß, schüttelte und ausschenkte, cool wie ein professioneller Falschspieler, der Karten mischt. Diana war zweiundvierzig und hatte ein müdes, hübsches Gesicht. Ihr Mann James saß neben ihr, offenbar amüsiert. Er und Sonny waren seit der Armee dicke Freunde. Nun lehnte James sich zurück und schaute von Sonny zu dessen Braut. »So, dann erzähl uns mal, wie ihr zwei beide euch gefunden habt«, sagte er.

Sonny grinste nur, seine Augen waren klar und leer wie Kristall.

Billie schwang die Beine herunter und beugte sich vor; zum erstenmal an dem Tag wurde sie munter. Mit zwei Schlucken hatte sie die Hälfte ihres Martinis getrunken. »Laß mich erzählen«, sagte sie. »Bitte, bitte, darf ich?«

Am Abend vor ihrer Hochzeit schmiß ihr Vater eine Party auf einem alten Dampfboot, erklärte sie. Sonny verfolgte sie hartnäckig: flirtete offen mit ihr, wann immer er sie allein traf, und beobachtete sie ansonsten aus der Entfernung. Als sie spät in der Nacht allein an Deck standen, nahm er urplötzlich seine goldene Rolex ab, hielt sie ins Mondlicht und warf sie ins Wasser. »Baby, wenn ich bei dir bin«, sagte er, »bleibt die Zeit stehen.«

Billie kniff beim Erzählen die Augen zusammen. Sie war sehr jung, aus ihrem lockenwicklergelockten Haar ringelten sich einzelne Strähnen wie Bänder über ihren Rücken. »Ich bin …«, sagte sie, »also, im Grunde bin ich total sentimental. Es war aber auch wirklich«, hier schien sie mit sich zu kämpfen und langte nach Sonnys Hand, »als wenn man im Halbschlaf ist und Stimmen hört, wißt ihr, Stimmen aus der realen Welt, und dann nur denkt: Nein, ich will weiterschlafen und diesen Traum zu Ende träumen.«

Sie hielt inne und versuchte, James' und Dianas Blick aufzufangen, doch die schauten so weit wie möglich weg. Diese Geschichte kannten sie seit Jahren in verschiedenen Versionen – von der hawaiianischen Reiseführerin, in die Sonny sich verliebte, als er die Aussicht vom Kaala Peak genoß und damit drohte zu springen, wenn sie nicht mit ihm nach Chicago kam; von der Astrologin, von der er seit dem Moment besessen war, als sie ihm auf den Kopf zugesagt hatte, daß seine Mutter, als er fünf war, beim Absturz eines kleinen Flugzeugs ums Leben gekommen war. Und genau dieses Schiff – eine 34-Fuß Chris-Craft Flybridge – hatte er vor zwölf Jahren gekauft in der Gewißheit, daß er eine Profi-Wasserskiläuferin heiraten werde, die er in der Nacht zuvor verführt hatte. So war Sonny: Musik, ein paar Drinks, ein bestimmtes Licht, und jede x-beliebige Kellnerin konnte mit einer Liebeserklärung rechnen, einem leidenschaftlichen Bekenntnis zu ihrer beider aufeinanderzulaufenden Schicksalswegen. Wenn sie klug war, lachte sie darüber und brachte ihm das Wechselgeld. Nicht, daß Sonny es nicht ernst meinte – er konnte fast alles ernst meinen. Aber seine Aufmerksamkeitsspanne war kurz.

»Also haben wir uns in einem Rettungsboot davongemacht«, schloß Billie. »Daddy war so was von stinkwütend.« Nun grinste sie unwiderstehlich, ein junges, übermütiges Mädchen, dessen Leben urplötzlich zum Abenteuer geworden war.

»Tolle Geschichte«, sagte James mit einem wissenden Blick zu Diana.

Sonny mixte noch eine Runde Martinis. Es war August, einer dieser glühend heißen Tage, an denen der Himmel zu vibrieren scheint. Diana hätte sich wahnsinnig gern bis auf den Badeanzug ausgezogen, doch ihre Beine waren ihr peinlich. Seit ein paar Jahren kamen überall Adern zum Vorschein, was ihr in Gegenwart Billies, die lange, schimmernde Beine und Knie, glatt wie Zähne, hatte, noch anstößiger erschien.

»Ich hoffe, Daddy verzeiht mir, wenn Sonny und ich erst einmal verheiratet sind«, sagte Billie, plötzlich verzagt. »Und Bobby auch, mein Verlobter. Ich kenne ihn seit der fünften Klasse.«

»Dein Ex-Verlobter«, erinnerte James sie.

»O je«, sagte sie. »Ex.«

Vor zwanzig Jahren hatte James' und Dianas Freundschaft mit Sonny ihre beste Phase gehabt, Anfang der Siebziger, als Diana kurze Polyesterkleidchen und dicken, hellen Lippenstift trug. Da schleppte Sonny sie und James in Chicago von einem Nachtclub zum anderen, und beim Eintritt hatte sie jedesmal das Gefühl, sie würden erwartet und nun, da sie da waren, könne die Party beginnen. Auf Fotos aus der Zeit sahen James und Sonny überraschend großohrig und eifrig aus. Sie arbeiteten als Schreibmaschinenvertreter für IBM und hatten nebenbei eine Firma aufgezogen, mit der sie Erfindungen vermarkteten – ein Solarfahrrad, Bräunungslotion in Sprühdosen –, aus denen jedoch allesamt nichts wurde und die sie an den Rand des Bankrotts brachten. James hörte schließlich auf und studierte Jura; Sonny verdiente sich später eine goldene Nase mit Fast-food-Aktien, die er in weiser Voraussicht schon früh erworben hatte. Aber damals waren sie überzeugt, daß der Erfolg unmittelbar bevorstehe; sie klemmten sich dicke Zigarren zwischen die Zähne und redeten über ein Leben in Saus und Braus. Diana glaubte, daß der Erfolg plötzlich und gewaltsam kommen werde, wie ein Schock. Doch wie so viele Dinge brauchte er länger, als sie dachten, und als er endlich da war, hatten sie bloß noch das Gefühl, als stehe er ihnen auch zu.

Nach einer zweiten Runde Martinis ging Diana hinunter in die Kajüte. Seit sie mit den Forschungsarbeiten für ihre Doktorarbeit begonnen hatte, *Krise und Katharsis in den Filmen Alfred Hitchcocks*, tat ihr die Sonne in den Augen weh. Sie hatte James versprochen, weniger Zeit mit Anschauen der Filme zu verbringen, ertappte sich aber neuerdings dabei, daß sie alles in ihrem Leben – die Telefonanrufe; die Rechnungen und Einladungen; das endlose, hoffnungsfrohe Wummern an der Garagentür, wenn ihr Sohn Daniel, seinem Vater nacheifernd, den Basketball dagegen warf – als etwas empfand, das sie von Hitchcocks spannungsgeladener, traumähnlicher Welt wegriß, in der selbst das Klackern von Absätzen bedeutungsvoll war. Und dann überfiel sie oft eine eigentümliche Wehmut, als sei auch ihr Leben einmal so gewesen – traumhaft, Technicolor –, sei es aber nun wegen eines falschen Schritts von ihr nicht mehr.

James kam in die Kajüte. Lächelnd schaute er zum Deck und schüttelte den Kopf: »Immer das gleiche«.

»Spinne ich?« sagte Diana. »Oder ist es diesmal romantischer?«

»Du spinnst«, sagte James.

»Na, wahrscheinlich ist es immer romantisch, wenn zwei Menschen sich verlieben«, überlegte Diana. »Selbst wenn sich dann herausstellt, daß es gar nicht wahr ist.«

»Dann herausstellt?«

»Na gut, es von vornherein nie war.«

»Lange her seit der letzten«, sagte James und wusch sich die Hände im Waschbecken. »Ich dachte, mittlerweile sei er dem entwachsen.«

»Hoffentlich nicht!« sagte Diana.

James schaute sie fragend an, öffnete dann den kleinen

Kühlschrank und lugte hinein. An der University of Michigan war er ein Basketballstar gewesen und hatte immer noch die sehnigen Glieder und deutlich hervortretenden Adern eines Sportlers. Seit einiger Zeit wurde Diana manchmal mitten in der Nacht wach und sah, daß James mit weit offenen Augen dalag. »Woran denkst du?« fragte sie immer wieder ängstlich, obwohl er sich unter ihren forschenden Blicken wand. Sie befürchtete, er hätte eine Affäre oder wünschte sich, er hätte eine.

»Weißt du«, sagte sie und ging näher zu ihm, »heute denke ich dauernd an die alten Zeiten.«

»Ich auch«, sagte James. Er gab verschiedene Dinge in eine Schüssel: Mayonnaise, Ketchup, Tabasco, geschnittenen Sellerie.

Diana musterte sein Gesicht. »Wir haben uns ganz schön verändert«, sagte sie. »Mehr als Sonny.«

»Na, hoffentlich.« James schaute auf, begegnete ihrem Blick. »Und wie?«

»Weiß ich nicht so genau.«

Ihr war aufgefallen, daß sie und ihr Mann heutzutage in der Öffentlichkeit liebevoller miteinander umgingen, als wenn sie allein waren, als fühlten sie sich in Anwesenheit anderer Menschen von einem Druck befreit. »Ich meine«, sagte sie, »was haben wir uns damals vorgestellt? Wie unser Leben werden würde? Was glaubst du?«

James nahm ein Ei, rollte es ein paarmal von einer Hand in die andere und legte es dann behutsam auf die Arbeitsplatte.

»Wir waren Kinder«, sagte er.

Vor Jahren, als Diana und James noch nicht verheiratet waren, hatte sich Diana einmal von Sonny verführen lassen. Damals war sie dreiundzwanzig und gerade mit dem Smith College fertig. Sonny mochte sie nicht. Sie versuchte schon seit Wochen, ihn für sich einzunehmen, doch er merkte es kaum.

Als sie und James Sonny in dem Haus am Eriesee besuchten, das ihm in dem Sommer jemand überlassen hatte, und James im Haupthaus geschmorte Langusten mit Reis zum Abendessen zubereitete, brachte Diana Sonny einen Whisky in die Hütte, die er als Malatelier benutzte. Er kopierte Bilder: Pollock, Motherwell, Kine, de Kooning – eigentlich alles, was abstrakt war (er konnte schlecht zeichnen). Er arbeitete nach kleinen, aus Büchern ausgeschnittenen Abbildungen, und was dabei herauskam, war unheimlich gut. Es füllte die Wände seines Apartments in der Clark Street, und Leute, die ihn zum erstenmal besuchten, staunten über die imponierende Sammlung, die er da offenbar zusammengebracht hatte.

An dem Tag überraschte Sonny Diana damit, daß er bei ihrem Anblick erfreut wirkte. Es regnete, und während sie sich die Tropfen aus dem Haar schüttelte, schloß Sonny die Tür hinter ihr und nahm ihr den Whisky aus der Hand. Er trank einen Schluck und bot ihr ebenfalls einen an. »Ich bin nicht besonders nett zu James' Freundinnen«, sagte er.

»Ist mir auch schon aufgefallen. Hat das Methode?« Sie war nervös und hielt das Glas in beiden Händen.

»Ich ziehe klare Grenzen, damit niemand auf falsche Ideen kommt«, sagte er.

Diana brauchte einen Moment, um das zu verstehen. »Meine Güte, das würde doch auch keiner«, sagte sie dann. »Du bist doch James' bester Freund.«

»Deshalb habe ich ja Angst.«

Er ging zum Fenster und schaute hinaus in den Regen. Erleichtert, daß er nur das und nichts Ärgeres gegen sie hatte, trank Diana seinen Whisky.

»Du meinst, ich seh das zu verbissen?« fragte er.

»Ja, es gibt doch gar keinen Grund dazu, Sonny.«

Sie ging durch den Raum und stellte sich neben ihn. Sie hatte den Scotch ausgetrunken und wurde übermütig, kühn. Sie stellte das Glas zu ihren Füßen ab und nahm Sonnys Hand. »Alles gut jetzt?« fragte sie.

Er nickte und legte vorsichtig die Arme um sie. Als sie einander hielten, stellte Diana sich halb im Spaß vor, wie es wäre, wenn sie mit Sonny schlafen würde. Da trat er zurück, umfaßte ihr Gesicht mit den Händen und küßte sie.

Diana war so perplex, als wenn er sie geschlagen hätte. Behutsam machte sie Anstalten, sich ihm zu entziehen, doch Sonny streichelte ihren Rücken und küßte ihren Nacken, als wollten sie das beide. Sie versuchte es als Scherz zu nehmen. »Daß man sich selbst zuwiderhandelt, ist mir ja nichts Neues«, sagte sie. »Aber das hier ist ein Hammer.« Sonny ließ nicht von ihr ab, und während die Minuten verstrichen, spürte Diana, wie sie von seiner heftigen Erregung mitgerissen wurde, von der puren Tatsache, daß etwas so Undenkbares tatsächlich geschah. Es war nicht eigentlich Begehren, aber etwas Ähnliches. Deshalb wehrte sie sich auch nicht, als Sonny sie sacht auf den Betonfußboden bettete und ihr einen zusammengefalteten Lappen unter den Kopf schob. Sie weinte schon, die Tränen rannen ihr aus den Augen in die Ohren. Sie zog Sonny an sich und verkreuzte die Hände über den dicken Muskelsträngen auf seinem Rücken. Er fühlte sich schwer und fremd in ihren Armen an. Seine Gürtelschnalle schlug mit einem dumpfen Knall auf dem Beton auf – einmal, dann noch einmal und dann immer und immer wieder. Zuletzt schloß sie die Augen. Als Sonny fertig war, stand er auf, wischte sich den Staub von den Händen und griff wieder zu Pinsel und Palette. Diana betastete den Boden unter sich, weil sie dachte, sie habe vielleicht geblutet, obwohl es überhaupt keinen Grund dafür gab. Überzeugt, daß ihr Leben nun nie mehr so sein werde, wie es einmal war, rannte sie durch den Regen zurück ins Haus.

Aber alles blieb beim alten. Der Vorfall wurde nie wieder erwähnt, und Sonny faßte sie auch, außer in allerfreundschaftlichster Zuneigung, nie mehr an. Nur eines änderte sich: Von da an mochte er sie. Es war, als habe sie einen Test bestanden oder – und daran wagte sie gar nicht zu denken – als gehöre sie nun zum Teil ihm. Am meisten bekümmerte sie, daß sie es nicht vergessen konnte; weniger Sonny selbst als vielmehr die zusammengerollten Leinwände und die Pinsel, die in den Gläsern mit dem trüben Wasser einweichten. Und jedes einzelne Detail brachte ein schmerzliches Verlangen mit sich, das sie manchmal immer noch überfiel.

Als Diana zurück an Deck kam, standen Sonny und Billie auf der Brücke. »Das Prachtstück hier mißt die Tiefe«, sagte Sonny und trank von seinem Martini. »Und da wird die Bilge ausgepumpt.«

»Was ist denn Bilge?« fragte Billie.

Sie trug eine Kapitänsmütze, und Diana überlegte, ob es eben die war, die ihr Sohn Daniel als kleiner Junge getragen hatte, wenn sie ihn auf diesem Boot mitnahmen.

Damals war er Danny, und obwohl er nun zusammenzuckte, wenn man ihn so nannte, gefiel Diana der kindliche Name insgeheim besser. Danny saß immer auf dem hohen Sitz, die Mütze fiel ihm fast über die Augen, und baumelte mit den Beinen, während Onkel Sonny ihn das Boot steuern ließ, dabei allerdings stets eine Hand auf dem Steuerruder behielt. So leichtsinnig er auch war, bei Danny paßte er auf. »Junge, ich mach dich fit für die Überholspur«, sagte er immer.

Diana ging zum Heck und betrachtete den See. Sie war eifersüchtig auf Sonny und Billie, obgleich es vollkommen absurd war – wenn die beiden Glück hatten, schafften sie gerade mal eine Woche. Genau darum aber beneidete Diana sie: weil es so verrückt war, den Reiz des Verbotenen hatte. Sie sah hinüber zum Ufer und versuchte, Sonnys Stimme auszublenden. Durch den Dunst war ein schmaler Landstreifen nur zu erahnen, doch einen Moment lang schien er geheime Verheißungen zu bergen: Tennisplätze, Gin-Tonics, hastige, verstohlene Begegnungen hinter Blumenbeeten ... Herrje, was war los mit ihr?

Als James an Deck kam, zog Sonny eine Flasche Champagner aus der Eiskiste und ließ den Korken knallen. Billie hielt ihm die Gläser zum Einschenken hin; der Champagner floß ihr über die Finger und an den geeisten Stielen der Gläser entlang.

»Reiner Selbstmord, in dieser Hitze zu trinken«, sagte Sonny genüßlich.

James ließ sich auf einen Stuhl fallen und stellte die Schüssel mit dem Thunfischsalat neben sich ab. »Für mich bitte einen Doppelten«, sagte er.

»Ganz schön dekadent«, sagte Diana, doch er lachte nicht.

Sonny gab ihnen die Gläser. Sein weißes Hemd war schweißdurchtränkt, und Diana sah, wie dunkel sein Brusthaar durchschimmerte und der Bauch sich unter dem Brustkorb wölbte. Für Sonny war heute nur ein weiterer Tag einer langen Sause, was Diana tröstlich fand. Irgendwo wenigstens hörte die Party nie auf.

»Prost, James, mein Junge«, sagte Sonny, schlang den Arm um James und klopfte ihm auf den Rücken. Er muß gemerkt haben, daß James niedergeschlagen ist, dachte Diana, so etwas merkt Sonny rasch. »Man sollte dir alle halbe Stunde sagen, daß du ein wahrer Heiliger bist«, verkündete er schwer atmend.

»Hätte dich heiraten sollen, Sonny«, sagte James.

»Genau«, sagte Sonny. »Da hätten wir uns beide einen Haufen Ärger erspart.«

»Also, jetzt macht aber mal halblang«, lachte Diana.

Billie sah mit gespannter Aufmerksamkeit zu, sie hatte die Knie unters Kinn gezogen. »Ihr müßt ja ein paar tolle Abenteuer miteinander erlebt haben, so lange, wie ihr befreundet seid«, sagte sie.

»Abenteuer? Und ob!« sagte Sonny und ließ sich auf einen Stuhl plumpsen. Er drehte sich zu James und Diana um, und alle drei lachten, weil sie gar nicht mehr wußten, was sie alles erlebt hatten.

»Ich wünschte, ich wäre dabeigewesen«, sagte Billie.

Sonny griff nach ihrer Hand und schwang sie sanft in dem Spalt zwischen ihren Stühlen hin und her. Seine Hände waren klein und sehr sehnig. Er trug jede Menge Edelsteinringe, weiß Gott, wo er die her hatte. Billie fuhr mit den Fingern darüber.

Eine träge Stille senkte sich herab, und sie lehnten sich alle in ihren Stühlen zurück. Diana griff nach James'

Hand und freute sich, daß sich seine Finger in ihren entspannten. Sie dachte an die alten Zeiten; an die Geschichten, die sie immer noch erzählten, von Parties, die ruhig begannen – wie die Hitchcock-Filme – und dann außer Kontrolle gerieten. »Bilde ich mir das nur ein«, fragte sie, »oder war das Leben vor zwanzig Jahren vollkommen anders?«

Sonny lachte. »Meins nicht.«

»Nichts ändert sich, nur dein Körper«, sagte James und tätschelte Sonnys Bäuchlein.

»Ich wette, in deinem hätte ich ziemlichen Spaß«, sagte Sonny.

»Du kannst dich auch nicht beklagen«, befand Diana.

Sonny drehte sich zu ihr um. »Ja, aber wozu braucht er einen solchen Körper? Wo er sich immer nur in dem sturzlangweiligen Büro verschanzt.«

»Ich arbeite ziemlich hart«, sagte James, »ob du es glaubst oder nicht.«

Sonny zog noch eine Flasche aus der Eiskiste und ließ den Korken in den See schießen. Als James die Hand über sein Glas legte, goß Sonny einfach darüber, bis James sie wegzog und sich den Champagner von den Fingern schüttelte. Woraufhin Sonny alle Gläser randvoll machte und es ihnen beim Trinken in den Schoß tropfte. Seine durch nichts zu beirrende Maßlosigkeit heiterte Diana auf. Ja, sie hörte sich schon bei einer Dinnerparty in ein paar Wochen sagen: »Wir waren auf Sonnys Boot. Seine geraubte Braut war da, und er hatte seit Tagen gesumpft ...«

»Was habt ihr beide vor, wenn ihr verheiratet seid?« fragte sie; sie konnte nicht widerstehen. »Wie wollt ihr leben?«

James starrte sie schier ungläubig an.

»Wir geben Parties«, sagte Billie. »Ja?«

»Klar, am laufenden Band«, sagte Sonny. »Jeden Abend!«

»Ich hoffe, wir werden auch eingeladen«, sagte Diana.

»Natürlich«, versicherte Sonny ihr. »Ihr seid die Ehrengäste.« Er wartete darauf, daß James etwas sagte. »Na los, Kumpel, wie wär's mit einem Eilkurs in Sachen Ehe? Sollen wir uns einen Hund zulegen? Einen Basketballkorb über der Garagentür? Bieder werden mit Philadelphia-Frischkäse und Ritz-Crackern?«

Billie hörte stirnrunzelnd zu, sie hatte eindeutig andere Vorstellungen von der Ehe mit Sonny.

»Folge deinen Instinkten«, sagte James spöttisch. »Du bist für die Ehe wie geschaffen. Das sieht man dir doch schon von weitem an.«

Dieser Sarkasmus traf Sonny unvorbereitet. Er nahm James ins Visier. »So leicht ist das also«, sagte er. »Und da bewundere ich dich schon seit Jahren.«

»Das hast du aber gut geheimgehalten.«

»Wie bitte? Ich erzähle es allen.« Sonny goß die Gläser noch einmal voll und schob die Flasche wieder in den Eiskasten. »Vor vielen Jahren«, erklärte er Billie, »haben James und ich zusammen Geschäfte gemacht.«

»Sei still, Sonny«, sagte James. Er rührte sein Glas nicht mehr an.

»Wir haben ein paar Erfindungen auf den Markt gebracht, noch ehe die Welt reif dafür war. Dann ist James abtrünnig geworden.«

»Stimmt, weil es nichts brachte. Und ich hatte Frau und Kind.« Auch James sprach Billie an, als werde am Ende ihr Wort entscheiden, wer das bessere Leben gehabt hatte. Mit rotem Gesicht, weil plötzlich aller Aufmerksamkeit auf sie konzentriert war, schaute sie von einem zum anderen.

»Na, auch egal, Rechtsanwalt ist ja gar kein so übler Beruf«, sagte Sonny, trank sein Glas leer und setzte es auf dem Boden ab. »Es ist nur todlangweilig.«

Billie stand auf und stellte sich hinter Sonnys Stuhl. Sie legte die Arme um seine Brust, schloß die Augen und schmiegte den Kopf an seine Schulter. Ihr langes Haar fiel in seinen Schoß. Sonny wickelte sich eine Strähne um den Finger. James schaute weg.

»Todlangweilig«, sagte James, »ist die Tatsache, daß du Jahr um Jahr immer dieselben Lügen auftischst.«

Sonny brach in Gelächter aus. »Die sind aber nicht so langweilig wie die Wahrheit!« rief er.

»Worüber redet ihr?« fragte Billie, ließ Sonny los und wandte sich an James.

James schüttelte den Kopf. Sonny lachte weiter laut und gezwungen. Da lief Billie zu James. »Wie kannst du dich unterstehen, meinen Mann zu beleidigen«, ereiferte sie sich mit einer Stimme, die sie mal irgendwo gehört und deren Klang ihr gefallen haben mußte.

»Nun sei mal nicht so voreilig! Noch ist er nicht dein Mann.«

»Arschloch!« schrie Sonny.

»James«, sagte Diana.

Aber James schaute zu Billie hoch, die nun, Hände in die Hüften gestemmt, über ihm stand. Ihre spitzen Ellenbogen zitterten. »Also, lieber als dich würde ich ihn allemal heiraten«, sagte sie.

»Niemand hat dich gebeten, mich zu heiraten«, sagte James leise.

Sie starrten einander an, Billie in einer Haltung reinen

kindischen Trotzes, James eigenartig verwirrt, als sei ihm die Wut, die er gegenüber diesem schönen jungen Mädchen empfand, selbst ein Rätsel.

»Da würde ich ja noch eher zu meinem Verlobten zurückgehen«, grummelte Billie.

»Das würde ich mir ohnehin überlegen«, sagte James. »Denn wenn Sonny sich in einem Monat noch an deinen Namen erinnert, dann hast du mehr erreicht als manche andere.«

Billie geriet ins Schwanken und lächelte unbehaglich. Zunächst sah sie aus, als verstehe sie nicht recht, was James meinte, dann sagte sie: »Ich glaube dir nicht. Du bist nur neidisch.«

James antwortete nicht. Er sah plötzlich müde aus.

»Und selbst wenn er früher so war«, sagte Billie, nun lauter, »dann ist es mir trotzdem egal, weil er jetzt mich liebt.« Sie wandte sich an Sonny. »Stimmt's?«

Aber Sonny hatte die Augen geschlossen und schien in irgendwelche geheimen Betrachtungen versunken zu sein. Billie beobachtete ihn und wartete. Endlich kriegte er die Augen auf und sah sie an. Er blinzelte wie vor einem Stück grell reflektierender Folie. »Ja, das stimmt, Baby«, sagte er. »Diesmal ist es anders.«

Billie rührte sich nicht, als warte sie darauf, daß der Trost, der in diesen Worten lag, wirkte. Dann begann sie zu weinen. Sie krampfte die Schultern zusammen und hob die Hände vors Gesicht. Diana stand auf und nahm das Mädchen in die Arme.

Sonny schloß wieder die Augen. Die Sonne strahlte ihm ins Gesicht, in den Falten glitzerten Schweißtropfen. Er öffnete die Augen und schaute James an. »Ich habe mit deiner Frau geschlafen«, sagte er.

Diana, die schluchzende Billie im Arm, erstarrte. Alles schien zu kippen; sie spürte ein Würgen im Hals. »James, das war vor hundert Jahren«, sagte sie.

»Ich kann mich zwar nicht daran erinnern«, sagte Sonny. »Aber ich weiß, daß es stimmt.«

James stand langsam auf und ging an den Rand des Bootes. Sah hinüber zum Ufer. Billie beruhigte sich und schaute mit verschmierten Augen fasziniert von Sonny zu James.

James drehte sich um und steuerte auf Sonny zu. Der hatte sich erst halb aus dem Stuhl erhoben, als James ihm zweimal ins Gesicht schlug. Er flog hinterrücks über den Stuhl gegen die Reling. Billie schrie und klammerte sich an Diana. Sonny blieb mit offenem Mund liegen, das Blut floß ihm aus der Nase.

Billie und Diana liefen zu ihm, packten ihn unter den Armen und versuchten ihn hochzuhieven, doch er schüttelte sie ab und richtete sich langsam auf. Sein Atem stank nach Alkohol, nicht nach ein paar Gläsern, sondern penetrant faulig süß. Auf seinem Kragen leuchteten rote Tupfen. Er schwankte unsicher hin und her und schob sich das Haar aus den Augen. »Ich bring dich um«, sagte er zu James. »Bei Gott, das schwör ich dir.«

»Nur zu«, sagte James.

Sonny stürzte sich auf James und versuchte ungeschickt einen Treffer zu landen, doch James parierte ihn leicht. Unmittelbar darauf versetzte Sonny ihm einen zweiten, eine kurze Gerade unter die Rippen, als wolle er ihm die Luft zum Atmen heraushauen, und dann verpaßte er ihm einen solchen Kinnhaken, daß James nach hinten taumelte.

»Hört auf!« schrie Diana und wollte mit Billie zwischen sie gehen, aber es war unmöglich; keuchend, blind vor Wut aufeinander einprügelnd, schubsten die Männer die beiden Frauen weg und fielen immer wieder übereinander her, als hinge ihr Leben von der Vernichtung des Gegners ab. Sonny floß das Blut aus der Nase über die Zähne und sammelte sich in den Zwischenräumen. Er röchelte, fing an zu husten, stürzte sich erneut auf James und boxte ihm aufs Ohr, bis James ihn in den Catchergriff nahm, wie es Diana schon im Fernsehen gesehen hatte, wenn die Kontrahenten, die Köpfe gesenkt, einander zu umarmen scheinen und keiner sich wegbewegen kann.

Um sie herum wurde es vollkommen still. Als ob alle auf etwas warteten. Diana fielen Sonnys strahlend weiße Manschetten auf, James' Narbe hinter dem Ohr aus seinen Basketballzeiten, die glatten, orangefarbenen Planken unter ihren Füßen. Die Welt verschwand; man hörte nur die Männer atmen.

Schließlich ließ James Sonny los und blieb, auf eine erneute Attacke gefaßt, vor ihm stehen. Doch Sonny konnte sich kaum noch auf den Beinen halten. Die Tränen liefen ihm aus den Augen – wegen der Sonne oder des Schlags auf die Nase. In all den Jahren, die Diana ihn kannte, hatte sie ihn nie weinen sehen. Es fiel ihr schwer hinzuschauen. Billie dagegen konnte den Blick nicht von Sonny wenden. Den Gesichtsausdruck kannte Diana, die vor aufsteigender Übelkeit angsterfüllte Miene eines Mädchens, das sich mutwillig in Gefahr begeben hat und dem nun schwant, daß sein Leben nie mehr so sein wird wie bisher.

Sonny schwankte zu einem Stuhl und setzte sich schwerfällig hin. Er nahm ein Glas und trank es in einem

Zug leer. Dann angelte er sich die Flasche. »Ich kann dich nicht umbringen, Kumpel. Das hab ich gerade kapiert«, sagte er und bemühte sich zu lächeln. »Ohne dich wäre ich viel zu einsam.«

Erst als James den Motor anließ, schien sich die Welt wieder zu bewegen. Ein Wind erhob sich, durch das Schiff ging ein Ruck, und Diana roch das Benzin. Vom Deck aus sah sie zu, wie ihr Mann das Schiff auf Kurs brachte, sie sah seine Fingerknöchel auf dem Steuerruder, die Längsrille unter dem Hemd, wo sein Rückgrat verlief. Sonny war im Stuhl sitzen geblieben. Er hatte den Kopf nach hinten gelegt und hielt sich ein Handtuch mit Eisstücken, das Billie ihm gebracht hatte, unter die Nase. Ein Auge wurde schon blau.

Diana ging langsam zu James, blieb auf der Brücke hinter ihm stehen, zögerte. Seit der Schlägerei mit Sonny hatte er sie keines Blickes gewürdigt, und sie hatte das Gefühl, als würde es dabei bleiben. Schließlich lief sie vorn um ihn herum und berührte seine blutige, geschwollene Wange. Zu ihrer Überraschung grinste James. Unsicher, was das zu bedeuten hatte, musterte Diana ihn. »Die guten alten Zeiten«, sagte er kopfschüttelnd. Er legte den Arm um Diana, und sie blieben Seite an Seite stehen und beobachteten Billie, die allein am Bug kauerte. Während das Boot übers Wasser bretterte, beugte sie sich vor und sah zu, wie links und rechts die schweren Wellen wegrollten. Ihre Locken waren verschwunden, und ihr dünnes, glattes Haar flatterte ihr nun wild um den Kopf. Diana wäre gern zu ihr gegangen und hätte ihr gesagt, daß sie garantiert eines Tages Gott dankbar dafür sein werde, daß das hier nicht geklappt hatte. Aber sie zweifelte, daß das Mädchen ihr glauben würde.

Mehr als ein Jahr verging, bevor James, Diana und Sonny sich wieder häufiger trafen. Da hatte Diana ihren Doktortitel und unterrichtete im Fachbereich Film auf dem Circle Campus der University of Illinois. Sonny war noch dicker geworden, und seine Haut hatte die Farbe roher Austern. Der Arzt warnte ihn wiederholt, doch Sonnys einzige Reaktion war, nun gelegentlich zu rauchen. Diana fiel auf, daß er die Zigarette ständig bewegte, so daß sich gar keine Asche sammeln konnte.

»Weißt du noch, wie ich dich fast umgebracht hätte?« fragte er James manchmal nach ein paar Gläsern. »Ich hätte dich windelweich prügeln sollen – ich weiß gar nicht, was mich davon abgehalten hat.«

»Willenskraft«, sagte James und grinste Diana an. »Die pure Selbstbeherrschung.«

»Mach dir nichts vor, Jungchen. Es war Mitleid.«

Diese Geschichte gaben James und Diana bei Parties nie zum besten. Höchstens manchmal den Beginn, wie Sonny mit einer Braut am Vorabend ihrer Hochzeit mit einem anderen durchgebrannt war. Den Rest behielten sie für sich, redeten kaum darüber, damit es nicht die unheimliche Macht alter Filme oder verblichener Fotos bekam, einen Zauber, gegen den die Gegenwart nur verblassen konnte.

Ab und zu dachte Diana an Billie, die zu ihrem ursprünglichen Verlobten zurückgegangen war und ihn geheiratet hatte. Irgendwo im tiefen Süden, vermutete Diana, erzählte das Mädchen wahrscheinlich hin und wieder die Story, wie sie sich einmal von einem Verrückten hatte entführen lassen. »Es war schrecklich!« sagte sie bestimmt. »Der reinste Höllentrip.« Doch Diana vermutete auch, daß Billie manchmal Wehmut überfiel, wenn sie das vertraute Einerlei ihres Lebens betrachtete und sich an den seltsamen Tag erinnerte.

BEDÜRFTIG SIND WIR ALLE

Als ich sie das erste Mal sah, wartete sie in einer Schlange auf den Sessellift. »Da ist Catherine Black«, sagte jemand, »Jack Delanceys Freundin.« Ich erblickte eine braungebrannte, üppige Frau Ende zwanzig in einer hautengen blauen Skihose (und zog die Echtheit ihrer Oberweite sofort in Zweifel). Die Hosenträger spannten sich längs über ihre Brüste. Sie hatte einen großen, schönen Mund und kam mir vor wie eine Frau, die ich kannte, ohne sie kennenlernen zu müssen: Sie war sexy und temperamentvoll, jederzeit bereit, in lautes, übersprudelndes Gelächter auszubrechen, und hatte offenbar keine Angst davor, zuviel zu trinken. Eine Frau, von der verheiratete Männer träumen, die aber selten selbst verheiratet ist. Und natürlich mochte ich sie auf Anhieb nicht.

Jack Delancey gehörte zu der Clique, zu der auch mein Mann Ted und ich gehörten, junge Börsenmakler und Investmentbanker samt ihren hübschen Gattinnen. Wir alle machten Geld, kriegten Kinder und hatten vor, beides noch intensiver zu betreiben. Die meisten von uns waren erst kürzlich aus öden Städten im mittleren Westen (in unserem Falle Springfield, Illinois) nach San Francisco gezogen, wo wir uns fühlten, als seien wir mit knapper Not einer Katastrophe entronnen. Wir lebten unbekümmert drauflos. Während andere Leute unseres Alters gegen den Vietnamkrieg protestierten und in Kommunen experimentierten, kauften und renovierten wir riesige Villen, gaben ein Heidengeld für Privatschulen aus und schmissen Parties in Belvedere und Tiburon, wo man spät nachts auch schon einmal voll angekleidet mit dem Glas in der Hand in einen Swimmingpool geworfen wurde.

Catherine Black muß bei den meisten dieser Parties dabeigewesen sein. Bis auf einmal erinnere ich mich allerdings kaum an sie. Da trug sie auf einer Party, die Ted und ich gaben, ein weißes, rückenfreies Sommerkleid mit hohem Kragen. Ihr Rücken war braun und samtig, gerillt wie eine Muschel, weil die Haut stramm über den Rippen lag. Wir waren mehr oder weniger gleich alt, doch bei ihr gingen Taille und Becken so makellos ineinander über, weil sie nie schwanger gewesen war.

»Charlotte«, rief sie, schon zu vorangeschrittener Stunde, »ich habe mein Glas kaputtgemacht.«

Sie hielt mir die langen dünnen Glasscherben hin, wie Eissplitter. »Es tut mir schrecklich leid«, lächelte sie betrunken und sah aus, als wolle sie gleich weinen.

»Macht nichts«, sagte ich. »Nicht der Rede wert.«

Ich nahm ihr die Scherben ab, doch als ich beim Mülleimer ankam, hatte ich mich geschnitten. Das Blut rann mir über die Finger und sammelte sich um die Nägel.

Manchmal versuche ich mich zu erinnern, was für eine Nachspeise ich an dem Abend serviert habe (meine gefrorene Avocado-Mousse, die so schrecklich klingt und so gut schmeckt?) oder wer beim Essen die witzigste Geschichte zum besten gegeben hat oder ob zum Schluß jemand kopfüber in die tiefen Efeubeete vor unserer Haustür geplumpst ist. Aber ich weiß es nicht mehr. Nachdem ich Catherines Glas aus der blutenden Hand gelegt habe, vermischt sich der Abend mit den anderen

Parties bei uns: im Wohnzimmer wird gelacht und geraucht, der Gin duftet süß, unsere Tochter Jessica, mit Zöpfchen und barfuß im Nachthemd, serviert stolz die Getränke. Und da stehe ich nun, fünfzehn Jahre später, auf dieser nebligen Straße, und der schwarze Labradorwelpe – daß ich den besitze, kann ich immer noch nicht glauben – schnappt nach trockenen Blättern. Jahrelang haben meine Kinder gebettelt, daß sie einen Hund halten dürfen, aber ich habe es ihnen nicht erlaubt. In der Hoffnung, meine Widersprüchlichkeit mit Ironie zu kaschieren, habe ich dem Tier den Allerweltshundenamen Rover verpaßt.

Es ist fast dunkel. Die Bucht unter mir ist in zartes, fließendes Licht gehüllt. Eigentlich bin ich dabei, meinen Schrank auszuleeren, in Plastik verpackte Kleider, alle möglichen Sachen herauszuholen, die ich seit Jahren nicht angeschaut habe. Ich will sie Jessica schicken; sie ist drüben im Osten im zweiten Jahr am College.

Als ich einmal Suppe zum Abendessen kochte, den Topf ins Spülbecken setzte und den Deckel abnahm, stellte Ted sich hinter mich und legte die Arme um meine Taille. Der Dampf beschlug die tiefschwarzen Fenstervierecke über dem Becken, und sie sahen wie mit Raureif überzogen aus. Als sie wieder klar wurden, erblickten wir unser Spiegelbild in den Scheiben. Ted hielt mich umschlungen. Wir lauschten dem Getrappel von Joel und Jessica über unseren Köpfen.

»Weiß Gott, was die kleinen Lärmbolzen da oben schon wieder anstellen«, sagte Ted und grinste unser Spiegelbild an.

»Ja, weiß Gott«, sagte ich.

Wir bewegten uns vor und zurück und betrachteten unser Abbild. Wir schwiegen beide. Teds Herz schien direkt an meinen Rippen zu schlagen, und mit jedem Atemzug füllte sein Bauch meinen nach innen gewölbten Rücken aus. Einen Moment lang zog sich unser Leben um uns zusammen; wir konnten es messen und halten. Wir hatten, was wir wollten.

Nun frage ich mich, warum ich mich an diesen Abend erinnere. Ted und ich müssen Hunderte Male vor dem Spülbecken gestanden, ich muß unendlich oft den Dekkel von einem Topf genommen haben. Kurz nach unserem Einzug haben wir auf dem Küchenfußboden sogar miteinander geschlafen – eine Art weltlicher Taufe. Ich weiß, daß wir es gemacht haben, erinnern kann ich mich nicht daran. Doch immer und immer wieder muß ich daran denken, wie wir da gestanden und uns dabei beobachtet haben, wie wir hin und her schaukelten. Natürlich freue ich mich, daß ich diese Erinnerung habe. Bei Erinnerungen, glaube ich, sind wir alle bedürftig.

Catherine Black und Jack Delancey waren zwei Jahre zusammen, und nachdem sie sich getrennt hatten, heiratete er eine andere Frau. Danach hatte Catherine zuerst eine Beziehung mit Chuck Peyton, einem der letzten unverbandelten Männer in der Gruppe, dann eine Reihe kürzerer Affären mit Typen, die ich nur flüchtig kannte. Als sich unsere Freunde Wally und Clara Davidson trennten, fing Wally mit Catherine an, doch es ging das Gerücht, daß sie schon lange vorher was miteinander hatten. Clara Davidson verschwand von der Bildfläche. Anfangs waren die Leute kühl zu Wally, blieben es aber nicht lange – in dem Winter waren er und Catherine allgegenwärtig, sie gaben Parties, gingen zu Parties und veranstalteten lange, wilde Lunches im Skihotel in Sugar Bowl, wo Wally ein Haus besaß. Catherine hatte noch nie so glücklich ausgesehen, fand ich, als gebe es ihr einen besonderen Kick, einer Frau den Mann zu stehlen, bereite ihr eine raffinierte Lust, die die meisten von uns nie erleben würden.

In dem Winter saß ich irgendwann mal mit einer Gruppe in Wallys Sauna, wo auch Catherine war, in einem glänzend grünen Bikini. Ihr Körper und ihre Glieder wirkten sehniger als in den Sommern zuvor und ihre Haut nach einem Karibikurlaub regelrecht ledrig. Sie trank ein Glas Wein und begann, die Finger in das Glas zu tauchen und Weißwein auf die heißen, dunklen Steine auf dem Rost zu spritzen. Es zischte, und ein Schwall Weindunst erfüllte den Raum. Wir spürten einen herben Geschmack im Hals. Meine Tochter beobachtete es mit vor Erstaunen und Entzücken weit aufgerissenen Augen, als schieße Catherine Flammensäulen aus allen ihren spitzen roten Fingernägeln.

Als ich am nächsten Morgen meine Kinder zum Skikurs gebracht hatte, entdeckte ich zu spät, daß ich direkt hinter Catherine in der Schlange für den Lift stand. Wir taten beide so, als seien wir hocherfreut über diesen Zufall, diese langersehnte Möglichkeit, einmal richtig miteinander reden zu können, und bemühten uns dann angestrengt, das Schweigen zu überbrücken.

»Wo ist Wally?« fragte ich, als wir entschwebten.

»Er ist in aller Herrgottsfrühe mit Mike Minetta aufgestiegen«, sagte sie. »Es sah aus, als wollten sie durch Sibirien.«

»Ted ist auch da oben«, sagte ich. »Sie treffen sich bestimmt.«

Leise summend glitt der Lift bergauf. In der Nacht zuvor hatte es geschneit, und der unberührte Hang unter uns war glatt und weiß wie eine Eierschale. Die kleinen Bäume duckten sich unter der Schneelast, die schlanken Stämme waren gebogen. Ich schaute auf Catherines Oberschenkel, dann auf meine und freute mich, daß ihre ein wenig dicker waren. Für diese frühe Tageszeit hatte sie ein zu starkes Parfum aufgelegt.

»Sie haben meine Tochter ja mächtig beeindruckt«, sagte ich in dem verzweifelten Versuch, ein Gesprächsthema zu finden.

»Wirklich? Jessica?«

Ich war überrascht, daß sie den Namen meiner Tochter kannte. »O ja«, erwiderte ich. »Sie findet Sie wunderbar. Sie hat zu mir gesagt, Sie sähen aus wie ein Filmstar.« Ich staunte über meine eigenen Worte – was für Komplimente aus Abneigung entstehen!

»O Gott«, sagte Catherine. »Sieh einer an.«

Ohne den Kopf zu drehen, betrachtete ich ihr breites, gebräuntes Gesicht. Mittlerweile hatte sie tiefe Falten um die Augen, die Wangen schimmerten vom Make-up. Seit ich sie das erste Mal gesehen hatte, ebenfalls in der Schlange für einen Sessellift, waren fünf, sechs Jahre vergangen. Sie alterte nicht gut, fand ich.

»Ich mag Kinder«, sagte sie.

»Komisch«, sagte ich. »Ich mochte Kinder nie, bis ich selber welche hatte.«

»Ich hatte länger Zeit, um es mir zu überlegen.«

Das war mir ein Rätsel. Ich hatte immer angenommen, daß sich Catherine das Leben, das sie führte, ausgesucht hatte; Lust auf Kinder schien nicht dazu zu passen. »Hm«, sagte ich, »wenn Sie und Wally…«

Catherine lachte, ein lautes, unbekümmertes Lachen, das mich erschreckte. Als sei ich bei einer Lüge ertappt worden, wurde ich über und über rot. »Ich bitte Sie! Wally heiratet mich nie«, sagte sie.

»Ehrlich gesagt, ich habe darüber gar nicht nachgedacht.«

»Nein, Wally heiratet mich nicht.« Sie nahm sich eine Zigarette und ließ das schlanke, ovale Feuerzeug aufschnappen. »Das wissen doch alle.«

Ich beobachtete, wie sich ihr Gesicht auf das Anzünden und Rauchen konzentrierte, sie inhalierte tief. Seltsamerweise verspürte ich das Bedürfnis, selbst eine zu rauchen, obwohl ich es seit dem College aufgegeben hatte.

Catherine lachte zwar nicht mehr, sah aber so aus, als werde sie jeden Moment wieder anfangen. »Es ist komisch«, sagte sie und kniff die Augen zusammen. »Manchmal ist man absolut überzeugt, daß bestimmte Dinge passieren. Und dann kommt die Sekunde, in der man begreift, Herr im Himmel, vielleicht ja doch nicht.«

Sie beobachtete mich genau. Ihre Augen waren blutunterlaufen, fiel mir auf. Ich verschob den Skistock unter meinem Bein.

»Ist Ihnen das auch schon mal passiert?« fragte sie.

»Nein, eigentlich nicht«, sagte ich, doch mir war nicht wohl dabei. »Ich glaube, ich habe die meisten Dinge, die ich wollte.«

»Sie Glückliche.«

Ich spürte ihren Neid so scharf wie den durchdringenden Geruch ihrer Zigarette in der kalten Luft. Begriff, daß uns Welten trennten. Und war erleichtert.

Catherine schnipste ihre halbgerauchte Zigarette in eine Schneeverwehung.

»Natürlich ist das zu kriegen, was man will, erst der Anfang«, sagte sie. »Der schwierige Teil beginnt, wenn man es festhalten möchte.«

Ich ärgerte mich. »Woher wollen Sie das denn wissen?«

Catherine brauchte eine Weile, um zu antworten. Sie wirkte tief in Gedanken versunken. »Ich weiß es einfach«, sagte sie schließlich.

Während ich nach Hause gehe, merke ich, daß ich die Umgebung nun, da ich sie für immer verlassen werde, noch einmal genau anschaue. Seit ich das letztemal richtig hingesehen habe, sind manche Häuser schon wieder neu gestrichen worden, Häuser, deren Farben mir bei unserer Ankunft hier so unauslöschlich erschienen, daß mir die Gegend danach immer unecht vorgekommen ist. Die meisten unserer Freunde haben sich getrennt und sind weggezogen. Andere Städte, andere Länder, seltsame, unwahrscheinliche Schicksale. Jemand hat mir erzählt, die Tochter von Katy Alistair ist Stripperin in Guam; Joels Kinderfreund Bobby Zimmerman hat man an einer Lampenhalterung hängend in Tenderloin gefunden. Das sind aber die dramatischsten Fälle; die meisten Kinder sind einfach zum College gegangen, die Eltern geschieden, die Männer haben jüngere Frauen geheiratet und eine neue Familie gegründet. Durch die Fenster von Häusern, in denen ich oft gewesen bin, sehe ich junge, fremde Gesichter, und fremde Kinder schlagen Tennisbälle an Garagentüren. Ich ärgere mich richtig, wenn ich sehe, wie sehr sie offenbar hier zu Hause sind. Manchmal habe ich den idiotischen Drang, auf eines dieser Kinder zuzugehen und zu sagen: »Paß auf, Junior, eigentlich wohnst du gar nicht hier. Jedenfalls nicht so, wie wir hier gewohnt haben.«

Seit wir aus unserem Haus ausgezogen sind, lebt schon die zweite Familie darin. Die Weisels haben mich vor ein paar Wochen zum Abendessen eingeladen. Wider besseres Wissen habe ich angenommen. Aus Neugierde. Als ich durch die vertrauten Räume wanderte, erinnerte ich mich an die Farbmuster und Stoffproben, über die Ted und ich uns gestritten hatten – alles weg, die Gardinen weg, die Wände anders getüncht, und wo wir immer den Weihnachtsbaum aufstellten, stand eine große chinesische Vase. Ich konnte Joel in seinem Schlafanzug mit Füßen beinahe über den Boden huschen hören – dieselben Dielen! Ich suchte die Wände und Ecken nach einer Spur unseres Lebens ab, nach etwas, das vielleicht aus Versehen übriggeblieben war. Vergeblich. Das Haus hätte vor diesem Abend genausogut gar nicht existieren können. Ich aß meine Zitronenmousse und wurde fröhlich, richtig übermütig, als sei ich selbst diesem Schicksal entronnen. Ich trank noch ein Glas Wein. Um Mitternacht mußte ich fragen, wo die Toilette war.

Catherine Black hat sich im Sommer vor zwei Jahren in Südfrankreich erschossen. Die Leute waren natürlich entsetzt, aber nicht so sehr, wie sie es gewesen wären, wenn Catherine sich ein paar Jahre früher umgebracht hätte. Es war bergab mit ihr gegangen, wie es so schön heißt, sie tauchte immer häufiger allein auf, fahrig, ohne die ewig gute Laune, für die sie berühmt war. Die Männer, mit denen sie ausging, waren offenbar alle verheiratet. In letzter Zeit habe ich versucht, mir die Szene ihres Sterbens vorzustellen: War sie zu Besuch in der Villa eines Mannes? An Bord seiner Jacht? Hatte sie aus einem Affekt heraus gehandelt oder eines Tages einfach nur die Palmblätter, die vor einem blauen Himmel hin und her flappten, angeschaut und gewußt, es war Zeit?

Rover und ich machen einen Umweg und bleiben vor meinem ehemaligen Haus stehen. Obwohl meine Wohnung nur ein paar Straßen entfernt ist, tun wir das fast nie. Aber in zwei Tagen kommen die Umzugswagen und bringen mich zu meinem neuen Apartment auf dem Russian Hill. Nachdem ich so viele Jahre innerhalb eines Umkreises von zehn Straßen gewohnt habe, kann ich mich nun des Gefühls nicht erwehren, ich verließe das Land selbst.

Endlich ist es dunkel. Die Nebelhörner tuten und rufen, diese Klänge sind mir so vertraut wie meine eigene Stimme. Das Haus hat nun eine merkwürdig goldene Farbe, der Efeu ist arg heruntergestutzt und nicht mehr so reizend chaotisch wie damals, als wir hier wohnten und er wahrscheinlich deshalb so wild wucherte, weil meine Kinder jeden Morgen, wenn sie sich auf den Schulweg machten, ihre Vitamintabletten hineinwarfen (nachdem sie so getan hatten, als hätten sie sie geschluckt). Während eines schweren Regengusses trieben einmal Dutzende halb aufgelöster Pillen über den Weg.

Rover hechelt leise neben mir, während ich die erhellten Fenster unseres alten Wohnzimmers betrachte. Hinter den offenen Vorhängen bewegt sich jemand, und ich warte, ja rechne beinahe damit, einen Blick auf Ted zu erwischen, der ein Scheit aufs Feuer wirft, auf Joel, der mit einem Tennisball in der Hand daherrennt. Oder auf mich selbst, wie ich die Abendzeitung lese und Tee trinke.

Wenn ich uns sähe, würde ich wahrscheinlich eine Minute lang glauben, diese Erinnerungen seien die Realität und meine Anwesenheit hier draußen das Trugbild. Doch als Frank Weisel ins Licht tritt und die Stereoanlage leiser stellt, empfinde ich unverhofft Erleichterung. Ich bin schwerelos. Hier bleibt nichts übrig – wenn ich gehe, nehme ich alles mit.

Wie die meisten Dinge, die man viel zu spät erledigt, war meine Scheidung von Ted vor drei Jahren unangenehm. In einer seiner Beichten, auf die ich gern verzichtet hätte, gestand er mir, daß er jahrelang immer mal wieder was mit Catherine Black gehabt hatte.

»Wie viele Jahre?« fragte ich.

»Weiß ich nicht mehr genau.«

»›Jahre‹ ist mir zu ungenau«, sagte ich. »Ich möchte eine Zahl. Zwei, drei, fünf?«

»Beruhige dich«, sagte Ted. »Es hatte keinerlei Bedeutung. Du kennst Catherine, sie war da. Sie machte es einem leicht.«

»Wann hat es angefangen?«

»Weiß ich nicht mehr. Es ging über ein paar Jahre. Alles klar?«

»›Ein paar‹ kann viel bedeuten.«

»Es bedeutete nichts, Charlotte«, sagte Ted und wurde laut. »Null, Niente, Nada. Es war nichts. Wir griffen beide nach einem Strohhalm, das wußte sie genauso gut wie ich.«

»Vermutlich besser«, sagte ich.

Ted schaute mich an, schien aber Angst zu haben, das Thema weiterzuverfolgen. Ich packte weiter Bücher in Kisten; Bücher aus dem College, Hauptvorschlagsbände aus dem Buchclub – wie viele ich immer noch nicht gelesen hatte! Ich dachte an den Tag, an dem ich mit Catherine im Lift gefahren war (vor sechs Jahren? Sieben?), und war entsetzt, wie dämlich ich auf sie gewirkt haben mußte und daß sie vielleicht die ganze Zeit über mich gelacht hatte. Dieser Gedanke ließ mich auch noch Monate, nachdem Ted gegangen war, nicht los. Doch schließlich fragte ich mich nicht mehr, ob sie schon damals was miteinander gehabt hatten. Das war nun auch einerlei. Im Lift mit Catherine hatte ich weder Gehässigkeit noch Boshaftigkeit herausgespürt, nicht einmal insgeheime Genugtuung. Sie war außerhalb meiner Welt geblieben, mehr nicht. Und von dort sah sie, wie rasch diese Welt zerfallen würde.

In meiner Wohnung bahne ich mir einen Weg durch die Umzugskisten und gieße mir in der Küche ein Glas Chardonnay ein. Ich rufe Jessica in ihrem Studentenwohnheim an, und zu meinem Erstaunen meldet sie sich. »Wie geht's, Süße?« frage ich sie.

Sie klingt atemlos. Im Hintergrund höre ich Musik. »Die spinnen«, sagt sie. »Wie soll ich das alles jemals schaffen?«

Ich sehe Jessica vor mir, ganz aufgeregt vom schrecklichen Ernst ihres Lebens, hängen ihr die braunen Locken in die Augen. Als sie »Ruhe!« brüllt, halte ich den Telefonhörer von mir weg.

»Ich schicke dir ein paar Kleidungsstücke«, sage ich dann. »Zum Beispiel diesen rosafarbenen Anzug. Den aus Wildleder.«

»Den schenkst du mir?« fragt sie überrascht. »Den hast du doch schon so lange.«

»Genau.« Ich warte einen Moment, dann frage ich: »Und was hörst du so von deinem Vater?«

Jessica zögert, denn so sehr ich mich auch bemühe, die Frage neutral klingen zu lassen, unterschwellig schwingt immer die Hoffnung mit, daß Jessica antwortet: Nichts. Ich habe beschlossen, nie mehr mit ihm zu reden.

»Er kommt nächstes Wochenende zu Besuch«, sagt sie.

»Mit Beatrice und dem Baby?«

»Ich glaube, ja«, sagt sie. »Aber Mom? Wie geht's dir?«

»Gut«, sage ich.

»Hast du mal jemanden kennengelernt?«

»Den einen oder anderen.« Ich beschließe, den Herrn nicht zu erwähnen, der mir, als wir letzten Monat nach zuviel Wein auf meiner Couch saßen und uns küßten, enthüllte, daß er in seinem früheren Leben ein römischer Zenturio gewesen sei. »Und heute abend gehe ich mit Bud Templeton aus«, sage ich. »Erinnerst du dich an ihn?«

»Amys Vater?« Sie klingt entsetzt.

»Ja, der. Er und seine zweite Frau haben sich getrennt.«

»Du hast was mit Amys Vater?«

»Hätte ich Amy um Erlaubnis bitten sollen?«

Jessica lacht. »Nein, es ist nur... Ich weiß nicht. Es ist komisch, du und Mr. Templeton... daß ihr was miteinander habt.«

Was soll ich darauf erwidern? Nach einer Pause sage ich: »Ja, das finde ich auch, Süße. Doch so geht's.« Nach einem Moment füge ich hinzu: »Ich nenne ihn aber Bud.«

»Na, dann viel Spaß«, sagt sie, obwohl ich merke, daß sie die Möglichkeiten dazu als sehr gering einschätzt.

Wir beenden das Gespräch, und ich begebe mich wieder an meinen Schrank und arbeite noch eine Stunde. Ich freue mich auf heute abend – ich mochte Bud Templeton immer, obwohl ich ihn jahrelang kaum gesehen habe. Ich stelle ihn mir immer noch als den hochgewachsenen, ironischen Neurologen vor, mit dem ich bei Schultheatervorstellungen so gern bei einem Plastikbecher Wein geplaudert habe. Zu den Darbietungen unserer Töchter als Waisenkinder oder verirrte Knäblein gratulierten wir uns mit hochgezogenen Brauen: Im Gegensatz zu anderen Eltern betrachteten wir die Dinge aus einem vernünftigen Blickwinkel. Aber dann stellte sich heraus, daß mir der richtige Blickwinkel fehlte, denn ich betrachtete mein Leben als fest und beständig. Dabei passe ich heute gar nicht mehr in die Klamotten, die ich als junge Ehefrau getragen habe: Sommerkostüme, überknielange Röcke, hohe schwarze Stiefel – alles zu groß; ich bin eine kleinere Version von mir selbst geworden, die sich herauskristallisiert hat aus einer Üppigkeit, derer ich mir damals nicht einmal bewußt war. Es bereitet mir ein unerwartetes Vergnügen, diese Sachen wegzupacken und ein schickes enges Kleid überzustreifen, das ich mir letzte Woche gekauft habe. Ich gehe mit meinem Glas zum Fenster und warte, das Gesicht dicht an der Scheibe. Der Himmel ist klar und dunkel, darunter zittern die Lichter der Stadt. Während ich sie betrachte, überfällt mich ein Gefühl, das ich seit Jahren nicht gehabt habe: ein schwindelerregendes, süßes Gefühl, daß alles mögliche passieren kann.

Catherine Black. Manchmal stelle ich mir vor, daß sie die ganze Zeit da war und still beobachtet hat, wie ich gelebt habe. Gewartet hat. Worauf? Ich sehe uns in dem

Sessellift, unsere Skier werfen lange graue Schatten über die schneeüberzuckerten Hänge. Ich glaube, ihre Ski zeigen leicht nach innen. Da gleiten wir hoch, den Blick auf den Gipfel des Berges geheftet, und zählen beide die Minuten, bis wir oben sind und voneinander wegfahren können.

PUERTO VALLARTA

Am letzten Tag in Puerto Vallarta mieteten die Väter Pferde. Ellens Vater erlaubte ihr mitzukommen, obwohl sie erst elf und noch nie geritten war. Sie blieb dicht an seiner Seite, betrachtete die Blechhütten und die in Reihen aufgehängten Maiskolben in den engen Gassen. Ihr Vater trank Wein aus einem Schweinsblasensack und gab ihr einen Schluck, als sie darum bat. Der Wein war sauer und heiß. Dann kaufte er ihr einen mit grünen und rosa Blumen bestickten Sombrero und setzte ihn ihr sorgsam auf den Kopf. Langsam entfernten sie sich von den anderen.

Ellen war selten allein mit ihrem Vater. Sie und ihre Eltern waren mit zwei anderen Familien zusammen in Mexiko; seit zehn Tagen fielen sie in großen, lärmigen Gruppen in die örtlichen Cafés und Badestrände ein. Ihr Vater erzählte Witze und suchte die Restaurants aus, tat alles, was die Leute wollten. Er war der Animateur.

»Wollten wir Mom nicht zum Mittagessen treffen?« fragte Ellen, als sie und ihr Vater eine plattgewalzte, schmale, helle Lehmstraße erreichten, die aus der Stadt hinausführte.

Er nickte. »Willst du umkehren?«

»*Wollen* nicht...« sagte Ellen zögernd und lachte.

»Ich auch nicht«, sagte ihr Vater.

Er stellte seine Uhr zurück. Es dauerte einen Augenblick, eine Drehung des winzigen Zeigers, und sie waren frei. Ellen genoß den Reiz des Verbotenen. An ihre Mutter dachte sie nicht, nur an ein Hindernis, über das sie und ihr Vater zusammen gesprungen waren. Im Weiterreiten schaute sie eifrig nach jedem trockenen Busch und den wegflitzenden gefleckten Schweinen.

»Als ich achtzehn war«, sagte ihr Vater, »habe ich mir ein Motorrad gekauft und bin monatelang durch Europa gegondelt.«

Das wußte Ellen gar nicht. »Hat das Spaß gemacht?« fragte sie.

»Ich war verrückt.«

Sie schwieg, unsicher, ob das gut oder schlecht war. »Hat es Spaß gemacht?« fragte sie noch einmal.

»Spaß? Ob es Spaß gemacht hat?« Er ließ seinen Blick über das meilenweite, trockene Gras wandern und schüttelte den Kopf. »Es war die beste Zeit meines Lebens!«

Plötzlich wurde Ellen mutlos. Sie folgte dem Blick ihres Vaters bis zum Horizont, wo ausgebleichte Erde sich an einen ausgebleichten Himmel schmiegte. Es sah aus, als verberge sich dahinter etwas, das allein ihr Vater erforscht hatte.

»Los, komm«, sagte sie und trat ihrem Pferd in die zotteligen Seiten. Als es mit ihr durch den heißen, trockenen Wind galoppierte, wünschte sie sich, nie wieder zurückzukehren.

»Du bist ja eine richtige Draufgängerin«, sagte ihr Vater lachend, als er sie eingeholt hatte.

»Ich bin verrückt«, sagte Ellen.

Als sie endlich wieder am Strand waren, stand die Sonne schon niedrig. Ellens Mutter Vivian wartete auf dem kühler werdenden Sand. Bei ihrem Anblick sprang sie auf. »Gott sei Dank!« rief sie. »Ich dachte schon, ihr wärt überfallen worden oder so was.«

»Die verdammte Uhr«, sagte Ellens Vater. »Ich wette, sie läuft rückwärts.«

»Na, euer Mittagessen ist hier, wenn ihr noch was wollt«, sagte Ellens Mutter. »Und dann, glaube ich, pakken wir wohl besser mal zusammen.«

Ellen ließ sich auf dem Sand nieder und begann hektisch zu essen. Die Brote waren warm von dem stundenlangen In-der-Hitze-Liegen. Ihre Mutter fragte nicht, wo Ellen und ihr Vater gewesen waren, sie schaute nur aufs Wasser hinaus. Es war der letzte Tag ihrer Ferien.

»Entschuldige, Mom«, sagte Ellen mit vollem Mund. »Tut mir leid, daß du ganz allein warst.«

Ihr Vater räusperte sich und stand auf.

Ihre Mutter schaute Ellen komisch an. »Mach dir nichts draus«, sagte sie lächelnd. »Du kannst ja nichts dafür.«

In den fünf Jahren nach dieser Reise war für Familienferien keine Zeit mehr. Ellens Vater mußte geschäftlich zuviel unterwegs sein. Nun verkaufte er Konzessionen für Tommy's, ein Hummerrestaurant im Zentrum von Detroit. »Sie nehmen echte Butter – gute Butter«, erzählte er potentiellen Interessenten. »Eine solche Qualität ist Resultat einer aussterbenden Kunst.« Manchmal stellte Ellen sich vor, daß Tommy der Name seines Kindes aus einer früheren Ehe war, eines Wunderkindes, das in einem anderen Staat wohnte.

Früher hatte Ellens Mutter ihn hin und wieder auf einer Reise begleitet. Aber neuerdings blieb sie zu Hause, machte sich Haarkuren und wässerte ihre Schwertfarne im Spülbecken in der Küche. Sie wurde dünn und schwelgte nur noch in Erinnerungen an diese Reisen.

»In Jamaica wäre ich fast umgekommen«, sagte sie eines Tages beim Frühstück. »Dad ist vom Boot weggeschwommen, und plötzlich kam ein Wind auf, und ich segelte aufs Meer hinaus.« Sie sprach mit einer Dringlichkeit, als erzählte sie es zum ersten Mal. Dabei hatte Ellen die Geschichte schon häufig gehört.

»Herrgott, der reinste Alptraum«, sagte ihr Vater und schaute von seiner Zeitung auf. »Du warst so schnell, daß ich dich nicht mehr einholen konnte. Ich habe wie wild gestrampelt und dir zugeschrien, wie du das Boot wenden solltest, aber du konntest mich nicht hören.«

»Und was ist dann passiert?« rief Ellen, nun höchst interessiert.

»Ich bin runtergesprungen«, sagte ihre Mutter. »Ich bin zu Dad zurückgeschwommen. Das Boot ist weitergefahren.« Sie wusch Äpfel im Spülbecken. Das Sieb immer noch unter das fließende Wasser haltend, hörte sie nun damit auf und drehte sich zu Ellens Vater um. Sie schauten einander an, und Ellen spürte eine Spannung zwischen ihnen, die sie erschreckte.

Nach einem Moment blickten sie woandershin. Ellens Mutter bewegte das Sieb unter dem Wasserstrahl hin und her. Ellen hörte die Früchte darin herumrollen. Ihr Vater zog seinen Mantel an, schlenkerte mit den Armen, damit die Ärmel richtig saßen. Er wollte zum Flughafen, um nach Australien zu fliegen.

»Ich habe eine Idee«, sagte er und küßte sie beide zum Abschied. »In sechs Wochen ist Ostern. Dann fliegen wir noch mal nach Puerto Vallarta.«

Als ihr Vater in Australien war, ging Ellen mit ihrer Freundin Renata ins Mama Santos, ein mexikanisches Restaurant in Glencoe. Man mußte extra mit dem Zug aus Chicago hinausfahren, aber Renatas Bruder Eric war dort Barmann und hatte ihnen versprochen, sie könnten Alkohol bei ihm trinken. Ellen hatte noch nie an einer Bar gesessen. Sie bestellte einen Rum-Cocktail mit Papierschirmchen, lehnte sich zurück und schlug die Beine übereinander in der Hoffnung, daß das todschick aussah. Da erblickte sie an einem Ecktisch, halb verborgen von einem Ficus, ihren Vater.

Die Lippen am Strohhalm, blieb sie stocksteif sitzen und versuchte, sich das zusammenzureimen. Er war vor sechs Tagen nach Australien geflogen und sollte erst in vier Tagen zurück sein. Er saß mit einem anderen Mann und zwei Frauen zusammen, und die eine trug den gestreiften Tennispullover, den Ellen ihrem Vater zu Weihnachten geschenkt hatte. Die Frau hatte lachsfarben angemalte Lippen. Ihre Hand lag auf der Schulter von Ellens Vater.

Ellen stellte ihr Glas vorsichtig ab. Sie blinzelte ihr verschwommenes Spiegelbild in dem Messingband an der Bar an, dann schaute sie zu ihrem Vater zurück. Er hatte ein großes energisches Gesicht, geformt wie ein Pik auf einer Spielkarte. Seine Augen waren silbrig grau. Ellen war überrascht, wie gut er aussah – so wie Fremde gut aussehen, Leute im Bus oder Supermarkt. In ihrem Bauch tat sich eine schreckliche Leere auf. Ihr Vater sah gut aus, war ein gutaussehender Mann in einem Restaurant im Kreise anderer gutaussehender Leute, die seine Freunde waren. Er redete, er gestikulierte mit den Händen, und als Ellen ihn beobachtete, hatte sie ein Gefühl, als habe sie kein Recht, hier zu sein. Er war offenbar überall zu Hause.

Als die Gruppe aufstand, drehte Ellen sich rasch weg und beugte sich über ihr Glas. Renata war zur Toilette gegangen, und Eric spülte Gläser am Spülbecken. Ellen hörte ihren Vater direkt hinter sich laut lachen, und plötzlich überkam sie eine traumähnliche Ruhe, als habe sich etwas in ihr verschlossen oder schlafen gelegt. Vor dem Restaurant fuhr ein Auto vor. Sie sah Schuhe auf dem Gehweg, hörte Gelächter, Türen schlagen. Als die linke hintere Tür klemmte und zum zweitenmal zugeschlagen wurde, wußte sie, es war das Auto ihres Vaters. Vor sechs Tagen war er mit diesem Auto zum Flughafen gefahren. Sie hatte ihm zum Abschied gewinkt.

Als sie nur noch Stille vernahm, glitt sie vom Barhocker und lief nach draußen. Sie atmete rasch, ihr Herz schlug so heftig, daß ihr schwindlig wurde. Es dämmerte. Die Einfahrt führte im Halbkreis bis zur Tür des Restaurants, und dahinter erstreckte sich der riesige vorstädtische Parkplatz. Ellen betrachtete ihn. Sie schaute auf die vorbeifahrenden Autos, auf den fahlen Mond, der über dem Asphalt aufging. Irgendwo in ihrem Inneren spürte sie einen Schmerz, konnte dessen Ursprung aber nicht lokalisieren. »Wo tut es weh?« würde ihre Mutter fragen, wenn sie hier wäre. »Wo tut es am meisten weh?« Es tat überall weh, dachte Ellen. Es tat nicht weh genug.

Sie betrachtete die spärlichen Bäume rings um den Parkplatz, den Himmel, von Dämmerung übergossen. Vor zwei Stunden waren sie und Renata über diesen Parkplatz gehüpft, mit den Händen über Cadillacs gefahren und hatten laut diskutiert, was sie trinken wollten.

Martinis? Bloody Marys? Piña coladas? Es kam ihr wie eine uralte Erinnerung vor, wie eine Szene aus ihrer Kindheit. Ellen hätte gern da weitergemacht, wo diese Erinnerung aufhörte, in der Gesellschaft von Eric und Renata Zuflucht gesucht, doch das kam ihr nun unmöglich vor. Er war fort. Er war mit der blonden Frau und seinen Freunden weggefahren, hatte Ellen in diesem Restaurant, auf diesem Parkplatz, unter diesem schillernden Himmel zurückgelassen. Im Nichts.

Auf der Rückfahrt nach Chicago wiegte Ellen sich im Sitz von Erics Auto ungeduldig hin und her. Sie wollte sich ihrer Mutter in die Arme werfen und von ihr trösten lassen. Ihre Mutter hatte lange, kühle Hände und eine Mähne wie eine Löwin. So gut wie sie konnte kein Mensch auf der Welt trösten.

Als Ellen nach Hause kam, saß ihre Mutter, ein Tuch ums Haar gebunden, auf dem Wohnzimmerfußboden. Sie hatte ihren verträumten Blick, wie häufig, wenn sie mehrere Stunden allein gewesen war. »Ich räume um«, sagte sie. »Wische Staub.«

Um sie herum lagen Dinge, die sie auf den diversen Reisen gekauft hatte: Holzkästchen mit Einlegearbeit, Puppen aus Maisblättern, aus Elfenbein geschnitzte Tiere. In einer Glasschale lagen die bunten Marmoreier, die sie mit Ellens Vater in Florenz gekauft hatte. Ellen spürte ein nervöses Flattern unter den Rippen.

»Ich bin ganz durcheinander«, sagte ihre Mutter. »Siehst du einen Unterschied?«

Ellen wünschte sich, sie wäre wieder in dem Alter, in dem sie schamlos drauflosheulte, während ihre Mutter ihr mit einer Pinzette Steinchen aus den aufgeschlagenen Knien holte. Nun sah ihre Mutter so zerbrechlich aus wie die feine Glasvase in ihrer Hand.

»Mom«, sagte Ellen.

Ihre Mutter schaute auf. Im Zimmer war es sehr still. Ellen spürte das Gewicht des alten Hauses, der dicken Gardinen und der blitzsauberen Küche. Die Welt ihrer Mutter war klar, anständig, zuverlässig. Aber das war ihm nicht genug.

»Was ist?« fragte ihre Mutter.

Ellen setzte sich langsam auf den Fußboden und nahm ein blutrotes Ei aus der Schale. Sie spürte eine furchtbare Macht, wie manchmal, wenn sie mit einem Messer oder einer Schere hantierte. Als sie einmal Sellerie geschnitten hatte, war ihr Blick auf den weißen Arm ihrer Mutter gefallen, und sie hatte mit Entsetzen gedacht, wie leicht sie in die weiche Haut hätte schneiden können. Sie hatte den leuchtenden Streifen Blut richtig vor sich gesehen, den schmerzlich überraschten Blick ihrer Mutter. Mit diesen Gedanken hatte sie sich ein paar Augenblicke gequält, dann das Messer weggelegt, ihre Mutter fest in den Arm genommen und geknuddelt. Ihre Mutter hatte angefangen zu lachen und gesagt: »Was für eine Zuneigung! Womit habe ich die verdient?«

»Übrigens, Dad hat angerufen«, sagte sie nun. »Aus Sydney. Ich soll dir einen Kuß geben.«

Ellen starrte sie an. »Wie geht's ihm?« brachte sie heraus.

»Er fühlt sich einsam«, sagte ihre Mutter. »Aber wenigstens ist schönes Wetter.«

Ellen lehnte sich zurück und stützte sich auf die Hände. Sie betrachtete die langen Sehnen im Hals ihrer Mutter, ihr zartes spitzes Kinn und war plötzlich wütend auf sie, weil sie sich derart betrügen ließ, weil sie weniger wußte als Ellen. »Wieso fährst du eigentlich nicht mehr mit ihm?« fragte sie.

Ihre Mutter zuckte die Achseln. »Er hat immer soviel zu tun.« Sie polierte noch ein Ei und schaute dann Ellen wieder an. »Warum fragst du?«

Ellen überflutete eine Welle von Schuldgefühlen, als steckten sie und ihr Vater unter einer Decke. Sie wich dem Blick ihrer Mutter aus. »Ich weiß nicht.«

»Er arbeitet zu viel«, sagte ihre Mutter.

Ellens Vater brachte ihr einen Briefbeschwerer in Form eines Känguruhs und ein T-Shirt mit der Aufschrift SYDNEY mit. Völlig grundlos spürte Ellen eine blödsinnige Erleichterung, als er von den Weingütern erzählte, die er besichtigt hatte, der roten Erde und dem herben Duft der reifen Trauben. Der Abend im Mama Santos war wie abgetrennt davon, weggesperrt. Er spielte keine Rolle. Ellen dachte fortwährend daran.

Zwei Tage vor Ostern flogen Ellen und ihre Eltern nach Puerto Vallarta. Sie mieteten ein kleines Haus außerhalb der Stadt, wo sich ein dichter Schwall leuchtendbunter Blumen über die Klippen ergoß. Am ersten Morgen saßen sie auf der Terrasse, aßen süße mexikanische Brötchen und tranken Kaffee.

»Erinnert ihr euch an Ed Morgan, das arme Schwein?« sagte ihr Vater. »Er baut da oben am Berg ein paar Eigentumswohnungen. Die sollte ich mir mal anschauen.«

Ihre Mutter verdrehte die Augen. »Ed Morgan?« sagte sie. »Ich glaube, ich treffe mich lieber hinterher mit dir in der Stadt.«

Ellen beobachtete ihren Vater. Sie beobachtete ihn nun dauernd, suchte Zeichen von Rastlosigkeit oder Langeweile. Oft wirkten seine Augen zerbrochen und glänzten, als seien sie mit zuviel Kleber repariert worden. Er schaute immer wieder auf seine Uhr, als verfolge er Ereignisse, die woanders stattfanden. Ellen hatte das ständige Bedürfnis, ihn davon abzubringen und seine Aufmerksamkeit auf sich zu lenken.

»Ich gehe mit dir«, sagte sie.

»Da oben ist es aber heiß, Maus.«

»Na und?«

Ihre Eltern sahen sich überrascht an. Dann spürte Ellen den Blick ihrer Mutter auf sich, die lieben Augen in dem klaren, offenen Gesicht. Sie konnte sich noch an eine Zeit erinnern, in der ihre Mutter am Wochenende im Bett gelegen, Kakao getrunken und die Croissants gegessen hatte, die ihr Vater in der französischen Bäckerei geholt hatte. Er lag mit dem Kopf auf ihrem Bauch und beschwerte sich, daß sie Krümel in seine Augen fallen ließ. »Stell dich nicht an«, sagte Ellens Mutter dann, und leckte sich einen Finger nach dem anderen ab. So war sie nun nicht mehr. Sie war ein Mensch, der von anderen Menschen zurückgelassen wurde.

Mit einem klapprigen Jeep fuhren Ellen und ihr Vater die Bergstraße hinauf. Er ließ den Arm aus dem Fenster hängen. Ellen auch. Sie blickte starr auf das feuchte, krüsselige Gestrüpp, das aus der roten Erde sproß. Neben ihnen die Klippen fielen steil ab ins Meer.

»Bin ich wie Mom?« fragte sie.

»In mancher Hinsicht ja«, sagte er. »Obwohl du meine Abenteuerlust hast – da bist du anders.«

Er steuerte das Auto nur mit einem Finger. Wenn Ellen dieses Jahr den Führerschein machte, würde sie auch so fahren.

»Könnte dir Ärger einbringen«, fügte er grinsend hinzu.

Ellen lächelte, ließ sich vom Wind Lippen und Zähne trocknen. »Das will ich auch hoffen«, sagte sie.

Ed Morgan hatte einen schmuddeligen gelblichen Bart und eine Haut, die nur noch röter werden konnte. Über dampfende Erdhügel kam er auf sie zu. Rohbauten verteilten sich über das Land: frische helle Holzbohlen schimmerten in der Mittagssonne. Ein Bulldozer machte die Luft mit seinen heißen Abgasen noch stickiger.

»Ich wußte ja gar nicht, daß du eine Tochter hast«, sagte Ed und goß ihnen an einem wackligen Tisch draußen einen Wodka ein.

Ellens Vater kicherte. »Ich halte sie versteckt.«

»Kein Wunder«, sagte Ed und zwinkerte Ellen zu, als er ihr ein Glas gab. Er verströmte einen fleischigen Geruch, als hätte ihn die Sonne halb gebraten. Ellens Haar wurde in der Hitze klatschnaß, sie hatte Angst, sie würde umkippen.

»Du mußt den Alkohol nicht trinken, Maus«, sagte ihr Vater.

Als sie das Glas hob, sah er ihr zu. Ellen spürte, daß er nervös war, und sie fühlte eine seltene Macht über ihn. Sie nahm einen großen Schluck. »Lecker«, log sie.

Ihr Vater lächelte verlegen und schaute auf die Uhr. »Wir wollten nur auf einen Sprung vorbeikommen«, sagte er.

»Immer mit der Ruhe«, sagte Ed. »Bleibt noch ein bißchen.«

Er goß Ellen nach und machte das Glas so voll, daß der Wodka ihr über die Finger floß, als sie es nahm. Sie und Ed prosteten sich zu und tranken. Der Wodka breitete sich in ihrem Hals aus, und sie mußte würgen. Panisch, verzweifelt war sie darauf bedacht, das winzige bißchen Überlegenheit, das sie über ihren Vater gewonnen hatte, zu behalten. Koste es, was es wolle. Unruhig auf seinem Stuhl hin und her rutschend, beobachtete er sie.

»Wie laufen die Kämpfe mit den Gerichten?« fragte er Ed.

Ed seufzte. »Immer dasselbe. Nur die Anwälte gewinnen.« Ellen trank noch einen Schluck. Die Tränen schossen ihr in die Augen. »Sieh an, sieh an«, sagte Ed und sah Ellen überrascht zu. »Der Apfel fällt nicht weit vom Stamm.«

Ihr Vater lächelte dünn. »Herrgott, das wollen wir doch nicht hoffen.«

Als es selbst zum Sitzen zu heiß wurde, nahm Ed sie mit auf eine Besichtigungstour über die Baustelle. Ellen konnte kaum das Gleichgewicht halten, als sie über die glühende, weiche Erde kletterten.

»Hak dich bei mir ein, Maus«, sagte ihr Vater und betrachtete sie besorgt. Ellen sah, daß er unbedingt fort wollte. Sie fragte alles, was ihr in den Sinn kam, um den Besuch in die Länge zu ziehen.

Endlich waren sie am Jeep. Ed war puterrot, der Schweiß strömte ihm übers Gesicht. Er sah aus, als werde er gleich zusammenbrechen. Ellen spürte plötzlich eine große Zuneigung zu diesem harmlosen, tölpeligen Mann, der ihr Komplize gewesen war. Es tat ihr leid, ihn hier zurückzulassen. Nachdem die Männer sich die Hände gegeben hatten, küßte sie Ed zum Abschied auf die Lippen.

Ihr Vater umfaßte das Steuerrad mit beiden Händen, als sie den Berg wieder hinunterfuhren. »Ich glaube, Wodka zum Mittagessen ist keine so gute Idee, Maus«, sagte er locker, scherzhaft. Doch er lächelte nicht.

»Du hast ja auch getrunken«, sagte Ellen und legte den Kopf an den Sitz. »Du trinkst überhaupt viel.«

»Deiner Mutter wird es nicht gefallen.«

»Erzählen wir es ihr denn?«

Er schaute Ellen an, dann wieder auf die Straße. »Hm, nein«, sagte er. »Ich glaube, besser nicht.«

Eine Weile lang betrachtete Ellen das Meer, in ihrem Kopf drehte sich alles. »Was für Kämpfe führt Ed mit den Gerichten?« fragte sie.

Ihr Vater erklärte ihr, daß Ed in Chicago eine Firma besessen habe, die vor drei Jahren bankrott gegangen sei, und daß ihn seine Geldgeber nun verfolgten.

»Hat er schuld?« fragte Ellen.

Ihr Vater zögerte. »Er hat zuviel gelogen«, sagte er. »Wenn er wenigstens manchmal die Wahrheit gesagt hätte, flexibler gewesen wäre, dann steckte er jetzt längst nicht so in der Bredouille.«

Ellen überlegte, ob das bedeutete, daß er schuldig war. »Was meinst du mit ›zuviel gelogen‹?«

»Er hätte einiges erzählen sollen, um die Leute auf seine Seite zu bringen«, erklärte ihr Vater. »So viel, daß er ehrlich gewirkt hätte.«

Ellen nickte und schwieg.

»So wenig wie möglich, aber etwas schon.«

»Aha.«

»Wenn man lügen muß, ist man schon in Gefahr.«

Sie fuhren schweigend weiter. Kurz vor der Stadt drehte Ellen sich zu ihrem Vater um und sagte so laut, daß man es durch den Motorenlärm hören konnte: »Dad, hast du, seit ihr verheiratet seid, mal was mit einer anderen Frau gehabt?«

Seine grauen Augen waren auf die Fahrbahn geheftet. »Natürlich nicht.«

»Wenn die Antwort ›Ja‹ gewesen wäre, hättest du es mir dann gesagt?«

Ihr Vater seufzte. »Nein, Maus«, erwiderte er. »Wahrscheinlich nicht.«

»Aber dann wärst du in Gefahr, stimmt's?«

Ihr Vater antwortete nicht, und Ellen ließ das Thema fallen.

Ellens Mutter war nicht in dem Café, in dem sie sich treffen wollten. Ihr Vater steckte die Hände in die Taschen und sah hinaus auf die Brandung, in der man die Köpfe unzähliger Kinder auf- und abwippen sah. Er schaute auf die Uhr. »Wir sind zu spät«, sagte er.

Sie setzten sich hin und schwiegen. Ihr Vater bestellte ein Bier und trank es schnell. »Komm, wir schauen uns ein bißchen um«, sagte er.

In den Straßen wimmelte es von mexikanischen Familien, die Ostern feierten. Frauen in schwarzen Baumwollkleidern, Mädchen, die mit ihren dünnen, staubigen Beinchen auf hohen Absätzen über die Lehmstraßen stöckelten. Die Luft roch nach herbem mexikanischem Bier.

Als sie sich durch die Menschenmassen schlängelten, blieb Ellens Vater dicht an ihrer Seite. Er hob angestrengt den Kopf, um nach ihrer Mutter zu suchen, und schaute zwischendurch immer mal schnell nach Ellen. Sie fing an, sich häufiger von ihm wegzubewegen, blickte, plötzlich interessiert, in Schaufenster, während ihr Vater hinter ihr herlief oder zurückgerannt kam, um sie nicht zu verlieren.

Schließlich legte er den Arm um sie und behielt die Hand auf ihrer Schulter. Seine Hand war groß und warm, und unter seinem sicheren Griff wurde Ellen ruhiger. Sie führte ihn in einen Süßigkeitenladen, wo er ihr ein Mokkaeis in einem von der Hitze weichen Hörnchen kaufte. Ihr Blick fiel auf ein Paar Türkisohrringe im Geschäft eines Silberschmieds.

»Warte mit dem Tragen, bis wir zu Hause sind«, kicherte ihr Vater, als er die Geldscheine hinblätterte. »Sie sind ganz schön auffallend.«

Ellen lächelte lieb und tat sie an.

Soviel Aufmerksamkeit von ihrem Vater war ermüdend, und sie spürte, wie ihr vom Bauch aufwärts ganz schwummerig wurde. Sie warf den Kopf zurück, so daß die Ohrringe gegen ihre Wangen fielen. Hielt Ausschau nach ihrer Mutter und hoffte, sie nicht zu finden.

Endlich blieben sie stehen. Ihr Vater schirmte die Augen mit der Hand ab, drehte sich einmal im Kreis und schaute in die Menge. Eine Gruppe Kinder, die eine blaue Piñata in Eselsform, gefüllt mit Süßigkeiten, durch den Staub zog, rannte vorbei. Junge Männer lehnten in Türen oder wanderten rastlos in Gruppen umher. Ellen bemerkte, wie einige sie beäugten, und wurde sich ihrer dünnen, nackten Arme, der zarten Härchen auf ihren Oberschenkeln bewußt.

»Ich habe eine Idee«, sagte ihr Vater. »Ich frage den Typen in dem Laden, ob er sie gesehen hat. Solche Läden mag sie.« Er zeigte auf ein Geschäft, in dem Tonkrüge verkauft wurden, mit einer dünnen, klaren Glasur, die wie Zuckerguß aussah. An einer Mauer dahinter lungerten mehrere barfüßige Männer mit Hüten.

»Ich warte hier draußen«, sagte Ellen.

»Nein, komm mit, Maus. Es dauert doch nur einen Moment.« Er packte sie am Ellenbogen, aber Ellen entwand sich ihm.

»Ich warte«, sagte sie noch einmal, und wurde über und über rot.

Ihr Vater warf einen raschen Blick die Straße entlang. »Aber beweg dich nicht vom Fleck«, sagte er und lief schnell in den Laden. »Verstanden? Bleib, wo du bist, Maus.«

Kaum war er verschwunden, ging Ellen näher zu den Männern an der Mauer. Ein paar legten die Hände über die Augen, um sie besser taxieren zu können. Sie hockten im Straßenstaub und ließen die Flasche kreisen. Ein Bein abgewinkelt, stellte sie sich vor ihnen in Positur und starrte auf den bröckelnden Gips der Mauer hinter ihnen. Ihr Herz klopfte schnell. Sie warf einen Blick zurück auf den Laden, um sicherzugehen, daß ihr Vater noch nicht wieder auftauchte. Er sprach nur schlecht Spanisch; seine Erkundigungen würden eine Weile dauern. Was sie hier abzog, kam ihr unwiderstehlich komisch vor, und sie biß die Zähne zusammen, um nicht zu lachen.

Die Männer waren jung und eher schüchtern, sie hatten weiche Gesichter. Sie sprachen sie in Spanisch an, doch Ellen lächelte und zuckte hilflos mit den Achseln. Da lachten sie, schüttelten die Köpfe, und Ellen sah sich mit ihren Augen: ein mageres sechzehnjähriges Mädchen mit glatt herunterhängendem, langem schwarzem Haar, das sich dem Menschenstrom entgegenstemmte, um sich vor diesen Männern zu produzieren. Idiotisch, grotesk. Nun hatte sie das Gefühl, als müsse sie gleich losweinen.

Einer der Männer erhob sich langsam und trat auf sie zu. »*Hola, chica*«, sagte er.

Ellen lächelte ihn an. Es kam ihr vor, als gehorche sie einer Macht, die ihr den Atem nahm; ihr wurde schwindlig. »*Hola*«, sagte sie und streckte die Hand aus, als seien sie und der Mann soeben einander vorgestellt worden.

Er nahm ihre Hand und hielt sie sehr fest. Als Ellen versuchte, sie ihm zu entziehen, packte er kräftiger zu, und es schmerzte. Er grinste. Ellen spürte, wie das Blut in seiner Hand pulsierte, zwischen seiner und ihrer Haut sammelte sich Schweiß. Sie merkte, daß sie ihn, wie gebannt von der Gefahr, hilflos angrinste. Die anderen Männer schrien, klatschten in die Hände und stampften mit den Füßen auf die Erde. Die Musik schien lauter zu werden. Der Mann, der ihre Hand hielt, griff noch härter zu und zog sie die Straße entlang.

Ellen widersetzte sich; obwohl der Mann energisch an ihrem Arm zog, bewegte sie sich kaum von der Stelle. Ihr Verstand arbeitete fieberhaft: Warum hatte sie das gemacht? Was lief hier ab? Damit, daß sie sich von diesem Fremden die Straße entlangziehen ließ, trieb sie es mit einer Wildheit auf die Spitze, die seit Wochen in ihr rumorte, und nun schrak sie davor zurück. Ihr wurde übel.

Dann hörte Ellen, wie hinter ihr jemand angerannt kam; sie hörte die Schreie ihres Vaters. Er stieß den Mann weg, warf ihn in den Staub. Der Mann überschlug sich ein paarmal, und als Ellens Vater ihn verfolgte, sprang er auf die Füße und hockte sich hin. Er hatte ein Messer in der Hand und richtete die lange Klinge direkt auf das Herz ihres Vaters. Der erstarrte. Ein Wimmern kam aus Ellens Kehle, und bei dem Geräusch drehte er sich um. Der Mann mit dem Messer verschwand in der Menge.

Ihr Vater packte sie und riß sie so heftig an sich, daß ihr Kopf gegen seinen Brustkorb schlug. Sie merkte, daß sie weinte. Hinten im Hals schmeckte sie immer noch den süßen Geschmack von dem Wodka und dem Eis; sie schluckte ihn herunter. Ihr Vater strich ihr übers Haar. Durch seine Rippen hörte Ellen das hektische Hämmern seines Herzens.

Ellens Mutter kam aus einer Gasse herbeigeschlendert. Sie ging langsam, hatte in Papier gewickelte Pakete in den Händen und einen in eine Tüte aus Zeitungsseiten gehüllten Kreppapier-Blumenstrauß: mit Draht zusammengebundene, bunte trockene Blütenblätter.

»Vivian!« schrie Ellens Vater. »Herr im Himmel, wo bist du gewesen?«

»Ihr wart zu spät«, sagte sie richtig vergnügt. »Ich war die Warterei leid.«

Sie küßte Ellen aufs Haar, und Ellen lehnte sich beruhigt an sie, erleichtert, daß sie wieder da war. Die Angst steckte ihr noch in den Knochen.

»Ihr beide seid ja schlimmer als ein Sack Flöhe«, sagte ihr Vater.

»Du bist aus der Übung«, sagte ihre Mutter.

Ellens Vater nahm sie rechts und links in den Arm und führte sie zum Strand. Er hielt sie fest, und Ellen hatte den Eindruck, daß sie ihm in diesem Augenblick so wichtig waren wie schon lange nicht mehr. Er hatte auch Angst, daran lag's. Sie wurde traurig.

Er ging mit ihnen in ein Restaurant. Eine feindselige Sonne lag dicht überm Horizont, und die Luft war stickig und feucht. Ellens Vater lehnte sich zurück und verschränkte die Hände hinter dem Kopf. Dann legte er sie flach auf den Tisch und spreizte die Finger.

»Ich muß euch etwas gestehen«, sagte er. »Ich habe eine Affäre gehabt. Eine. In achtzehn Jahren Ehe.«

Sie starrten ihn an. Er faltete seine Serviette zusammen, wieder auseinander, wieder zusammen. Der Stoff zitterte in seinen Fingern. Bevor Ellen noch wegschauen konnte, sah er auf, und ihre Blicke trafen sich. »Vor zwei Jahren«, sagte er und sprach Ellen direkt an. »In Kansas City. Mit einer Verkäuferin, die ich in ihrer Mittagspause kennengelernt habe.«

Ellen betrachtete ihr gewebtes Tischset und horchte auf ihr Herz. Es klopfte so unregelmäßig, daß sie in Panik geriet und sich fragte, ob sie in ihrem Alter schon einen Herzanfall kriegen konnte.

Ihre Mutter setzte sich gerade hin. »Warum in Gottes Namen erzählst du das jetzt?« fragte sie.

Er antwortete nicht. Seine Augen waren weiter auf Ellen gerichtet. Die dachte an den Tag, als er die Zeiger seiner Uhr zurückgestellt hatte, an ihr Entzücken, in die Verschwörung eingeweiht zu werden. Nun schaute sie ihn an: gutaussehend, ernst, der reuige Sünder. Ihm zu folgen war leicht, das tat sie ja seit Jahren. Doch wo führte es hin?

»Er lügt«, sagte sie.

Ihre Mutter öffnete den Mund. Das Licht schien unten an ihren Zähnen entlang.

Ellen stand auf. »Er lügt«, sagte sie noch einmal und ließ das Wort aus ihrem Mund aufsteigen wie eine Blase.

»Er war gar nicht in Australien. Ich habe ihn mit einer Frau in einem Restaurant gesehen.«

Ohne ein weiteres Wort lief Ellen zum Meer, der Wind blies ihr in die Ohren und vertrieb alle anderen Geräusche. Es herrschte rauhe See, die schaumigen Wellen brodelten ihr um die Füße. Ellen ging noch ein paar Schritte, das sprudelnde Wasser spülte ihr über die Waden und dann bis zu den Oberschenkeln. Es drängte sie, in Kleidern zu schwimmen, zu spüren, wie der Stoff in der warmen Flut um sie herumschwebte.

Langsam ging sie voran, ließ zu, daß sie allmählich immer tiefer im Wasser verschwand. Dann erhob sich vor ihr eine Welle, und sie tauchte hinein. Hart und salzig schlug sie ihr gegen den Kopf, und dann war Ellen hinter der Brandung.

Einige Minuten später sah sie ihre Mutter am Strand. Ellen winkte und rief, sie rechnete damit, daß sie sofort wieder an Land beordert wurde. Doch ihre Mutter kam, ohne Ellen aus dem Blick zu lassen, näher. Äußerst behutsam trat sie ins Wasser, als befürchte sie, im Sand seien scharfe Gegenstände verborgen. Schon bald breitete sich der Rock ihres Kleides um ihre Taille aus. Als sie da stand, sah sie aus wie ein Mädchen, und Ellen kam jäh und deutlich zu Bewußtsein, daß ihre Mutter auch einmal in ihrem Alter gewesen war. Sie sah es an dem feinen blassen, mageren Gesicht, an dem nassen Haar, das ihr am Kopf klebte.

»Schwimm«, rief Ellen ihr zu.

Ihre Mutter zögerte und schwamm dann mit kräftigen Zügen los. Sie kraulte so ebenmäßig und elegant, wie sie die Bahnen im Schwimmbad zurücklegte. Die Wellen warfen sie hin und her und brachten sie aus dem Rhythmus.

Als sie endlich bei Ellen angelangt war, hatte sie die Augenbrauen hochgezogen, als staune sie immer noch. Nun, da ihre Haare so glatt und dicht am Kopf lagen, wirkte ihr Kopf klein. »Wir haben völlig den Verstand verloren«, sagte sie mit hohem, nervösem Lachen.

Ellen merkte, daß sie gar nicht an ihren Vater dachte, und das gab ihr ein flüchtiges Gefühl von Freiheit. Ihre Mutter trat Wasser und schaute hinauf in den Himmel. Plötzlich drehte sie sich zu Ellen um und faßte unter Wasser nach ihrer Hand. Ellen spürte, wie ihre Mutter vollkommen ruhig wurde. Nach einer Weile ließ sie Ellens Hand los und begann zurückzuschwimmen. Ellen folgte ihr.

Eine Welle spülte sie an Land, und Ellen fand sich neben ihrer Mutter auf dem Sand ausgestreckt wieder. Ihr Vater war nirgendwo in Sicht. Unter dem nassen Kleid konnte man den zerbrechlichen Körper ihrer Mutter erkennen. Ellen schaute an ihrem mexikanischen Hemd herunter und sah, daß die leuchtenden Rosa- und Grüntöne stumpf geworden waren. Plötzlich überwältigte sie Verzweiflung. Sie grub die Füße in den Sand und nahm mit beiden Händen eine Handvoll von dem feuchten, grobkörnigen Zeugs. Es drängte sie, etwas in den Mund zu stecken und auszulutschen.

»Was passiert jetzt?« fragte sie und schämte sich, daß ihre Stimme zitterte.

Ein wenig bibbernd kniete ihre Mutter sich hin. Sie legte einen Arm um Ellens Schulter. »Jetzt gehen wir ins Haus zurück und trocknen uns ab«, sagte sie. »Das passiert jetzt.«

Sie zog ihre Tochter auf die Beine und überraschte sie damit, wieviel Kraft sie in den Armen hatte. Eng an ihre

Mutter geschmiegt, ließ sich Ellen von ihr über den Sand führen. Die Sonne war hinter dem Horizont untergegangen.

»Und dann nichts wie weg«, sagte ihre Mutter.

SPANISCHER WINTER

Seit meiner Scheidung reise ich immer außerhalb der Saison, und diesen Winter bin ich in Spanien. Ein Mann folgt mir. Im Zug von Madrid war es ein Kupfervertreter mit keckem Schnurrbart und Warenmustern: Kupferdrähten, Kupferscheiben, Kupfer zu dünnen, biegsamen Blechen gehämmert. Ich nahm alles, was er mir gab, und steckte es in meine Handtasche. In Córdoba war es ein Restaurantbesitzer, der mir einen Teller mit brutzelndem Rindfleisch nach dem anderen servierte, während ich zusah, wie der Regen über die Markise seines Restaurants strömte. Ich aß, bis mein Gesicht ganz rot wurde und Schweiß sich auf meiner Oberlippe sammelte.

»Die Señorita ist sehr hungrig«, sagte der Mann und goß mir Rotwein ins Glas. »Die Señorita ist unterernährt.«

Ich nickte, zu satt, um mich mit meinem Unispanisch um eine Antwort zu bemühen.

In Wahrheit nehme ich nämlich alles, was man mir gibt.

Der Mann in Toledo, wo ich gerade herkomme, war groß und hager. Ein Asket. Er trug einen weißen Rollkragenpullover und verteilte auf der zentralen Plaza Marzipanstücke an die Kinder. Es war fast Mitternacht. Die Luft war trübe von dem Dunst des Flusses, der um die Plaza floß; die kahlen Bäume waren mit kleinen weißen Lämpchen behängt.

Ich saß auf einer Bank und wartete. Als die Kinder weg waren, kam der Mann und setzte sich neben mich. Er sah unglücklich aus, sein Gesicht war ausgemergelt, erschöpft und traurig. »Sind Sie allein?« fragte er mich.

»Haben Sie noch Marzipan?« fragte ich.

Er gab mir ein in durchsichtiges buntes Zellophan gewickeltes Stück. Es war das zarte Marzipan, für das Toledo bekannt ist. Ich aß es in ganz kleinen Bissen, damit es nicht so schnell alle war, jedes Stückchen ließ ich zwischen Zunge und Gaumen zergehen. Ich wußte, was dann kam, freute mich jedoch nicht darauf.

Der Mann nahm die Augen nicht mehr von mir: offene, traurige Augen, wie Clowns sie haben. Als ich mein Marzipan aufgegessen hatte, erhob er sich und nahm mich an der Hand. Ich folgte ihm weg von dem Platz in eine winzige Seitengasse.

Sein Haus stand neben der Kathedrale. Ein heruntergekommenes Stadtpalais, seit Jahrhunderten im Besitz der Familie. Im Eingang hing ein El Greco, das Porträt eines längst verstorbenen Verwandten. Zuerst dachte ich, es sei der Mann selbst.

»Toledo ist El Grecos Heimatstadt, wußten Sie das?«

Ich schüttelte den Kopf, obwohl ich es natürlich wußte.

»Ay!« rief er. »Deswegen ist Toledo berühmt. Morgen müssen Sie dorthin gehen ...«

Ich machte es mir in einem Samtsessel bequem und ließ ihn reden. Ich mag es, wenn man mir Ratschläge gibt, auch wenn ich sie nicht brauche.

»Warum sind Sie in dieser Jahreszeit nach Spanien gekommen?« fragte er. »Sogar die Spanier würden gern entfliehen.«

»Die Museen sind schön leer«, scherzte ich.

»Sie sind einsam. Das sehe ich Ihnen im Gesicht an.«

»Ich warte, daß etwas passiert.«

Er beugte sich vor und betrachtete die roten Vorhänge an seinem Himmelbett. Ein Zug dicker, geschnitzter Ritter, hoch zu Roß, trabte rund um jeden Pfosten hinunter zu dem Satinbettzeug. »Ist das nicht dasselbe?« fragte er.

Eine kühle, skelettartige Hand langte nach meinem Knie.

Früh am nächsten Morgen nahm ich den Zug nach Granada.

Im Winter ist Spanien gefährlich, wunderschön und leer. Allein wandere ich durch die reich dekorierten Höfe der Alhambra; ganz schwindelig von den Säulen und Waffeldecken, den vielfarbigen Kachelornamenten. Ein Mann hält gebrannte Erdnüsse feil, knusprig und süß. Ich kaufe eine Tüte. Ich setze mich auf eine Bank, schließe die Augen und lasse mir die Wintersonne ins Gesicht scheinen.

Ich bin zweiunddreißig Jahre alt. In diesen zweiunddreißig Jahren habe ich das College absolviert, geheiratet und eine Tochter bekommen, deren Haar bleich und weich ist wie die Fasern frisch geschlagenen Holzes. Sie heißt Penny und möchte bei ihrem Vater leben.

Ich habe meinen Mann an einem Strand in Mexiko kennengelernt, wo ich direkt nach dem College mit ein paar Mädchen aus meiner Verbindung hinfuhr. Ich kann mich noch genau so sehen, wie ich damals war: eine große, x-beinige junge Frau, die in ihrem Rock Abalonenschalen sammelt.

»Bist du schon im Meereswellenbad gewesen?« fragte mich mein zukünftiger Gatte.

Er war älter als die Jungs, die ich im College kennengelernt hatte. Ich folgte ihm über einen niedrigen Felsvorsprung, der in die Brandung ragte. Der Fels war scharf, und wir gingen langsam. Ich behielt den Blick auf dem Schauspiel zu meinen Füßen: flache Tümpel mit Seeigeln und kleinen Krebsen, leuchtenden Seeanemonen, die bei jedem Schwall Salzwasser ihre weichen Tentakel auswarfen. Unendlich viele glitzernde Splitter von Abalonenschalen.

»Wahnsinn!« rief ich, kniete mich hin und begann diese Schätze aufzusammeln. Mein zukünftiger Gatte stand über mir und lächelte auf mich herunter. Dann hockte er sich auf einen Felsen und half mir, einen Seeigel aus seinem Versteck zu stochern. Bald wagte er sich, ganz begeistert von diesem Abenteuer, auch weiter in die Brandung.

»Schau dir den an!« schrie er und wedelte mit einem orangefarbenen Seestern. »Der hätte mich fast umgebracht.«

Ich lud ihm die Taschen voll (seine Khakihosen waren bald klatschnaß) und benutzte mein ärmelloses Kleid als großen Korb für tröpfelnde Meereswesen. Als wir zurückliefen und ich die warme Gischt an meinen nackten Beinen spürte, wußte ich, daß er mich beobachtete. Bei jeder unebenen Stelle packte er mich an den Schultern. Da geriet ich mit Absicht ins Schwanken. Er war fünfunddreißig, ich fast einundzwanzig, als wir heirateten.

Als ich den schmalen Pfad von der Alhambra wieder hinuntergehe, springen zwei Jungen aus den Bäumen hervor. Groß und mager, spitzes, bartloses Kinn. Einer hält ein Klappmesser in der Hand. »Gib uns alles«, sagt er.

Ich gebe ihm meine Brieftasche.

»Alles«, zischt der andere.

»Sonst habe ich nichts.«

Das Messer blitzt auf. Der Junge zerschneidet den Träger meiner Handtasche und öffnet die Reißverschlüsse der Innentaschen. Ich sehe meine Zahnbürste vor mir, eine Puderquaste, die Kupferteile, die mir der Mann in der Eisenbahn geschenkt hat. Es sind kostbare, nutzlose Dinge, und ich will sie nicht verlieren.

»Da ist nichts Wertvolles drin«, sage ich.

Mit einer blitzartigen Bewegung reißt mir der andere Junge die goldene Kette vom Hals. Sie ist echt, ein Geschenk meines Mannes. Der Junge hat fest gezogen und hinterläßt einen dünnen, brennenden Streifen auf meiner Haut. Die Burschen rennen weg, rutschen auf den trockenen Blättern fast aus. Ich sehe meine Handtasche noch ein paarmal durch die Baumstämme, und dann ist sie verschwunden.

Als ich langsam zurück in die Stadt gehe, bin ich von einem düsteren Triumphgefühl erfüllt. Ich spüre Erleichterung, die Erleichterung, etwas Unvermeidlichem einen Schritt näher zu sein. Und die Lust, mich nicht länger zu wehren, sondern aufzugeben.

Ich wandere durch die belebten Straßen Granadas. Meine Reisetasche ist im Hotel, doch ich gehe noch nicht dorthin zurück. Die Luft riecht nach zuckerbestäubten Kuchen, die aus Autos verkauft werden. Es ist halb zehn, fast Abendessenszeit. Schreiend und rennend drängeln sich Kinder durch die engen Gassen auf den Kathedralenplatz. Ich folge ihnen. In der Mitte des Platzes verkauft ein Mann bunte Luftballontiere an langen Stöcken. Bei meinem Näherkommen treten die Kinder um ihn herum zurück.

»Ich bin überfallen worden«, sage ich zu dem Mann.

Sein Gesicht ist nackt und verknittert, wie Stoff, der lange gefaltet war und dann flach ausgebreitet wird. Er packt seine Ballons in einen Lederkoffer. Mit dünnen, hellen Stimmchen reden die Kinder leise miteinander. Von den Bäumen hängen Lampen, und ich folge dem Mann durch die Lichtkegel. Ich merke, wie ich anfange zu lächeln, vertrauensvoll und wachsam; ich folge einem Mann, wie ich mein ganzes Leben lang einem Mann gefolgt bin.

Als mein Mann mir sagte, er werde mich verlassen, saßen wir im Wohnzimmer. Ich blickte mich um, sah die blankpolierten Regale, den Fernseher und Videorecorder, die *New Yorker*- und *Business Week*-Stapel. Was sich in zehn Jahren Ehe angesammelt hatte, meist seines.

»Ich habe schon alles Notwendige organisiert«, sagte er. »Ich miete mir eine Wohnung.«

Ich wanderte mit den Blicken an seinen Enzyklopädien entlang, an den Fotos von weiß gekalkten Kirchen, die er in Griechenland aufgenommen hatte, einem antiken Türkispferd aus irgendeiner uralten Herrscherperiode. »Das gehört alles dir«, sagte ich.

»Das erledigen wir, wenn die Zeit gekommen ist …«

»Bleib du hier«, sagte ich. »Ich gehe.«

Das überraschte ihn. »Willst du das wirklich?«

Mich hatte ein schreckliches Gefühl gepackt. Ich suchte das Zimmer nach Dingen ab, die mir gehörten, und fand nur Sachen, die mir mein Mann geschenkt hatte: einen an die Wand gehefteten Kimono, *Shakespeares sämtliche Werke*, griechische Betperlen.

»Was habe ich zu verlieren?« sagte ich.

»Mach dich nicht zur Märtyrerin«, seufzte er.

Ich nahm die Flasche Wein, die wir zusammen tranken, und warf sie an die Wand. Es krachte gewaltig, und der Rotwein spritzte auf den indianischen Teppich, den mein Mann in Arizona gekauft hatte. Mein Mann lehnte sich in seinem Sessel zurück und schaute zu mir auf. »Was für ein Kind du bist«, sagte er.

Wenn ich nun daran denke, wie seine neue Gattin in meiner ehemaligen Küche für meine Tochter Eier brät, empfinde ich einen angenehmen Schmerz. Die grimmige Genugtuung, wenn man einen glatten Schnitt gemacht hat.

Es dauert drei Tage, bis alles geregelt ist: Paß, Reiseschecks. Nur um den simplen Tathergang zu erklären, muß ich stundenlang warten. Ich ärgere mich. Was weg ist, ist weg, das ist meine Devise. Bald wird überhaupt nichts mehr übrig sein, und in gewissem Sinne freue ich mich darauf, obwohl es mir angst macht.

Die Tage des Wartens verbringe ich in Cafés, wo ich Penny Postkarten schreibe, die sie zu Hause mit Früchtemagneten an den Kühlschrank hängen wird. Das macht sie sorgfältig, sie steckt meine Reiseroute in der richtigen Abfolge ab. Wenn ich wiederkomme, wird sie sie wie eine Geschichte erzählen.

Als Penny bei mir wohnte, habe ich ihr jeden Tag etwas mitgebracht: Zauberstifte, Haarbänder, Schokolade. Ich quälte mich mit der festen Überzeugung, daß sie mehr brauchte, daß nichts, das ich kaufte oder sagte, sie je zufriedenstellen konnte.

»In unserem Leben ist ein Loch, meinst du das?« fragte ich sie im letzten Winter, als wir allein in dem riesigen

Speisesaal eines Strandhotels saßen. Das Prasseln des Regens vermischte sich mit dem der Brandung. Wir waren die einzigen Gäste in dem Hotel.

Penny untersuchte das weiße Tischtuch. »Wo ist ein Loch?« fragte sie.

»Du findest, irgendwie ist das alles nicht in Ordnung, stimmt's? Daß es so nicht hinhaut.«

Sie schaute mich mit ihren großen braunen Augen an und versuchte herauszufinden, was für eine Antwort ich hören wollte. »Ich weiß nicht«, sagte sie schüchtern.

»Ich mache dir ja gar keinen Vorwurf, wenn du das denkst«, sagte ich, stand von meinem Stuhl auf und ging vor dem Fenster hin und her. »Ich empfinde es ja genauso.«

Penny hörte auf zu essen und starrte in ihr Schälchen, in dem bleiche Müsliflocken schwammen.

»Jetzt habe ich dich traurig gemacht«, rief ich und tänzelte um sie herum. »Komm, setz dich gerade hin und vergiß, was ich gesagt habe. Iß.«

Unglücklich hielt sie den Löffel in der Faust. Sie warf einen Blick auf meinen Teller mit Eiern, den ich stehengelassen hatte. »Dann iß du aber auch«, sagte sie.

Wir blieben schweigend sitzen. Ihre Unterlippe begann zu zittern.

Ich beugte mich über sie. »Was ist? Sag, was du denkst«, bat ich sie.

»Ich vermisse Daddy.«

Es waren die Worte, vor denen ich mich am meisten fürchtete, doch ich war auch erleichtert. Ich sank auf meinen Stuhl zurück und hob Penny auf meinen Schoß. Durch ihre Rippen spürte ich, wie rasch ihr Herz schlug. Zwei kesse Zöpfchen standen ihr vom Kopf ab. Ich küßte sie auf den weißen, geschwungenen Scheitel und atmete dessen süßen Haferflockengeruch ein.

»Ich bringe dich zurück«, sagte ich. »Wir fahren heute ab.«

Sie war das letzte, das weg mußte; die Trennung von ihr fiel mir am schwersten.

Die Nächte verbringe ich mit dem Ballonverkäufer. Er wohnt am Rand der Stadt in einem winzigen Hochhausapartment mit Balkon, auf den er sehr stolz ist. Er stellt sich mit mir darauf, damit ich die Aussicht genieße, die hauptsächlich aus Fernsehantennen besteht. Wir reden kaum. (Mein Spanisch ist nicht gut.) Sein Zimmer riecht nach diesen kleinen grünen Oliven, die so hervorragend zu Wein schmecken. Wenn er welche hat, teilt er sie nicht mit mir.

Morgens sitzt er im Mantel auf dem Balkon und raucht dünne braune Zigarillos. Ich bleibe im Bett, starre den Deckenventilator an und versuche mich an mein Leben vor meiner Heirat zu erinnern. Ich weiß, daß ich ein Leben gehabt habe: lange unbeschwerte Tage, an denen ich mich mit meinen Freundinnen auf den Collegewiesen ausgestreckt und die Werke Botticellis studiert habe. Aber ich betrachte diese Szenen wie Bilder, nie von innen. Sie könnten das Leben eines anderen Menschen darstellen.

Wenn der Ballonmann etwa eine Stunde geraucht hat, kommt er wieder zu mir ins Bett. Er ist ein magerer Spanier mit einem abrupten, schiefen Lächeln. In einem anderen Leben hätte ich diesen Mann vielleicht geliebt, ja sogar geheiratet. Doch so liege ich unter ihm und starre den Ventilator an, dessen lange Flügel sich im Winter nicht bewegen.

Endlich habe ich alle Formalitäten wegen des Passes erledigt. Ich breite meine Landkarte auf einem Cafétisch aus, wie mein Mann es immer gemacht hat, und bedenke meine Alternativen.

»Alison?« sagt ein Mann.

Ich weiß nicht, wo ich ihn hinstecken soll. Er hat solch ein verschmitztes Gesicht, das nicht zu altern scheint, blasse Augen und kräftige, breite Hände.

»Rutgers«, sagt er. »Erinnerst du dich?«

Ja, nun ja. Er war kein Freund, das nicht, eher einer der Menschen, von denen ich wußte und mit denen ich bisweilen ein Wort wechselte. »John?«

»Jake.«

»Hast du nicht immer irgendwas verkauft? Hattest du nicht jede Menge Ideen, wie man Geld verdienen kann?«

»Bravo.« Er läßt sich auf einem Stuhl neben mir nieder. Jetzt fällt mir ein, daß er einen Schreibservice aufgezogen hatte, wo Studenten ihre Seminararbeiten tippen lassen konnten. Später verkaufte er Beteiligungen an einem Spielcasino in Atlantic City. Er wirkte so sehr wie der Mann von Welt, daß man schon sehnsüchtig wurde, wenn man nur neben ihm saß, als habe er die Collegejahre bereits hinter sich und schaue zurück und man selbst sei Teil seiner Erinnerungen.

»Na, wie viele Firmen hast du gemanagt?« frage ich. »Was hast du getrieben?«

»Alles mögliche.« Er betastet den Tischrand, als suche er versteckte Schubladen. »Nichts Weltbewegendes.«

»Schwer zu glauben.«

»Und du?«

Ich hole tief Luft, und erst da begreife ich, was ich losgetreten habe. Schrecklich. Mein Leben schwankt vor mir wie ein schlimmer Anblick von einer wackeligen Höhe. »Das ist eine lange Geschichte«, sage ich und merke, wie mein Lächeln schwindet. »Aber nicht der Rede wert.«

»Bei mir ja auch nicht.« Er nimmt seine Brille ab, halb Sonnenbrille, halb normale, und reibt sich die Haut zwischen den Augen. An den Rändern sind seine Lider rosa. Ich habe das eigenartige Gefühl, als hätten wir uns gerade ein Geheimnis anvertraut.

»Ähm, wartest du auf deinen Mann oder was?«

»Ja«, sage ich, erfreut bei dieser Vorstellung. »Er ist in der Alhambra. Ich hatte heute keine Lust hochzuklettern.«

»Was du nicht sagst. Meine Frau ist auch da oben.«

»Das ist ja witzig!« rufe ich, unfähig zu widerstehen. »Vielleicht treffen sie sich ja.«

Ich bin unbekümmert, als liege noch alles vor mir. Ich sehe mich in der Warteschlange der Collegecafeteria, ein blaues Plastiktablett in der Hand. Es ist später Frühling und das Gras grün und fett.

»Weißt du, vor drei Tagen bin ich da oben überfallen worden«, erzähle ich Jake. »Von zwei Jungs; sie haben mir alles geklaut. Den Paß ... Ich mußte diese Tasche kaufen.«

Ich halte sie hoch. Sie ist aus samtweichem Kalbsleder, diesem feinen Leder, für das Spanien berühmt ist. Nun rieche ich jedesmal, wenn ich sie auf dem Schoß liegen habe und Luft hole, das herrliche neue Leder. Abends lege ich sie offen neben das Bett des Ballonmannes, damit ich sie riechen kann, wenn ich einschlafe.

Jake betastet die Nähte. »Die Qualität ist gut«, sagt er. »Was nicht immer der Fall ist. Wo hast du sie gekauft?«

»Gleich hier in der Nähe. Ich kann es dir zeigen.«

»Aber dein Mann ...«

»Ach, der ist gerade erst gegangen. Der kommt so schnell nicht wieder.«

Ich empfinde das Sonnenlicht in Granada als klarer und stärker als an irgendeinem Ort in Spanien in diesem Winter. Es wärmt mir den Nacken. Der weiche Lederträger meiner neuen Tasche reibt angenehm auf meiner Schulter. Ich empfinde auch das Glück, das sich einstellt, wenn man eine Minute lang seinen eigenen Lügen glaubt. Ich stelle mir vor, wie mein Mann durch die Räume der Alhambra wandert, schwer beladen mit Reiseführern und Karten, und wie er mir dann beim Abendessen alles bei einer Flasche Wein erklärt.

»Du hast mittlerweile bestimmt hundert Firmen«, sage ich mit einer Stimme, die ich eigentlich gar nicht erkenne.

»Nicht ganz.«

»Na gut, dann viele.«

»Klar«, sagt er achselzuckend. »Ein paar.«

»Sind welche davon in Spanien?«

Er schaut gen Himmel. »Nein, hier habe ich keine.«

Wir sind fast an der Kathedrale. In diesen Gäßchen ist es sehr still, und weil sie so eng sind, fällt die Sonne nicht bis auf den Bürgersteig. Als ich den kleinen Eckladen finde, in dem ich meine Handtasche gekauft habe, sind die Rolläden herabgelassen. »Siesta«, sage ich. »Mist!«

Da stehen wir ein wenig befangen und wissen nicht, was wir als nächstes tun sollen. Jake dreht sich zweimal um und schaut hinter sich. »Wirst du verfolgt?« witzele ich.

»Nein«, sagt er. »Warum? Du?«

Ich ziehe den Träger meiner wunderschönen Kalbslederhandtasche zurecht. »Natürlich nicht.«

»Weißt du«, sagt er. »Jetzt, wo ich dich sehe, muß ich mich an mich selbst erinnern, als ich sehr jung war. Komisches Gefühl.«

»Woran erinnerst du dich?«

»Daß ich absolut keine Angst hatte.«

»Ging uns das in dem Alter nicht allen so?«

»Ja, aber mir besonders. Ich hatte viel zu wenig Angst.«

»Fürchtest du dich jetzt schneller?«

Er tritt ein Stück weg, Hände in den Taschen. Außer dem Piepsen kleiner schwarzer, über uns kreisender Vögel hört man nichts. Sie klingen wie Mäuse, nur wehmütiger.

Jake dreht sich rasch zu mir um. »Ich habe was Dummes gemacht«, sagt er. »Ich habe viel Geld verloren, das Geld von anderen Leuten.« Die Haut ist weiß um seinen Mund herum.

»Wie schrecklich.«

»Ja, furchtbar.« Er atmet, als seien wir soeben gerannt. »Ich weiß nicht, warum ich dir das erzählt habe.«

»Schon gut«, sage ich und fahre mir mit den feuchten Handflächen übers Kleid. Ich will weg von ihm.

»Vergiß, daß ich dir das erzählt habe.«

»Ja, ja, kein Problem.«

Er schiebt seine Hände tiefer in die Taschen und schaut zum Himmel. Der ist sehr blau über uns.

»Im Klartext: Ich habe Familien ruiniert. Die Leute haben nichts mehr. Kannst du dir vorstellen, wie das ist?«

»Für dich oder für sie?«

»Für sie«, sagt er überrascht. »Für sie natürlich.«

Ich gleite mit den Fingern über den weichen Lederträger der Tasche. Wieviel besser mir diese gefällt als die gestohlene!

»Und weißt du, was noch schlimmer ist? Ich habe sie betrogen. Mit Absicht, von Anfang an. Und dann alles komplett in den Sand gesetzt.«

Er betrachtet die Fassade der Kathedrale, die breiten Pforten, die vorgewölbten Stuckteile. Ich überlege, ob ich einfach weggehen soll.

»Da schau einer an«, sagt er und lacht plötzlich. »Sie jagen mich um den ganzen Erdball, und ich schütte vor einer Kirche einer total Fremden mein Herz aus.«

»Immerhin sind wir zusammen am College gewesen.«

»Das stimmt.«

Ich halte die Tasche im Arm, das Leder schmiegt sich an meine Brust. Ich sehe Jake zu, wie er auf den Steinen hin und her läuft.

»Ich verlasse Spanien heute. Ich gehe nach Marokko, runter nach Afrika. Das ist aber geheim«, fügt er hinzu und lacht wieder. Ein merkwürdig nervöses Lachen, das ich nicht mag. Er tritt dicht auf mich zu. Sein Atem riecht seltsam süß, und seine Hände zittern. Ich habe Angst, er könnte ohnmächtig werden. Was mache ich dann mit ihm?

»Weißt du, was am schlimmsten ist? Das schlimmste ist, daß ich nichts daran ändern kann. Alles ist weg. Finito. Mein ganzes Leben.«

»Aber du bist doch noch so jung.« Meine Worte überraschen mich selbst. »Wie um alles in der Welt kannst du das sagen?«

Es stimmt. Er ist ein junger Mann, verängstigt wie ein kleiner Junge. Er wird verlegen und senkt den Blick auf die glänzenden Steine zu unseren Füßen. »Herrgott«, sagt er kopfschüttelnd. »Hör zu, es tut mir leid, daß ich dich vollgequatscht habe. Wahrscheinlich sucht dein Mann dich …«

Sein ganzes Gesicht zittert. Er sieht mich mit dem Ausdruck an, den ich erkenne: dem Ausdruck, den ich garantiert auch habe, wenn ich den normalen Menschen zusehe, wie sie ihr glückliches Leben leben.

»Ich habe keinen Mann«, sage ich und schaue ihn unverwandt an. Nun fühle ich es kommen: den schwindelerregenden Drang, alles zu gestehen, überwältigend wie Brechreiz. »Ich habe nichts auf der Welt.«

Jake ist sprachlos. Er starrt mich an, den Mund ein wenig geöffnet, den Kopf zur Seite gelegt. Ich spüre das peinliche Bedürfnis, näher zu ihm zu rücken.

»Im Ernst?«

Ich nicke schweigend und schaue weg.

Motorenlärm lenkt uns ab. Ich drehe mich um und sehe zwei Männer in Bomberjackets auf einer Vespa. Sie kommen über eine kleine Straße direkt auf uns zugerast. Ich habe kaum genug Zeit, Jake anzuschauen, da braust das Gefährt schon mit Höchstgeschwindigkeit zwischen uns durch, und jemand schubst mich auf den Gehweg. Fassungslos sitze ich da, reibe mir die Hüfte und sehe meine neue Kalbsledertasche von der Schulter eines Vespafahrers baumeln. Ich schreie aus voller Kehle, es hallt auf dem Platz wider. Die Vespa biegt um eine Ecke und ist verschwunden.

Jake rennt hinterher, nach dem Motorengeräusch verebben auch seine Schritte. Dann herrscht Ruhe. Ich stehe allein unter den schwirrenden, piepsenden Vögeln und warte. Nach einer Weile setze ich mich auf die Kirchenstufen und beäuge den Saum meines Kleides, hellgrün vor dem Stein. Die Minuten verstreichen, so viele, daß ich nicht weiter warten möchte. Doch es drängt mich auch nicht wegzugehen. Bis zur Nacht sind es noch Stunden. Ein Mann kommt und öffnet das Lederwarengeschäft. Im Schaufenster hängen ebenso bildschöne Taschen wie meine. Ich frage mich, ob er mir eine gratis gäbe, wenn ich ihm erklären würde, was passiert ist.

Mein Mann und seine Frau haben Penny mit in Ferien auf eine warme Insel genommen, deren Name mir entfallen ist. Ich stelle mir den süßen Duft der Luft dort vor. Ananas? Blumen? Ich erinnere mich an die klebrigen Knospen, die aus den Stielen zäher, knackiger Pflanzen sprießen. Ich spüre, wie sie sich anfühlen, als hielte ich eine in der Hand.

Der Hof vor der Kathedrale liegt nun zum Großteil im Schatten, das Sonnenlicht streift nur noch oben die Dachpfannen. Ich stelle mir vor, wie Jake seine Sachen für Marokko packt. Hat er vielleicht sogar mit den Dieben zusammengearbeitet, oder hat er nur einen Ausweg gesehen und ihn genutzt? Einerlei. Er ist fort, meine Besitztümer auch, und ich bin offenbar einen Schritt weiter an dem Punkt, den ich unbedingt erreichen will: den Punkt, an dem ich aufgebe. Doch meine Gedanken wandern immer wieder zu Jake zurück – seiner panischen Angst, daß sein Leben vorbei ist –, es wirkte so liebenswürdig, so melodramatisch. Er ist zweiunddreißig, Herrgott noch mal. Und da fällt mir auf, daß ich auch nicht älter bin.

Genau in dem Moment stolpert er aus einer Seitenstraße herbei. In einem Hosenbein ist ein langer Riß, und seine Hemdzipfel flappen im Wind. Er lächelt so, wie ich mich an sein Lächeln im College erinnere, ein breites schlaues Grinsen, wie das von Comic-Füchsen. Er schwenkt meine neue Ledertasche durch die Luft. »Die Arschlöcher hab ich mir geschnappt«, keucht er und händigt mir die Tasche vorsichtig aus. »So bin ich seit meinen Leichtathletikzeiten nicht mehr gerannt.«

Ich ziehe den Reißverschluß auf und sehe meine Sachen: vertraut, bedeutungslos. Ich starre auf das kunterbunte Durcheinander und merke, wie mir die Augen feucht werden. »Du hast sie gerettet«, sage ich zu ihm.

Jakes Gesicht ist rot. Er ballt die Hände zu Fäusten, streckt sie wieder aus, fährt sich durchs Haar. Ohne etwas zu sagen, schaut er mich mehrere Male an. »Schon mal in Marokko gewesen?« fragt er schließlich.

Ich stelle mir Strände vor, volle Cafés, den Geruch nach Sonnencreme. Aus scheinbar großer Entfernung kommen diese Sommererinnerungen zurückgeweht. Ich schaue mich um. Über die Steine legen sich blaue Schatten, die Dämmerung wird dichter, und die Luft kühlt ab. Eine letzte Station, denke ich, bevor ich nach Hause gehe und von vorn anfange. Ich bin jung, ich fahre in Urlaub nach Marokko. In Marokko ist Sommer.

BRIEF AN JOSEPHINE

Parker hat seinen Liegestuhl ins Meer gezogen, das Wasser spült ihm über Knie und Bauch. Er hält *Die Geschichte des Krimkriegs* über die Spritzer. Von oben brennt die Sonne.

Lucy hat nie verstanden, wie er in der Sonne lesen kann. Besonders ein solches Buch: schwer, fester Einband, langweilig. Wenn er das ausgelesen hat, fängt er sofort ein neues an. Er hat ein Dutzend Bücher mit in die Ferien genommen, und Thema eines jeden ist der Krimkrieg.

Lucy sitzt unter einer Palme, die Sonnenstrahlen streifen ihre helle Haut nur an wenigen Stellen. Es gab Zeiten, da hat sie überhaupt keine Sonne an sich gelassen, weil sie Flecken und Sommersprossen bekam, die, fand Lucy, sie billig aussehen ließen. Aber nun, da sie älter wird, stören die Sommersprossen sie nicht mehr so, und in kleinen Portionen genossen fühlt sich die Sonne gut an.

Lucy hat ihre Zeitschrift in den Schoß gelegt und beobachtet Leute. Sie hat erst kürzlich gelernt, was für ein Vergnügen es bereitet, Leute zu beobachten. Jahrelang hat sie sich immer nur Sorgen gemacht, daß sie selbst beobachtet wurde, und sich vor den Blicken anderer unter breiten Hüten und hinter Sonnenbrillen und Lippenstift versteckt. In letzter Zeit ist sie neugieriger, selbstbewußter geworden.

Die Insel Bora Bora zieht die unterschiedlichsten Menschen an. Lucy und Parker sind im besten Hotel auf Bora Bora, manche behaupten sogar, es sei das beste auf allen Inseln um Tahiti. Ganz gewiß ist es sehr teuer, wenn Lucy auch nicht genau weiß, wie teuer, denn das erledigt Parker. Am Strand sieht man braungebrannte Männer Ende vierzig mit behaarten Bäuchen und dünnen goldenen Halsketten; meist in Begleitung wesentlich jüngerer Frauen mit sportgestählten Körpern und hellen Strähnchen im Haar. Es gibt auch Familien: wohlerzogene blonde Kinder; Teenager, die um Mittag immer noch in ihren Liegestühlen liegen wie Geschöpfe, die von der zurückweichenden Flut angespült worden sind.

Eine junge Frau mit langem blondem Haar folgt dem Pagen mit ihrem Gepäck zu einem Bungalow auf Pfählen über dem Wasser am anderen Ende des Strandes. Die Bungalows über dem Wasser sind die besten des Hotels; auch Lucy und Parker wohnen in einem. Die Frau trägt ein polynesisches Kleid und eine Blüte im Haar. Sie und der Page betreten den Bungalow, wo der Page ihr alles zu den Handtüchern und den Mahlzeiten erklären und die Frau die leuchtend roten Blumen bewundern wird, die in sämtlichen Ecken und Nischen des Raumes stehen. Sie wird tief einatmen, den Duft genießen. Das hat Lucy nämlich gemacht, als sie und Parker vor acht Tagen angekommen sind.

Die Sonne wird allmählich recht heiß, und Lucy schiebt ihren Liegestuhl tiefer in den Schatten der Palme. Sie freut sich auf die Mittagszeit, wenn sie und Parker sich in den kühlen Speisesaal setzen, Krabbensalat essen und aufs Meer hinausschauen. Bisher macht Parker aber noch keine Anstalten zu gehen. Das Wasser plätschert sacht über seinen weichen Bauch. Er blättert noch eine Seite um.

Als Lucy wieder am Strand entlangschaut, entdeckt sie die blonde Frau, die sie gerade hat ankommen sehen. Nun steht die Frau im Bikini auf der Veranda ihres Bungalows und betrachtet die Wellen, die an die Pfähle des Bungalows klatschen. Lucy beobachtet, wie die Frau auf das Geländer, das die Veranda umgibt, klettert und dann mit einem eleganten Kopfsprung ins Wasser springt. Es spritzt kaum. Lucy starrt auf die Stelle, an der die Frau verschwunden ist, und wartet, daß sie wieder auftaucht. Es dauert ganz schön lange, und sie taucht ziemlich weit weg von dort auf, wo sie hineingesprungen ist. Daß jemand so von dem Geländer eines Bungalows springt, hat Lucy noch nie erlebt. Es sieht sehr waghalsig aus – wie etwas, das sie selbst gern tun, sich aber nie trauen würde.

Die Frau schwimmt parallel zum Strand und kommt dann nicht weit von dort, wo Parker sitzt, aus dem Wasser. Sie ist grazil und schmal wie ein sehr junges Mädchen, hat einen glatten Bauch und lange, schlanke Beine. Ihre Haut ist gleichmäßig tiefbraun. Sie trägt einen glitzernden türkisfarbenen Bikini mit hoch angeschnittenen Beinen, der die fließenden Kurven ihrer Hüften betont. Das Oberteil sitzt wie angegossen. Lucy blickt über den Strand und stellt fest, daß viele Leute die Frau bemerkt haben; selbst Parker hat von seinem Buch aufgesehen. Die Blonde dreht sich um und läuft zu ihrem Bungalow zurück. Lucy registriert die schlanken Fesseln, den goldenen Farbton ihrer Haut auf dem weißen Sand.

»Hast du sie gesehen?« fragt sie Parker, als er sich endlich zu ihr unter die Palme gesellt.

»Wen?« fragt er und schüttelt sorgsam den Sand aus dem Buch, bevor er es in die Strandtasche legt.

»Das Mädchen!« Er schaut sie ausdruckslos an. »Das im Wasser. Eine richtige Schönheit. Du mußt sie gesehen haben.«

»Ach die, ja«, sagt er und wischt sich den Sand von den Knöcheln. »Hübsch.«

»Aber hast du sie überhaupt richtig angeschaut? Sie sieht phantastisch aus. Jemand so Schönes habe ich noch nie gesehen!«

Parker richtet sich auf und schaut Lucy an. »Hübsch, habe ich doch gesagt.«

Aus irgendeinem Grund ist Lucy aufgeregt. Sie will über diese junge Frau reden. Sie und Parker gehen in ihren Strandklamotten zum Speisesaal, Parker trägt seine Ledersandalen in der Hand.

»Sie hat was. Ich glaube, sie ist Filmstar oder Model oder dergleichen.«

»Wirklich?«

»Wenn man *so* aussieht, ist man das einfach. Wahrscheinlich ist sie jemand Berühmtes, und wir erkennen sie nicht.«

»Schon möglich. Gerald Ford auf dem Golfplatz in Palm Springs haben wir ja auch verpaßt, weißt du noch?« sagt er.

»Ich frage mich, warum sie hier ist. Ob sie einen Film dreht oder so was? Ob sie allein ist?«

»Das bezweifle ich.« Parker kichert.

Sie sind im Speisesaal angekommen, und die polynesische Kellnerin setzt sie an ihren üblichen Tisch. Lucy unterdrückt ihr Bedürfnis, noch weiter über die Frau zu reden. Sie merkt, daß es Parker nicht interessiert.

»Was macht der Krieg?« fragt sie und tätschelt seine Hand, die verglichen mit ihrer sehr braun ist.

»Nicht schlecht, nicht schlecht. Den Russen wird übel mitgespielt, aber das ist ihre eigene Schuld.«

»Na, dann sorg dafür, daß zum Schluß alles gut wird«, sagt sie und zwinkert ihm zu.

Sie machen sich einen Spaß daraus, daß Parker bei jedem Krieg, den er studiert, das Sagen hat. Lucy kommt es vor, als habe er zu allen militärischen Auseinandersetzungen, die je geführt wurden, alles Verfügbare gelesen: zum Koreakrieg, den beiden Weltkriegen, dem Krieg von 1812 zwischen den USA und England, zur Amerikanischen und Französischen Revolution, zu Vietnam. Sie weiß nichts darüber und will auch eigentlich nichts wissen, versucht aber stets, interessiert zu klingen. Parker achtet darauf, daß er ihr das Allernotwendigste erzählt.

Während sie auf ihren Salat warten, läßt Lucy den Blick über die Terrasse schweifen. Das Wasser dahinter ist blaßblau. Die Küste, ein glatter Streifen weißer Sand mit wedelnden Palmen, ist sanft geschwungen. »Wunderschön, findest du nicht?« seufzt sie.

Parker schaut hoch. Er studiert die Speisekarte, obwohl sie schon ihr übliches Essen bestellt haben. »Irgendwann sollten wir das Mahimahi probieren«, meint er. »Was hast du gesagt?«

»Der Blick ...«

Es ist ein heißer, fauler Tag. Von dem tagelangen In-der-Sonne-Liegen sind sie träge geworden. Morgen ist es soweit; sie fliegen nach Chicago zurück.

»Es erinnert mich an diesen Ort in Frankreich vor zwei Jahren«, sagt Lucy. »Wie hieß noch das Hotel?«

»Weiß ich nicht mehr«, sagt Parker. »So was vergesse ich immer.«

Wir sind in der ganzen Welt gewesen, denkt Lucy und betrachtet das Meer. Doch so wenig ist hängengeblieben. Sie hält sich an Namen, Fotos und Streichholzbriefchen, aber die vielen Urlaube haben sich hoffnungslos vermischt. Sie sortiert die Fotos immer danach, welchen Badeanzug sie anhatte – den mit den Tupfen in Cannes, den rotgestreiften in Spanien. Aber der Sand und das Wasser drumherum sehen alle gleich aus.

Satt und in der Hitze taumelnd, gehen sie zurück zum Strand. Parker ist immer ein Stück voraus; Lucy sieht, daß er unbedingt zu seinem Krieg zurück will. Sie überlegt, was sie mit dem Nachmittag anfangen soll. Sie hat keine Lust mehr auf Zeitschriften, auch keine Lust mehr, über den eigenartig gefärbten Korallenstock zu schwimmen, weil sie immer Angst hat, darauf zu treten.

Etwa zehn Schritte von ihrem Liegestuhl entfernt macht Lucy halt und schirmt die Augen mit den Händen ab. Die blonde Frau, die sie vor dem Lunch gesehen hat, geht Hand in Hand mit einem Mann über den Strand. Sie lassen ihre Arme schwingen. Lucy legt sich auf ihren Liegestuhl, ohne den Blick von ihnen zu wenden.

Als sie näher kommen, sieht Lucy, daß der Mann eine Kamera umhängen hat. Plötzlich bleibt er stehen, geht einen Schritt von der Frau weg, hebt die Kamera und schaut sie durch die Linse an. Zuerst tut sie so, als duckte sie sich, dann tritt sie ihm mit einem braunen Fuß ans Schienbein. Lucy hört den Auslöser klicken. Die Frau protestiert nicht weiter und lächelt; mit dem Arm nimmt sie sich das Haar von Gesicht und Hals, stellt sich in Positur, legt eine Hand auf die Hüfte. Sie lacht. Der Mann zieht sie auf den Sand und küßt sie, bis sie sich freikämpft und ins Meer läuft. Er rennt hinter ihr her.

Lucy zwingt sich wegzuschauen, aber nach einigen Sekunden merkt sie, daß sie das Paar schon wieder beobachtet. Sie beobachtet sie, fast ohne sie zu sehen, ihre Gedanken schweifen in der Hitze ab.

Sie denkt an ihre beste Freundin Josephine, die sie seit Jahren nicht gesehen hat. Sie erinnert sich an einen Abend, an dem sie und Josephine auf der hinteren Veranda bei ihr, Lucy, zu Hause in der Dunkelheit gelacht und geschwatzt haben. Über die Geleise in der Nähe kam ein Zug, und solange die Wagen vorbeirasten, schwiegen sie. Als der Lärm ganz verklungen war, holte Lucy tief Luft und sagte: »Parker hat mich gefragt, ob ich ihn heiraten will.«

Josephines Gesicht war sehr beweglich und wandelbar, es konnte mehr dramatische Ausdrücke annehmen als das anderer Menschen. Nun klappte ihr der Mund auf. »Mein Gott!« sagte sie, und beim Anblick des verschmitzten Lächelns und der blitzenden weißen Zähne seufzte Lucy vor Erleichterung.

Einen Moment lang sagten beide nichts, und dann klang Josephines tiefes, spitzbübisches Kichern durch die Nacht. »Du wirst steinreich!« Sie lachte leise.

»Josephine!« Wie sie es gesagt hatte, klang es billig.

»Also hör mal«, sagte Josephine, offenbar verblüfft über Lucys Ausruf. »Der Typ ist Millionär.«

»Ich weiß, aber ...«

»Meine Güte, gib's zu!«

Ein verlegenes Schweigen entstand. Lucy hatte das Gefühl, sie müsse etwas sagen, und zwar das Richtige.

»Hilfst du mir, es hinzukriegen?« fragte sie schüchtern, und darüber lachten sie dann beide.

Am folgenden Wochenende schleppte Josephine Lucy von einem Einkaufszentrum ins andere; sie wollten Badekleidung für die Flitterwochen kaufen. Josephine hatte ein abgegriffenes Exemplar des *Glamour* dabei, und überall, wo sie hingingen, zog sie es hervor, zeigte auf ein schmollendes Mädchen in einem glänzenden Stretchbikini und fragte die Verkäuferin: »Haben Sie den?«

In den Umkleidekabinen errötete Lucy beim Anblick ihrer bleichen, mageren Figur im Spiegel. Aber Josephine sagte immer: »Phantastisch, sitzt hervorragend!« und legte noch einen Bikini auf den Haufen. Manchmal warf Lucy einen Blick auf Josephines Figur hinter ihr im Spiegel, den vollen Busen und die kurvigen Hüften, und dann dachte sie, Josephine würde in den Bikinis viel besser aussehen als sie. Als Lucy Josephine dann später aus Barbados schrieb, schaffte sie es nicht zuzugeben, daß sie zu ängstlich gewesen war, auch nur einen der Bikinis zu tragen, die sie ausgesucht hatten. In der Hotelboutique hatte sie einen schlichten einteiligen Badeanzug erstanden. Marineblau. »Vernünftig«, hatte Parker gesagt, und Lucy fiel ein Stein vom Herzen; sie freute sich, wie sie da mit ihrem frischangetrauten Gatten in dem hohen weißen Foyer stand. Er war der perfekte Ehemann.

Lucy beschließt, Josephine heute nachmittag einen Brief zu schreiben. Sie haben vor sechs Jahren das letzte Mal miteinander gesprochen, und Lucy denkt nur noch selten an ihre Freundin. Doch ab und zu hält sie inne und erinnert sich einen Moment lang ganz genau an sie, ihr dreckiges Lachen und strubbeliges Haar, ihre Leidenschaft für Zeitschriften. Wenn Lucy an Josephine denkt, schaut sie immer um sich. In ihrem Wohnzimmer zum Beispiel betrachtet sie das schimmernde Klavier, die Regale mit den Glasfiguren, den glänzenden Fußboden, und dann fragt sie sich eine Sekunde lang, ob sie sich im Haus eines anderen Menschen befindet.

Lucy spürt einen Schatten über sich und schaut hoch. Dann zurück aufs Wasser, aber da schwimmt niemand mehr. Parker steht über ihr. Mit seinem Buch.

»Schon ausgelesen?« fragt sie.

»Klar doch«, sagt er und stöbert in der Strandtasche. »In Null Komma nichts.«

»Interessant?« fragt Lucy. Es passiert nicht oft, daß Parker sich von einem seiner Bücher so begeistert zeigt.

»Mir sind jede Menge Ideen dazu gekommen«, sagt er. »Ich stimme mit keinem dieser Burschen überein, mit absolut keinem von denen, die ich bisher gelesen habe.«

»Ist das gut?«

»Es ist gut, wenn ich eigene Schlußfolgerungen ziehe und sie beweisen kann«, sagt Parker. »Mal sehen.« Er hat einen Notizblock aus der Tasche gefischt, hält ihn an den Stamm der Palme und fängt an, sich Aufzeichnungen zu machen.

»Und was hast du vor?«

»Weiterlesen«, sagt er, ganz in seinen Gedanken versunken. Er schlägt den Block zu und klemmt ihn oben in die Badehose, so daß er sich in seinen Bauch eindrückt. Lucy langt hoch und tätschelt ihn an der Stelle.

Parker geht in ihren Bungalow, um sich noch ein Buch zu holen. Lucy fragt sich, ob er in Yale auch immer so enthusiastisch war, als er als junger Mann dort seine Dissertation in Geschichte begonnen hat. Parkers Vater, der seinen Filius darauf trimmte, das Familienunternehmen weiterzuführen, war stinksauer gewesen. Offenbar hatte die Tatsache, einen riesigen Pharmaziekonzern in der Hinterhand zu haben, Parker in seinem Studieneifer noch befeuert, denn soweit Lucy es sich zusammenreimte, war er in den zwei Jahren in Yale rundum glücklich gewesen. Bisweilen spricht er immer noch davon; wenn er ein paar Gläser intus hat, redet er endlos über seine Ideen zu Dissertationsthemen und schwelgt in Erinnerungen an nächtliche Streitgespräche über Macauly, Gibbon und Michelet. Er hat nie erklärt, warum er schon mit dem Master aufgehört hat, aber es liegt auf der Hand. Parker ist ein Mann, der die materiellen Annehmlichkeiten des Daseins liebt. Er ist als Kind reicher Eltern aufgewachsen – schwer vorstellbar, daß er anders lebt.

Weil Parker den Notizblock genommen hat, kann Lucy mit ihrem Brief an Josephine nicht beginnen. Sie stemmt sich vom Liegestuhl hoch, bleibt einen Moment, schwankend von der Anstrengung und der Hitze, in der Sonne stehen, geht dann ans Wasser und watet hinein, genießt, wie die wohltuende Kühle Stück für Stück an ihrem Körper hochsteigt. Sie taucht unter, kommt wieder hoch und schwimmt nah am Strand entlang, um nicht in die gefährlichen Wellen zu geraten.

Die blonde Frau und der dunkelhaarige Mann liegen im Sand. Vom Meer her beobachtet Lucy, wie sie langsam aufstehen, wie Schlafwandelnde. Der Mann nimmt die Handtücher, die Frau sammelt die übrigen Strandsachen zusammen. Sie bückt sich mit geraden Beinen, sie ist so gelenkig, daß sie die Knie nicht zu beugen braucht. Vielleicht ist sie Tänzerin, denkt Lucy.

Die beiden wandern zu ihrem Bungalow, auch sie taumeln ein wenig, weil es so heiß ist. Die Frau legt die

Hand auf den Nacken des Mannes und zieht ihn an sich. Sie bleiben stehen und küssen sich. Als sie wieder loslaufen, verhakt die Frau ihre Finger in seiner Badehose. Jetzt gehen sie trotz der Hitze schnell.

Lucy tritt Wasser. Trotzdem treibt die Strömung sie langsam am Strand entlang auf die Pfahlbungalows über dem Wasser zu. Lucy treibt parallel zu dem laufenden Paar und sagt sich die ganze Zeit, sie solle in die andere Richtung schwimmen. Der Mann und die Frau erreichen ihren Bungalow, wo sie sich den Sand von den Körpern wischen und ihre Handtücher aufhängen. Er streichelt ihr mit der Hand über den Bauch. Lucy weiß, sie sollte umkehren. Der Mann zieht die Frau an sich und öffnet mit der freien Hand die Bungalowtür. Lucy kann sich nicht dazu bringen wegzuschwimmen.

Nun ist sie an dem Bungalow vorbeigetrieben. Sie sieht die Glasschiebetür durch das Geländer der hinteren Veranda. Der Innenraum ist zu dunkel, als daß sie hineinschauen könnte, aber sie bildet sich ein, zwei Gestalten zu erkennen. Sie paddelt weiter auf der Stelle, doch die Strömung treibt sie voran; sie ist schon fast am nächsten Bungalow. Ihr eigener ist nur wenige Meter entfernt, Parker liest sicher auf der Veranda. Den Blick auf die Glastür geheftet, schwimmt Lucy gegen die Strömung an und versucht die Menschen in dem Raum zu erkennen.

Da geht der Vorhang auf. Lucy sieht die blonde Frau in der Tür stehen, ihre weißen Brüste leuchten im Kontrast zu der ansonsten braunen Haut. Einen Moment lehnt sie dort und schaut über Lucys Kopf hinweg zum Horizont. Lucy erstarrt, wird nur vom Wasser hin und her bewegt und betet, daß die Frau sie nicht sieht. Ihr Blick schweift über die weißen Brüste und die Wölbungen der schlanken Hüften. Mit einer plötzlichen Bewegung der braunen Arme schließt sich der Vorhang, und Lucy ist wieder allein.

Benommen paddelt sie an Land und hievt sich auf den Sand. Sie läuft zwischen den Sonnenbadenden her und läßt sich auf ihren Liegestuhl fallen, wo sie versucht, wieder zu Atem zu kommen. Ihr Herz hämmert. Am Strand ist es sehr still, nichts bewegt sich. Die Palme raschelt leise.

Ein merkwürdig erwartungsvoller Schauer überläuft sie. Sie beobachtet den Bungalow des Paares und denkt, daß es nun, am hellichten Tag, miteinander schläft. Um sich abzulenken, schlägt sie eine Zeitschrift auf, kann sich aber nicht davon abhalten, sich die beiden vorzustellen. Lucy wäre froh, sie liebte Sex so sehr wie offenbar andere Leute, sie wünschte, sie wäre mutiger, phantasievoller, all das, was sie nie gewesen ist und nie sein wird.

Lange hat Lucy geglaubt, daß das Geld zwischen sie und Josephine getreten ist, daß ihre Freundin es nicht ertragen konnte, daß sie, Lucy, reich wurde. Aber daran lag es nicht. Woran auch immer, es begann an einem Nachmittag, als sie und Parker ein Jahr verheiratet waren. Lucy war in der Stadt und besuchte ihre Eltern, und sie und Josephine trafen sich in dem Howard Johnson's, in dem sie als Teenager immer Bananensplits gegessen hatten. An dem Fenster neben dem Tisch, an dem Lucy wartete, strömte der Regen nur so herunter. Sie erinnert sich, daß sie Josephine umarmt und die Frische und den Regen gerochen hat und Josephines quirliges Gesicht vor Freude ganz hektisch hat werden sehen.

»Ich will alles wissen«, fing Josephine an. Sie nahm einen riesigen Bissen von ihrem Hamburger, das Brötchen war sofort lippenstiftverschmiert. »Aus deinen Briefen werde ich partout nicht schlau.«

Lucy lachte. »Ich weiß nicht, wo ich anfangen soll.«

»Egal. Wo du willst. In Europa, Afrika …« Sie grinste über ihrem Colaglas. »Ich habe schon angefangen, Briefmarken zu sammeln.«

Plötzlich wurde Lucy mutlos. »Na ja, die Reisen sind häufig Geschäftsreisen.«

»Fliegt ihr erster Klasse?«

Bei der Frage wurde Lucy unwohl, sie war so direkt. Sie nickte nur kurz.

»Und wie ist das? So, wie wir es uns vorgestellt haben, wie in den Zeitschriften?« fragte Josephine. »Ich meine, fühlst du dich wie ein Mädchen aus der *Vogue*?«

Lucy betrachtete ihr Thunfischsandwich und druckste herum. »Ich weiß nicht, was du meinst.«

Josephine kniff die Augen zusammen. Sie biß noch einmal in ihren Hamburger. Ein unbehagliches Schweigen entstand.

»Erzähl doch mal, was du so treibst«, sagte Lucy.

Josephine hatte einen Freund, der Sportartikelverkäufer war. Sie nahm Malunterricht im Christlichen Verein junger Frauen. Lucy entspannte sich, als ihre Freundin nun munter losplauderte. Aber die war mit ihrem Bericht nur allzubald am Ende.

»Wie sieht es von oben von einem Flugzeug aus, wenn man nachts landet?« fragte Josephine. »Ich versuche immer, mir vorzustellen, wie Städte von oben aussehen, wenn alle die Lichter funkeln. Ist es hübsch?«

Lucy sah sich und Parker in einem Flugzeug, beide

müde und ungeduldig zu landen. »Hm, es ist ...«, sie brach ab und überlegte, was Josephine wohl von ihr hören wollte. Sie wollte so gern das Richtige sagen, die Schönheit schildern, ohne sich so darüber auszulassen, daß es selbstgefällig klang. »Es ist hübsch«, sagte sie. »Aber man gewöhnt sich dran.«

Und natürlich war Josephine enttäuscht. »Du ißt dein Sandwich ja gar nicht«, sagte sie. Dann lehnte sie sich über den Tisch und ergriff mit ihrer starken, warmen Hand Lucys. »Ist Parker nett zu dir?« fragte sie und schaute Lucy direkt ins Gesicht.

Lucy wich ein wenig zurück. »Natürlich«, sagte sie. »Warum fragst du?«

»Ach, nur so.« Josephine legte den Kopf zur Seite. »Ich weiß nicht, du kommst mir so anders vor.«

Lucy zögerte. Das Problem war, sie war es nicht gewöhnt, über Erster-Klasse-Flüge oder Lichter zu reden, die man von oben aus dem Flugzeug funkeln sah. Mit Parker waren diese Dinge selbstverständlich. Wenn sie mit Josephine zusammen war, war eine andere Seite von ihr gefordert, die Seite, die immer Zeitschriften studiert und sich ausgemalt hatte, anderer Menschen Leben zu leben. Parker war total pragmatisch, eine solche Art zu denken würde er nie verstehen. Und sie hatte es sich abgewöhnt.

Josephines Apfelkuchen kam, sie häufte Eis auf einen Bissen und ließ es sich schmecken. Unter ihren breiten Wangenknochen mahlten ihre Kiefer. »Weißt du noch«, sagte sie langsam, »wie wir uns immer vorgestellt haben, reich zu sein? Erinnerst du dich daran?«

Lucy nickte. An Josephines Ton spürte sie, daß dies ein letzter Versuch war, an etwas Grundsätzliches zu kommen. »Ja ...«, sagte sie vorsichtig.

»Gut, und ich möchte ja nur wissen: Ist es so?«

Lucy überlegte. Es traf zu, es hatte Augenblicke gegeben, da hatte sie gedacht: Ich faß es nicht, daß ich das erlebe. Das Gefühl überkam sie manchmal mit Parker auf Reisen, bisweilen auch, wenn sie sich in ihrem Haus umschaute, den Kamin und die dicken Teppiche sah, den weiten grünen Rasen draußen. Und immer, wenn sie das Gefühl hatte, hätte sie gern mit jemandem darüber geredet. Sie drehte sich dann auch oft zu Parker um, der meist las, oder zu jemand anderem, der gerade da war, aber nie verhielt sich irgendeiner so, als geschehe hier etwas Besonderes. Und dann legte sich ihr Erstaunen auch bald. Mit der Zeit wurde es seltener.

»Ich freue mich darüber«, sagte sie und wählte ihre Worte sorgfältig. »Aber es ist nicht so wie in den Zeitschriften.«

Sie konnte es nicht erklären. Zum erstenmal in ihrem Leben trennte sie etwas von Josephine. Auch Josephine schien es zu empfinden. Sie holte tief Luft, schob ihren Teller beiseite, zündete sich eine Zigarette an und schaute hinaus in den Regen. »Na gut«, sagte sie, »wenigstens bist du glücklich.«

Von da an wurde es jedesmal, wenn sie sich trafen, schlimmer. Josephine heiratete, zog in ein kleines, altersschwaches Haus nur ein paar Straßen weiter von dort, wo sie aufgewachsen war, und kriegte mehrere kräftige Kinder. In ihrer Freizeit malte sie weiter, und Lucys einzige Erinnerung an das Haus, in dem sie nur einmal war, war eine riesige Leinwand, die an der Wand hing: ein wildes Durcheinander roter Spritzer und turbulenter Grautöne. Es erinnerte sie an Bilder, die sie und Parker in europäischen Museen angeschaut hatten.

Lucy denkt nun an Josephines weiche Hüften und Oberschenkel, ihre warmen, kräftigen Hände. Ihr macht Sex bestimmt Spaß, denkt Lucy, denn selbst als Kind war sie leidenschaftlich und romantisch. So gehemmt wie ich war sie nie, oder warum sonst habe ich in den Flitterwochen meine Bikinis versteckt?

Lucy schaut am Strand entlang zum Bungalow. Sie denkt an das Paar, das darin miteinander schläft, dann die sonnenbraunen, nackten Glieder unter dem sich drehenden Deckenventilator ausstreckt. Eine tiefe Wärme erfüllt Lucy, als habe auch sie Teil an der lustvollen Erschöpfung. Die Sonne geht allmählich unter, verwandelt den weißen Sand in Gold. Die Palmen über Lucy rauschen wie Regen. Ein blasser Lichtstreifen liegt über der bebenden See. Überwältigt von der puren Schönheit der Szene, sieht Lucy sich voller Zärtlichkeit um. In ihrem Brief an Josephine wird sie es beschreiben, denn genau das möchte Josephine ja gern hören.

Es ist die Stunde, da die Sonnenbadenden sich recken und strecken und ihre Siebensachen auf dem kühler werdenden Sand zusammensuchen. Lucy wartet auf Parker, der zum Strand hinunterkommt. Sie freut sich, ihn zu sehen.

»Glücklich?« fragt Parker, denn sie lächelt. Sie hält ihm beide Hände entgegen, damit er sie vom Liegestuhl hochzieht, und küßt ihn dann aufs Ohr. Parker duftet nach Seife und Rasierwasser. Er hat sich ordentlich gekämmt und trägt ein weites polynesisches Hemd zur Hose. In seiner Haltung liegt etwas Unbekümmertes.

»Ich hab gedacht, ich setze mich auf die Terrasse des Hotels und betrachte den Sonnenuntergang, während du dich fertigmachst«, sagt er. »Laß uns doch zur Abwechslung mal das Fischrestaurant unten an der Straße ausprobieren. Es ist ja unser letzter Abend.«

»Wunderbar!« sagt Lucy. Sie sammelt ihre Zeitschriften ein und stopft sie in die Tasche. »Wie läuft der Krieg?«

Parker schüttelt den Kopf und grinst wie ein Schuljunge. »Super«, sagt er.

Lucy duscht und cremt sich mit wohlriechender Lotion ein. Sie steht lange vor dem Schrank und versucht sich zu entscheiden, ob sie den Hosenanzug anziehen soll oder das leuchtend bunte polynesische Kleid, das Parker ihr als Souvenir gekauft hat. Sie zieht das Kleid an und schaut in den Spiegel. Die Farben sind so ähnlich wie die auf dem Kleid, das die blonde Frau bei der Ankunft getragen hat. Bevor Lucy sich wieder umentscheidet, schnappt sie sich ihre Handtasche und verläßt den Bungalow. Ihre weißen Sandalen trägt sie in der Hand, als sie über den Sand zur Terrasse geht. Parker sitzt zurückgelehnt im Stuhl. Auf dem Tisch stehen zwei exotische Cocktails mit Ananasstückchen und Schirmchen.

»Oho!« sagt Parker, als er Lucy in dem polynesischen Kleid sieht.

Sie blickt zu Boden, er soll nicht sehen, wie verlegen sie wird.

Parker trinkt von seinem Cocktail, nimmt aber die Augen nicht von ihr. »Das Kleid ist ne Wucht«, sagt er.

Nach zwei Cocktails gehen sie zum Fischrestaurant. Es ist weit bis dorthin, und normalerweise würde Lucy lieber mit dem Taxi fahren. Doch heute abend folgt sie den Biegungen und Wendungen der Straße mit einem freudigen Gefühl des Abenteuers. Ein purpurroter Streifen hängt über dem Meer. Schon stehen vereinzelt Sterne am Himmel. Der Mond scheint – wie die tahitianische Sonne – mit übernatürlicher Kraft.

Das Restaurant ist eine schilfgedeckte Hütte und riecht nach gegrilltem Fisch. Von der Decke hängen Blumen und Ranken, und es gibt keinen Fußboden, nur kühlen weißen Sand. Neben dem Grill liegen Haufen glänzender Meeresgeschöpfe, blaugrüne Papageifische mit aufstehenden Mäulern, ineinander verknäulte Hummer und Garnelen.

»Erinnert mich ein bißchen an das Restaurant in Kenia«, sagt Parker, als sie an ihrem Tisch ankommen, einem Holzklotz, der in den Sand gerammt ist.

»Nur viel besser!« sagt Lucy, denn dieses Restaurant hat eine prickelnde Südseeatmosphäre. Das wird sie in ihrem Brief an Josephine erwähnen. Sie schaut an sich herunter und sieht ihr polynesisches Kleid; sie hat ganz vergessen, daß sie das trägt. Hier paßt es perfekt.

Parker bestellt Champagner. Lucy merkt, daß er dasselbe spürt wie sie. Was immer es ist. Wenn er erregt ist, kriegt er einen bestimmten Ausdruck, dann wirkt er aufgequollen und atemlos, als schwelle in seinem Inneren etwas ganz stark an. Seine Wangen sind gerötet.

»Denkst du über den Krieg nach?« fragt sie.

Er nickt, und die Röte breitet sich weiter über seine Wangen aus.

»Erzähl mir davon«, sagt sie, wirklich neugierig.

»Ich entwickle eine Position«, sagt er. »Eine Argumentation, die im Gegensatz zu der anderer Historiker steht. Aber genau das ist ja Geschichte, jede Menge gegensätzlicher Argumente.«

»Und du bist auf deine Argumentation gekommen, weil du ihre gelesen hast?«

»Genau. Und weil ich damit nicht einverstanden bin.«

»Aha. Und was machst du dann damit? Mit deiner Argumentation?«

»Ich beweise sie«, sagt Parker. »Aber ich muß noch viel forschen.«

»Meinst du denn, du hast die Zeit?«

Die Firma managen erfordert lange, regelmäßige Arbeitsstunden. Parker hat, außer in den Ferien, selten freie Zeit.

»Das ist die Frage«, sagt er und schaut zum Grill hinüber. »Gute Frage.« Und dann fügt er leise hinzu: »Ich vermisse es.«

Lucy blickt auf. Das hat er noch nie gesagt.

Einen Moment lang schweigen sie. Parker sieht zu Boden und klopft mit dem Ehering an den Tisch. Lucy schaut durchs Restaurant und ist nicht einmal überrascht, als sie die blonde Frau und ihren Geliebten am Eingang stehen sieht. Ihr ist, als habe sie sie erwartet. Die Frau rückt die purpurne Blume in ihrem Haar zurecht. Auch sie trägt ein polynesisches Kleid.

»Parker«, sagt Lucy plötzlich, »meinst du, es war richtig, daß du es aufgegeben hast?«

Sie weiß, daß sie mit dieser Frage ein unausgesprochenes Verbot übertritt. Parker schweigt. Er öffnet den Mund, sagt aber nichts. »Ich weiß nicht«, meint er schließlich.

Lucy möchte weiter darüber reden, hat jedoch Angst, ihn zu sehr zu bedrängen. Sie wartet und wagt kaum Luft zu holen, als wenn sie vor einem Eichhörnchen oder einem Vogel stünde, die bei der leisesten Bewegung weghuschen.

»Ich habe unheimlich gern Geschichte studiert«, sagt er. »Es war total spannend.«

Als der Ober das junge Paar zu seinem Tisch bringt, bleibt die blonde Frau am Grill stehen und schaut sich die Fische an. Vorsichtig streckt sie den Finger aus und drückt hier und da auf schillernde Schuppen.

»Das Komische ist ja«, sagt Parker, »daß ich mich dagegen entschieden habe. Ich weiß nicht einmal, wann. Erst als ich die Entscheidung getroffen habe, habe ich gemerkt, daß ich –«

»Dich lieber anders entschieden hättest?«

»Ja, genau!« Er wirkt heilfroh, daß sie ihn versteht. »So war's, ich hätte mich lieber anders entschieden. Das Problem war nur …«

Der Mann und die Frau setzen sich und fassen sich an den Händen. Das blonde Haar fällt der Frau wie ein Umhang über den Rücken.

»Das Problem …« Parker kann den Satz offenbar nicht zu Ende führen. Halbherzig wedelt er mit der Hand, als versuche er ihn herbeizuzaubern.

»Das Geld?« sagt Lucy ganz leise. »Lag es am Geld?«

Parker läßt die Hand heruntersinken. Schweigend schauen sie einander an.

Das Essen ist vorzüglich. Lucy und Parker bleiben im Restaurant, noch lange, nachdem das andere Paar wieder gegangen ist. Sie trinken eine Flasche Weißwein und lauschen dem Rascheln des Windes in den Palmen draußen. Es ist, als hätten sie Angst zu gehen, als werde, wenn sie diesen angenehmen Ort mit dem weißen Sand und den regenbogenfarbenen Fischen verlassen, ein Zauber gebrochen.

Schließlich gehen sie doch zurück zum Hotel. Über ihnen ist der Mond zerbrechlich und weiß geworden und verstreut im warmen Wind silbernes Licht übers Meer. Lucy und Parker sind betrunken. Sie stützen sich gegenseitig und kichern wie Kinder, als sie die gewundene Straße entlanglaufen.

Im Bungalow angekommen, geht Lucy zur hinteren Veranda, stellt sich ans Geländer und betrachtet das Meer. Sie hört, wie Parker sich drinnen auskleidet, und merkt, daß sie heute nacht unbedingt mit ihm schlafen will. Die anderen Bungalows sind dunkel. Der Wind bauscht ihr Kleid auf, bläht es auf wie ein Zelt. Ohne den Blick vom Meer zu wenden, öffnet Lucy das Kleid und läßt es sich vom Wind wegziehen. Nackt steht sie da, hält das Kleid an einem Zipfel und läßt sich von dem lauen Wind einhüllen.

Im nächsten Jahr reisen Lucy und Parker nach Santa Barbara. Sie fliegen dorthin, um Kunden von Parker zu treffen, nehmen sich aber ein paar Tage, um einzukaufen und die Sonne zu genießen. Nachdem sie ihr Gepäck im Hotel abgestellt haben, bummeln sie gemächlich zu einem Fischrestaurant am Ende eines langen Piers.

Lucy sitzt so, daß sie den Ozean sieht. Auf der Wasseroberfläche veranstaltet das grelle Sonnenlicht einen wilden Tanz, und sie kramt ihre Sonnenbrille hervor. Sie kann die Kellnerin, die fragt, ob sie vorher etwas zu trinken wünschen, kaum erkennen. Als die Frau mit zwei Eistees zurückkommt, sieht Lucy sie und erschrickt. Es ist die blonde Frau von Bora Bora.

Parker grübelt über der Speisekarte, hält sie ein Stück weg vom Gesicht, blinzelt durch seine Lesebrille.

»Hast du sie gesehen?« flüstert Lucy und zupft ihn am Ärmel, als die Kellnerin weg ist.

»Wen?«

»Die Kellnerin!«

Parker starrt seine Frau an.

»Erinnerst du dich nicht mehr? Ich bin sicher, es ist dieselbe.«

»Dieselbe wie wer?«

»Wie die Frau auf Bora Bora! Die blonde Frau, die wir dort gesehen haben.«

»Meinst du wirklich? Das ist doch Jahre her.«

Lucy lehnt sich zurück und schweigt enttäuscht. Doch sie ist aufgeregt und dreht sich auf ihrem Stuhl, um noch einen Blick auf die Kellnerin werfen zu können. Die Frau kommt mit dem Bestellblock zu ihrem Tisch zurück, und Lucy schaut ihr direkt ins Gesicht. Kein Zweifel – es ist dieselbe Person. Das blonde Haar, die langen, makellosen Glieder.

»Darf ich Ihre Bestellung aufnehmen?« fragt sie.

Lucy fällt auf, daß sie die Frau nie sprechen gehört hat.

»Krabbensalat«, sagt Parker.

Schweigen. Sowohl die Kellnerin als auch Parker schauen Lucy an und warten. »Und für Sie, Ma'am?« fragt die Kellnerin.

»Ach, ich nehme ...« Lucy fummelt mit der Speisekarte herum, schaut noch einmal darauf. »Das gleiche. Krabbensalat.«

Da sitzt Lucy und betrachtet das Meer. Sie versucht sich an Bora Bora zu erinnern. Wie alle ihre Ferien sind auch diese verblaßt, vermischt mit anderen Hotels, anderen Stränden.

»Parker?«

»Hmm?« Er sieht ein paar Zahlen durch, die ihm seine Kunden in Santa Barbara gegeben haben.

»Was ist eigentlich aus dem Krimkrieg geworden?«

Verwirrt schaut er sie an.

»Auf Bora Bora. Du warst so begeistert ... Du wolltest weiterforschen, weißt du noch?«

»Nicht genau.«

Sie merkt, daß er nicht gestört werden will, läßt aber nicht locker. »Was ist aus der Idee geworden?«

Parker zuckt die Achseln, runzelt die Stirn. »Keine Zeit«, sagt er. »Einer muß ja das Geld verdienen.«

Die Kellnerin kommt mit den Salaten. Lucy sieht zu, wie sie das Dressing darübergießt, und versucht sich an die Frau zu erinnern, die sie vor einem Jahr am Strand beobachtet hat. Aber das Bild ist schon unscharf geworden. Nein, denkt Lucy und schaut auf ihren Teller, nein, sie ist es doch nicht.

Als die Kellnerin fort ist, schaut Lucy Parker an. Er trommelt mit den Fingern auf die gefütterten Tischsets und starrt auf die Bucht. Lucy hört seinen Magen grummeln. Sie beobachtet diesen Mann, der ihr Gatte ist, seine braunen Arme mit den wenigen Haaren darauf, seine hellen, scheuen Augen. Sie möchte ihm unbedingt etwas sagen, ihr fällt aber nichts Sinnvolles ein: eine Bemerkung zum Ausblick? Zur Speisekarte? Zu dem Abend, der vor ihnen liegt? Ihr Gespräch hat sich erschöpft.

Statt dessen denkt sie auf einmal an Josephine. Lucy hat lange nicht mehr an ihre alte Freundin gedacht, doch plötzlich sieht sie sie genau vor sich. Lucy stellt sich vor, daß Josephine auf Parkers Stuhl sitzt, sich, ganz in der Haltung der Zuhörerin, vorbeugt und das Kinn auf die Hand stützt.

»Warte, warte, der Reihe nach«, hört Lucy sie kommandieren. »Ihr eßt also auf einem Pier zu Mittag – beschreib es. Scheint die Sonne?«

Sie steht tief, denkt Lucy, das Licht treibt in Flocken übers Wasser. Die Möwen haben graue Spitzen an den Flügeln und einen roten Tupfer auf dem Schnabel. Das Meer bebt wie endlose Bahnen flatternder Seide.

Josephine lacht. Sie kichert vor Erstaunen, vor Neid, vor Entzücken.

»Ich sehe es vor mir«, sagt sie. »Ich sehe es genau vor mir.«

Und einen Moment lang fängt die Welt Feuer, prächtig lodert und leuchtet es um sie herum, und jedes Detail stimmt.

»Schau, wo du bist«, sagt Josephine. »Schau! Du bist am schönsten Ort der Welt.«

Einen herrlichen Moment lang glaubt Lucy es.

MONDSCHWESTERN

Silas hat einen über den Schädel gekriegt. Irgendwann gestern nacht ist es passiert, vor The Limited an der Ecke Geary-Powell Street. Keiner von uns hat es gesehen. Silas behauptet, die Schlägerei sei wegen einer Frau gewesen und er habe gewonnen. »Du siehst aber aus wie durch den Fleischwolf gedreht, mein Freund.« Irish rollt die Worte wegen seines Akzents und lacht. Silas meint, da hätten wir den anderen mal sehen sollen.

Er rückt sich den Verband auf dem Kopf zurecht und schaut an den Palmen hoch, die den Union Square mit einem Geräusch berieseln, als regne es. Silas ist kräftig gebaut, wie die Jungs in der High School, die einen hochheben und wie einen Sack wegtragen können. Aber sein Gesicht ist alt. Er trägt eine abgetragene Armeejacke, die Taschen immer ausgebeult von irgendwas. Einmal hat er einen silbernen Fingerhut herausgezogen und ihn mir, ohne ein Wort zu sagen, in die Hand gedrückt. Es ist bestimmt kein echtes Silber, doch ich habe ihn behalten.

Ich glaube, Silas war in Vietnam. »Es ist 1974, und ich lebe noch«, sagte er einmal, als könne er es nicht glauben.

»Ja, und wo ist er?« frotzelt Irish nun. »Wo ist der Typ, dem du so gründlich die Visage poliert hast?«

Angel und Liz fangen an zu lachen, ich weiß nicht, warum. Wo ist die Frau, um die du dich geprügelt hast? möchte ich gern fragen.

Silas zuckt mit den Schultern, grinst. »Hab ihn in die Flucht geschlagen.«

San Francisco gehört uns, hundertmal haben wir unsere Namen darauf verewigt: MONDSCHWESTERN. Auf den glänzenden Kacheln im Stockton Tunnel, überall auf den Gebäuden, die wie Salzblöcke an den leeren Kais am Embarcadero stehen. In Silber und noch einer Farbe, meist Blau oder Rot. Angel und Liz besorgen das Malen. Ich stehe Schmiere. Wenn sie mit den Farbdosen sprühen, habe ich immer tierische Angst. Um mich zu beruhigen, sage ich mir: Wenn die Bullen kommen oder jemand mit dem Auto anhält und uns anbrüllt, gehe ich einfach weg, als hätte ich Angel und Liz in meinem ganzen Leben noch nie gesehen. Aber wenn dann die Buchstaben naß glänzen und wir übermütig weghopsen, schäme ich mich sehr und denke: Was, wenn sie es wüßten? Sie würden mich wahrscheinlich sofort fallenlassen, was schlimmer wäre, als erwischt zu werden – selbst schlimmer, als ins Gefängnis zu kommen. Dann wäre ich ganz allein auf der Welt.

Die meisten Menschen, die über den Union Square gehen, Sekretärinnen, Geschäftsleute, sind auf dem Weg woandershin. Wir nennen ihn den Park. Silas und Irish und die anderen sind immer hier. Mal verkrümeln sie sich, dann sind sie wieder da. Der Union Square ist ihr Privatbesitz.

Das St. Francis Hotel schaut auf den Platz hinunter wie Gott; fünf Glasaufzüge gleiten an seiner glänzenden Fassade auf und ab. Wenn Angel und Liz und ich high sind, sitzen wir stundenlang auf Bänken, legen den Kopf zurück und warten darauf, daß alle Lifts sich gleichzeitig oben befinden. Hinunter, hinauf, hinunter – sie bewegen sich selbst um fünf Uhr morgens. Das St. Francis schläft nie.

Angel und Liz sind überzeugt, daß sie berühmt werden, und ich glaube es auch. Angel ist gerade fünfzehn geworden. Ich bin nur fünf Monate jünger, und Liz ist noch jünger als ich. Aber ich bin von uns dreien das Baby. Wenn ich auf dem Union Square Shit rauche, habe ich immer noch Angst, daß uns jemand sieht.

Seit einer Woche reden wir davon, daß wir LSD werfen wollen. Ich drücke mich davor. Doch heute packen wir's und kaufen es von einem Jungen mit Triefnase und dunklen, nervösen Augen. Auf der anderen Straßenseite ist I. Magnin, und manchmal befürchte ich, daß meine Stiefmutter mit Paketen im Arm aus der Drehtür kommt. Sie ist Einkäuferin in der Schuhabteilung bei Saks, und nachmittags bummelt sie gern mal rum und schaut, was die Konkurrenz macht.

Angel lehnt an einer Palme und fragt mit ihrem Südstaatenakzent, ob das LSD auch rein ist, wieviel wir nehmen müssen, um abzufahren, und wie lange der Trip dauert. Sie hat das Hemd zusammengeknotet, so daß man ihren mageren Bauch sieht. Angel ist vor einem Jahr mit ihrer Mutter und deren Jazzband aus Louisiana gekommen. Ich finde sie wahnsinnig toll. Sie geht, wohin sie will, und die Welt bildet sich einfach um sie herum.

»Was guckst du an?« fragt mich Liz. Sie hat kurzes, lockiges schwarzes Haar und kleine blaue Augen.

»Nichts.«

»Tust du doch«, sagt sie. »Die ganze Zeit. Du beobachtest alles.«

»Na und?«

»Und wann machst du mal was?« Sie sagt es wie im Scherz.

Mein Magen dreht sich um. »Ich weiß nicht«, antworte ich. Ich werfe einen Blick auf Angel, aber sie redet mit dem Dealer. Wenigstens hat sie uns nicht gehört.

Liz und ich betrachten I. Magnin. Ihre Mutter könnte genausogut wie meine da rauskommen, doch das ist Liz einerlei. Ich habe den Eindruck, daß sie sogar darauf wartet, daß so was passiert, denn es wäre die Gelegenheit, Angel zu zeigen, wie weit sie geht.

Irish bettelt auf der Powell Street. »Haben Sie einen Teil von einer Million Dollar übrig?« fragt er alle Welt mit weit ausgebreiteten Armen. Irish hat ein großes, helles Gesicht, welliges Haar und Augen, die fast purpurfarben sind – das meine ich ernst. Er behauptet, einmal hätte er einen Tausenddollarschein gekriegt – so ein Araber hätte den einfach rübergeschoben. Das war, bevor wir Irish kannten.

»Meine Mädelchen«, ruft er und nimmt uns alle drei einmal richtig in seine großen Arme. Er schnuppert an Angels Haar, das dunkelbraun ist und zu beiden Seiten ihres Gesichts wie Flügel herabfällt. Sie ist noch Jungfrau. Bei Angel kommt einem das wunderschön vor, wie bei einer kostbaren Glasschale, von der man nicht glauben kann, daß sie noch nicht zerbrochen ist. Einmal faßte ihr auf dem Union Square ein Australier ins Haar und zog es zurück, immer weiter zurück, so daß man die Sehnen in ihrem Hals durch die Haut sehen konnte. Zuerst lachte Angel und der Typ auch, aber dann beugte er sich hinunter und küßte sie auf den Mund. Da stieß Irish ihn weg und schrie: »He, du Arschloch, siehst du nicht, daß sie noch ein Kind ist?«

»Was für schöne Geschenke habt ihr mitgebracht?« fragt Irish nun.

Angel hält das Tütchen auf und zeigt das LSD. Ich blicke mich nach Bullen um und erwische Liz, die mich beobachtet und aussieht, als wolle sie gleich loswiehern.

»Wann werden wir uns daran laben?« fragt Irish und streckt seine Mütze einer Dame im grünen Regenmantel entgegen; sie schüttelt den Kopf, als müßte er es doch besser wissen, wirft dann aber doch einen Quarter hinein. Irish könnte auch ein anderes Leben führen, wenn er wollte, denke ich – er hat sich eben für dieses entschieden.

»Heute abend«, sagt Liz, wohlwissend, daß ich dann nicht dabei bin.

Angel zieht die Stirn in Falten. »Und was ist mit Tally?«

Ich schaue überrascht zu Boden und freue mich, daß man an mich gedacht hat.

»Morgen?« fragt Angel mich.

Ich kann nicht anders: Ich halte einen Augenblick inne und genieße das Gefühl, daß alle auf meine Antwort warten. Dann singt jemand »Gimme Shelter«, und sie werden abgelenkt. Hätte ich doch bloß gleich geantwortet.

»Morgen ist okay.«

Der Sänger stellt sich als ein Typ namens Fleese heraus, den ich nicht kenne, obwohl ich ihn oft sehe. Er gehört zu der Clique von Irish und Silas und denen, die im Park rumhängen. Angel behauptet, die Kerls sind bestimmt schon über dreißig, aber sie sehen älter aus und verhalten sich jünger, jedenfalls wenn sie mit uns zusammen sind. Es sind auch Frauen dabei, mit roten Augen und dickem Make-up, und meistens machen sie einen auf laut und glücklich. Doch wenn sie sich aufmotzen, haben sie Löcher in den Strümpfen oder zumindest eine Laufmasche. Sie mögen uns nicht – besonders Angel nicht.

Angel gibt mir die LSD-Tüte zum Halten, während sie sich einen Joint anzündet. Auf der anderen Seite des Parks sehe ich drei Bullen herlaufen – fast höre ich ihre Schuhe quietschen. Ich verstecke die Tüte in der Hand. Silas sitzt auf einer Bank. Sein Verband ist schon schmutzig.

»Tally hat Schiß«, sagt Liz. Sie beobachtet mich, hat wieder diesen Ausdruck in den Augen, als ob das Lachen dahinter gleich herausbricht.

Die anderen schauen mich an, und mein Herz beginnt wie rasend zu klopfen. »Hab ich nicht.«

Ich sehe, wie es kalt in Angels Augen aufblitzt. Ängstliche Leute machen sie sauer, als erinnerten sie sie an etwas, das sie vergessen will. »Wovor hast du Schiß?« fragt sie.

»Hab ich ja gar nicht.«

Auf der anderen Seite des Union Square rückt Silas den Verband über seinen Augen zurecht. Wo ist die Frau, für die er sich geprügelt hat? frage ich mich. Warum ist sie jetzt nicht bei ihm?

»Also wirklich«, sagt Liz. »Wovor fürchtest du dich, Tally?«

Ich schaue Liz direkt in die Augen. Es glitzert herausfordernd darin, aber auch noch anders, als fürchte sie sich ebenfalls. Sie haßt mich, denke ich. Wir sind Freundinnen, doch sie haßt mich.

Irish saugt so laut an dem Joint, als sei es ein Schlauch, der ihn mit dem letzten Sauerstoff auf Erden verbindet. Als er ausatmet, wird sein Gesicht weiß. »Wovor sie sich fürchtet?« sagt er und lacht ein wenig. »Die Welt ist doch auch furchterregend.«

An dem Abend kann ich zu Hause nichts essen. Ich bin klapperdürr, sehe aus wie ein Kleinkind, obwohl ich schon vierzehn bin. Angel ißt wahnsinnig gern, und ich weiß ja auch, daß man dadurch eine Figur bekommt, aber mein Körper fühlt sich zu klein an. Ich kann nicht noch was extra tragen.

»Wie war die Schule?« fragt meine Stiefmutter.

»Gut.«

»Und wo warst du danach?«

»Mit Angel und den Jungs zusammen, ham rumgehangen.« Niemand scheint meinen Südstaatenakzent zu bemerken.

Mein Vater schaut auf. »Rumgehangen und was gemacht?«

»Hausaufgaben.«

»Sie sind zusammen in Biologie«, erklärt meine Stiefmutter.

Auf der anderen Seite des Tischs beginnen die Zwillinge zu greinen. Als mein Vater sich über ihre kleinen Köpfe beugt, wird sein Gesicht ganz weich – das sehe ich sogar trotz seines Barts. Die Zwillinge sind drei Jahre alt und haben leuchtendrote Haare. Morgen verknote ich mir das Hemd, denke ich, wie Angel. Macht nichts, daß mein Bauch weiß ist.

»Ich schlafe morgen bei ihr«, sage ich. »Bei Angel.«

Er wischt den Babys Apfelmus vom Mund. Ich weiß

nicht, ob er es mir nicht erlauben will oder nur abgelenkt ist. »Morgen ist Samstag«, füge ich sicherheitshalber hinzu.

Wir verbringen den ganzen Tag bei Angel mit den Vorbereitungen. Ihre Mutter ist mit der Band, in der sie Geige spielt, nach Mexiko gefahren und kommt vor einem Monat nicht zurück. Wir haben Kerzen, Räucherwerk aus dem Mystic Eye auf dem Broadway, Malkasten und cremefarbene Papierblätter bereitgestellt, neben der Stereoanlage Pink-Floyd-Platten aufgestapelt, David Bowie, Todd Rundgren und natürlich »Help me« – Joni Mitchells neuen Hit, unsere Hymne.

Angel wohnt sechs Straßen vom Union Square entfernt, in einer großen Wohnung südlich der Market Street, die kaum Wände hat. Über ihrem Bett hängen Alu-Bahnen von der Decke. Ab und zu suchen wir den Platz nach Irish ab, aber er ist verschwunden.

Bei Sonnenuntergang fangen wir ohne ihn an. Auf den Fensterbänken Kerzen, der weiße Teppich ist staubgesaugt. Wir zerschneiden die drei Pillen mit einem Messer, und jede von uns nimmt ein Drittel von jeder, damit wir alle die gleiche Dosis kriegen. Ich habe entsetzliche Angst. Es kann doch nicht angehen, daß so ein kleines Ding eine solche Wirkung hat. Ich spüre, wie Liz mich beobachtet, darauf wartet, daß ich das Falsche tue, und ich schlucke meine Portion schweigend herunter.

Dann warten wir. Angel macht Yoga, beugt den Rücken und drückt die Handflächen mit angewinkelten Armen auf den Boden. Ich habe noch nie erlebt, daß jemand so gelenkig ist. Von ihrem Kopf ergießt sich das

Haar wie eine schwarze Flut auf den Teppich, man meint, es könnte Flecken darauf machen. Liz wendet die Augen nicht von ihr.

Als das LSD zu wirken beginnt, legen wir uns alle in das große Himmelbett der Mutter, Angel in der Mitte. Sie hält Liz und mich an der Hand. Angel hat eine Haut, die in einer Minute braun wird, und wunderschöne, sich schlängelnde Adern. Ich spüre, wie das Blut in ihr fließt. Wir wedeln mit den Händen über unseren Gesichtern und sehen, wie sie einen Schweif hinter sich herziehen. Ich fühle Angel warm neben mir und denke, daß ich nie wieder jemanden so sehr lieben werde, daß ich ohne sie nicht mehr da wäre.

In der Nacht ist die Stadt voller Lichter und Wasser, die Hügel sind wie Sandhaufen. Mühsam klettern wir hinauf. Leere Straßenbahnen ruckeln vorbei. Der Himmel ist ein schwarzes Papierblatt mit winzigen Löchern hineingepiekst. Die Bürgersteige in Chinatown riechen nach Salz und Fleisch. Es ist drei Uhr morgens. Über uns schweben Flugzeuge wie seltsame Fische.

Market Street, überall dampfende Pfützen an den Bordsteinen. Wir laufen durch Gassen, unsere verrückten Augen machen Diamanten aus den Glasscherben, die auf Straßen und Gehwegen verstreut sind. Nichts kann uns etwas anhaben. Wir schweben unter den orangefarbenen Straßenlaternen her. Mein Vater, die Zwillinge – alles außer Angel und Liz und mir verschwindet im Nichts, so wie vor Jahren die Nacht verschwand, wenn mich meine richtige Mutter ins Bett packte.

Im Broadway Tunnel nehme ich die Spraydosen. »Laßt mich«, schreie ich atemlos. Angel und Liz sind zu high, um sich darum zu kümmern. Wir haben Grün und Silber. Ich halte in jeder Hand eine Dose, schüttele sie und sprühe riesige runde Buchstaben, wie Mäuler, die mich gleich verschlingen. Ich atme die Farbdünste ein, sie schmecken wie Honig. Winzige Spritzer kühler Farbe landen auf meinem Gesicht und den Wimpern und bleiben dort. Der Verkehr braust vorbei, aber heute nacht ist es mir einerlei – vollkommen einerlei. Während des Malens drehe ich mich zu Angel und Liz um und schreie: »Wer sagt's denn? Das ist's doch!«, und sie nicken aufgeregt, als wüßten sie das schon, und dann fange ich an zu weinen. Wir fallen uns im Broadway Tunnel in die Arme. »Das ist's«, schluchze ich und klammere mich an Angel und Liz, an ihre warmen Schultern. Ich höre sie auch weinen und denke: So wird es immer bleiben. Von nun an kann uns nichts mehr trennen.

Stunden scheinen vergangen zu sein, als ich merke, daß ich die Farbdosen immer noch in Händen halte. Ich spraye es fertig. MONDSCHWESTERN.

Die Buchstaben lodern.

Wir gehen zum Union Square. Und siehe da! Irish hält Hof mit ein paar Alkis und einem Mädchen namens Pamela, einer Prostituierten, soweit ich weiß. Irish sieht heute abend anders aus – er hat riesige, protzige Ärmel, die wie Segel im Wind flattern. Grandios! Als wir auf ihn zugehen und in dem fließenden Licht blinzeln, überwältigt uns das Erstaunen darüber, was für einen vornehmen Anblick er bietet. Ein großer Mann, Irish. Wir haben Glück, daß wir ihn kennen.

Er nimmt Angel in die Arme. »Mein Liebes«, sagt er, »ich warte schon die ganze Nacht auf dich.« Und er küßt sie richtig auf die Lippen – ein inniger, langer Kuß, dem sich Angel zunächst zu widersetzen scheint. Dann entspannt sie sich, wie immer. Ich spüre einen kurzen, stechenden Schmerz wie einen Glassplitter im Herzen. Aber es überrascht mich nicht. Das war schon lange fällig, denke ich. Darauf haben wir immer gewartet.

Angel und Irish lösen sich voneinander und schauen sich an. Liz lungert neben ihnen. Pamela steht auf und verschwindet in der Dunkelheit. Ich setze mich zu den Alkis auf die Bank und starre zum St. Francis Hotel hoch.

»Du bist breit«, sagt Irish zu Angel, »total breit.«

»Was ist mit dir? Deine Pupillen sind weg«, sagt sie.

Irish lacht. Er lacht und lacht und reißt den Mund auf, als könnte die ganze Welt hineinpassen. Wenn Irish auch auf der Straße lebt – seine Zähne sind weiß. »Wir treffen uns im Himmel«, sagt er.

Am St. Francis Hotel gleiten die gläsernen Lifts auf und ab. Zwei kommen oben an, und zwei weitere fahren langsam zu ihnen hoch. Alle vier hängen dort oben, und als sich ihnen der fünfte nähert, halte ich die Luft an und will die anderen zwingen, sich nicht wegzubewegen, bis er da ist. Ich bleibe mucksmäuschenstill sitzen, schiebe den letzten mit den Augen hoch, bis er oben anlangt, und da sind sie, alle fünf in einer Reihe. Perfekt.

Ich drehe mich zu Angel und Liz um, weil ich es ihnen zeigen will, aber sie sind fort. Ich sehe, wie sie mit Irish weggehen, Angel in der Mitte, Liz an ihren Arm geklammert, als könnte die Nacht sie auseinanderreißen. Es ist Liz, die zu mir zurückschaut. Unsere Blicke treffen sich, und ich habe das Gefühl, als spräche sie laut, so gut kann ich sie verstehen. Wenn ich mich nun beeile, kann ich verhindern, daß sie gewinnt. Aber schon der Gedanke macht mich müde. Ich rühre mich nicht. Liz dreht sich wieder um. Ich bilde mir ein, ich sehe sie sogar hopsen, doch ich bleibe, wo ich bin.

Sie verwandeln sich in Gespenster in der Finsternis und verschwinden. Meine Zähne beginnen zu klappern. Es ist zu Ende. Angel ist weg, denke ich und fange an zu weinen. Sie ist einfach weggegangen.

Dann höre ich ein Rauschen. Ein Brausen, als wenn die Zeit vorbeirast, die Jahre vorbeirasen, und ich ganz plötzlich viel älter bin, eine erwachsene Frau, die auf die Zeit zurückschaut, als sie ein Mädchen auf dem Union Square war. Und ich begreife, daß ich, selbst wenn Angel nie wieder an mich denkt, irgendwann aufstehe und den Bus nach Hause nehme.

Die Alkis haben sich verkrümelt. Auf meiner Mickymaus-Uhr ist es fünf Uhr morgens. Ich sehe, wie jemand über den Platz läuft – es ist Silas, den schmutzigen Verband hat er immer noch um den Kopf. Ich brülle zu ihm hinüber.

Er kommt langsam auf mich zu, als wenn ihm das Gehen weh täte. Er setzt sich neben mich. Eine Weile lang sitzen wir einfach nur da und reden nicht. Endlich frage ich: »War es wirklich wegen einer Frau?«

Silas schüttelt den Kopf. »Nein, bloß eine stinknormale Schlägerei«, sagt er. »Noch so eine dumme Schlägerei.«

Ich strecke die Beine aus, so daß sich meine Turnschuhe vor mir treffen. Sie sind verschmiert, aber noch weiß. »Ich hab Hunger«, sage ich.

»Ich auch«, sagt Silas. »Doch alles ist zu.« Dann sagt er: »Ich hau ab.«

»Wohin?«

»Nach Süd-Carolina. Da hat mein Bruder einen Laden. Hab ihn heute angerufen.«

»Wieso?«

»Hab die Schnauze voll«, sagt er. »Gestrichen voll. Bis obenhin.«

Ich weiß, ich sollte etwas sagen, weiß aber nicht, was. »Ist er nett?« frage ich. »Dein Bruder?«

Silas grinst. Da sehe ich das, was jung an ihm ist, die Pfiffigkeit, die Jungs haben. »Er ist das mieseste Schwein, das ich kenne.«

»Was ist mit Irish?« frage ich. »Vermißt du dann nicht Irish und die anderen?«

»Irish ist ein toter Mann.«

Ich starre Silas an.

»Glaub's mir«, sagt er. »In zwanzig Jahren denkt kein Mensch mehr an den.«

In zwanzig Jahren. In zwanzig Jahren bin ich vierunddreißig, so alt wie meine Stiefmutter jetzt. Das wäre 1994. Und plötzlich glaube ich, Silas hat recht – Irish ist tot. Angel auch und vielleicht sogar Liz. Jetzt haben sie ihre beste, ihre einzige Zeit. Sie werden untergehen. Aber Silas, der war immer außerhalb.

Ich fahre mit der Hand in die Tasche und finde den Fingerhut. Ich hole ihn heraus. »Den hast du mir gegeben«, sage ich zu ihm.

Silas schaut den Fingerhut an, als habe er ihn nie gesehen. Dann sagt er: »Das ist echtes Silber.«

Vielleicht will er ihn zurück, damit er ihn für die Reise nach Süd-Carolina verkaufen kann. Ich lasse den Fingerhut in meiner Hand liegen, damit Silas ihn nehmen kann, wenn er will. Aber er nimmt ihn nicht. Wir schauen ihn beide an. »Danke«, sage ich.

Wir lehnen uns auf der Bank zurück. Langsam komme ich runter von dem Trip. Ich habe ein Gefühl, als ob ich Federn in der Brust hätte, als wenn ein Vogel aufwacht und meine Rippen streift. Die Aufzüge fahren hoch und runter wie Signale.

»Du beobachtest immer alles«, sagt Silas und schaut mich an. »Die großen Augen bewegen sich immer.«

Ich nicke und schäme mich. »Aber ich tu nie was«, sage ich. Und auf einmal weiß ich, warum Angel mich verlassen hat.

Silas runzelt die Stirn. »Ja klar. Du beobachtest«, sagt er, »und das rettet dich.«

Ich zucke die Achseln. Doch je länger wir da sitzen, desto besser begreife ich, daß er recht hat – ich beobachte. Ich bin wie Silas, finde ich. In zwanzig Jahren lebe ich immer noch.

An einer Seite wird der Himmel hell, als wenn ein Deckel hochgehoben würde. Ich betrachte es, will mitkriegen, wie der Tag kommt, aber es klappt nicht. Urplötzlich ist der Himmel einfach hell.

»Wie die Leute wohl 1994 aussehen?« sage ich.

Silas überlegt. »In zwanzig Jahren? Wahrscheinlich sehen sie wieder so aus wie wir.«

»Wie du und ich?« Ich bin enttäuscht.

»O ja«, grinst Silas. »Und dann wünschen sie sich, sie wären beim erstenmal dabeigewesen.« Ich schaue auf das blaue Halstuch, das er sich ums Handgelenk gebunden hat, die zerrissenen Jeans, die Armeejacke mit dem Grateful Dead-Schädel auf einer Tasche. Wenn ich vierunddreißig bin, wird diese Nacht eine Million Jahre zurückliegen, denke ich – das St. Francis Hotel und die Regengeräusche von den Palmen, Silas mit dem Verband um den Kopf –, und da wird mir klar, wie kostbar jetzt alles ist, daß ich eines Tages weiß, was für ein Glück ich hatte, hier zu sein.

»Ich werde mich an Irish erinnern«, sage ich laut. »Ich werde mich an alle erinnern. In zwanzig Jahren.«

Silas schaut mich neugierig an. Dann berührt er mein Gesicht, fährt mir über den linken Wangenknochen bis fast zum Ohr. Sein Finger ist warm und rauh, und mir kommt der Gedanke, daß meine Haut sich für Silas weich anfühlen muß. Er betrachtet die Farbe auf seiner Fingerspitze und lächelt. Er zeigt es mir. »Silber«, sagt er.

Für Rat und Unterstützung während der Jahre, in denen ich diese Geschichten geschrieben habe, danke ich: Tom Jenks, Daniel Menaker, Mary Beth Hughes, Ruth Danon, Romulus Linney, Philip Schultz, Diana Cavallo, Daniel Hoffman, Don Lee, Virginia Barber, Jennifer Rudolph Walsh, Nan A. Talese, Jesse Cohen, Diane Marcus, der National Endowment for the Arts, der New York Foundation for the Arts und der Corporation of Yaddo.